AF450063

NOSOTROS AL DESCUBIERTO

NOSOTROS AL DESCUBIERTO

¿Realmente soy feliz?

SANDRA RUIZ

Título: Nosotros Al Descubierto
© 2021, Sandra Ruiz Cañadas

De la maquetación: 2021, Romeo Ediciones
Del diseño de la cubierta: 2021, Romeo Ediciones

Primera edición: abril de 2021
Impreso por Amazon

ISBN-13: 978-84-18740-24-4
Nº de depósito legal: CO 384-2021

*Para vosotros, lectores, que me hacéis
crecer cada día como escritora y como persona.*

Para mi familia por ser única.

*Y en especial te lo dedico a ti, Álex, que me lees, me escuchas
y aceptas todas mis locuras con una sonrisa.*

Índice

PARTE I

1. CLAUDIA

Este ha sido mi tercer intento y no lo he conseguido. Sé que también habrá un cuarto e incluso un quinto y puede que a la décima lo consiga. Tal vez, puede que solo se queden en intentos y que no tengan ese final que en tantísimas ocasiones he imaginado...

Puede que, al igual que las otras veces, no lleguen a nada por el simple hecho de que soy una cobarde, porque no tengo las suficientes agallas como para llegar hasta el final. Sí, ese final que tanto deseo, final en el que dejaré de existir para siempre...

Eso también me da miedo.

Está decidido, mi única solución para acabar con esta profunda angustia y este dolor tan insoportable que cada día me martiriza sin ningún control, sin saber cómo diantres dominarlo, está en el glorioso suicidio.

Pensar en eso me alivia, ese pensamiento de quitarme la vida para dejar de sentir asco cada vez que me miro al espejo cruza por mi mente a cada minuto del día. Es ahí donde encuentro la solución de ponerle el punto final a todas estas pesadillas que me provocan un dolor constante y que me amargan el paso de mi existencia.

Si lo consigo… acabaría este miedo que siento, esa repugnancia que me provoca el sexo opuesto, esa impotencia de no haber podido evitar nada… Dejarían de temblarme las manos cuando visualizo aquel momento en el descampado. Ese momento que me quema el alma, que me desgarra las entrañas y que me hierve la piel cada vez que pienso en esas sucias y asquerosas manos recorriendo con impaciencia todo mi cuerpo.

Quiero dejar de existir para dejar de sentir, para dejar de pensar, para borrar ese recuerdo tan ácido de mi memoria.

Y yo me río de los que dicen que la vida es bonita y corta y que por eso hay que disfrutarla…

¿Qué cojones sabrás tú de la vida?

No fue premeditado.

Ese día no había planeado nada, simplemente me salió del alma. Lo que sí es cierto es que fue de una manera meramente impulsiva, por lo que eso la hizo ser diferente. Me sentía más segura que nunca, estaba decidida a llegar hasta el final. Y, esta vez, también fue fácil…

Como siempre, me encontraba sola en casa. A esa hora la abuela estaba despachando en la tienda. Aunque la casa estaba pegada al local, sabía perfectamente que no habría nadie. Entré en la cocina y cerré la puerta tras de mí, abrí la hornilla y me senté al lado para que todo fuera más rápido. Ya solo quedaba esperar para entrar en ese profundo sueño. En eso que todos llaman «la muerte dulce».

Jamás lo había tenido tan claro. De una cosa estaba segura y es que necesitaba huir de mí misma, de mis demonios que me atormentaban constantemente, necesitaba quitarme esas imágenes que directamente no se iban de mi cabeza desde lo ocurrido. Cada vez que la historia se repetía en mi mente se me revolvía el estómago, se me encogía el pecho por la angustia e impotencia que eso me producía. Un ardor que me quemaba subía y bajaba por mi esófago a sus anchas, después venía la rabia por ser tan frágil y las ganas de llorar me envolvían de nuevo.

Huía de ese miedo continuo que sentía cada vez que me imaginaba a alguien poniéndome su maldita mano encima, miedo a que me dañaran tanto por fuera como por dentro.

Me habían destrozado la vida, me habían anulado como persona y como ser humano… Odiaba este mundo con todas mis fuerzas, pero más odiaba a esas dos personas que me habían hecho tantísimo daño.

Sentía asco de mí misma y de mi cuerpo, me daba asco el mundo entero. Ese sentimiento oprimía constantemente mi cuerpo, un sentimiento profundo y cargado de dolor se apoderaba a cada minuto de mí.

Luego estaba ese horroroso vacío que me habían dejado mis padres al marcharse de mi vida de esa manera tan rápida y cruel…

Cuando tuve mi primer intento de suicidio fue a las dos semanas de su muerte. Lo hice porque yo también quería irme con ellos, no quería un mundo sin esas dos personas a mi lado… Ese día, me recosté en la cama de la abuela, me gustaba hacerlo porque la almohada olía a ella, olía a vainilla y a jazmín. Me recordaba tanto al olor de mi madre que no podía ser mejor lugar para tomarme todas las pasillas de golpe y dejar de existir.

Pero… ella me encontró tumbada en su cama y al momento supo lo que estaba sucediendo.

No recuerdo más de ese día, de lo único que me acuerdo es de despertarme en aquella fría habitación de hospital y verla a mi lado, luchando por mí, por mi vida…, cuidando de su única nieta.

2. MARÍA

Me despierto con el primer toque del despertador, me estiro y repito el mismo ritual de todas las mañanas.

Me siento con las piernas cruzadas encima de la cama y me dedico unos minutos a mí. Cierro los ojos y pongo la espalda recta, me centro en el tictac del reloj que tengo en la mesita de noche y cuento tres respiraciones conscientes. Luego inhalo durante unos cuatro segundos, hago una pequeña apnea y exhalo también en ese mismo tiempo. Repito este mismo ejercicio de respiración tres veces más para luego respirar con normalidad. Inspiro dirigiendo el aire hacia mi corazón, noto cómo entra el frescor por mi nariz y espiro a la vez que siento cómo el aire templado sale de mi cuerpo.

Quince minutos es lo que le dedico a relajarme todos los días de la semana. Llevo dos años haciéndolo, más bien desde que leí el libro *El arte de sentirse bien*. Un libro que me ayudó en momentos difíciles, en los cuales ni el psicólogo era capaz de hacerme ver la vida tal y como es, bonita, por el simple hecho de que ya solo dependía de mí y no de un profesional.

La muerte repentina de mi padre nos afectó mucho a mis hermanas, a mi madre, pero sobre todo a mí. Porque mi padre y yo teníamos una especie de conexión fuera del alcance de cualquier persona. Podía leerme la mente con solo mirarme a los ojos y la unión que nosotros teníamos era tan diferente a la de mis hermanas que incluso ni con mi madre la tenía.

Su muerte fue algo tan inesperado que nos cambió la vida a todas. Dejamos de juntarnos los domingos para comer, mis hermanas se centraron en sus hijos y su familia y fuimos mi madre y yo las que nos quedamos solas en nuestra casa adaptándonos a la maldita situación.

Mi preciosa madre dejó de ser ella, dejó de cocinar, de vestirse y de salir de casa. La cama la consumía día tras día, así que tuve que tirar de ella y a la vez también de mí. Yo volví a ir al psicólogo y pude arrastrarla a que viniera conmigo, eso le ayudó incluso más que a mí… Yo aún me encontraba perdida y fue entonces cuando comencé a adentrarme en el mundo del crecimiento personal, la meditación, el yoga y todo lo que tuviera que ver con mirar la vida de otra manera.

Todo eso me ayudó a sobrevivir y ahora intento ponerlo en práctica cada día. Porque me hace sentir bien, centrarme en mis pensamientos y disfrutar de esas cosas insignificantes de la vida.

Adentrarme en este mundo me devolvió esa seguridad que de pequeña me arrebataron y en su momento fue mi padre quien me hizo creer de nuevo en mí. Y ahora, de mayor, con su muerte y el recuerdo de un pasado que me persigue constantemente como un monstruo, vuelvo a recaer en ese mundo de inseguridades.

Desde hace dos años intento ser yo…, sigo luchando por mis cambios de estado repentinos, por mi ánimo, y aún sigo buscándome…

Después de esos quince minutos de meditación mi día pinta mucho mejor. Me levanto de la cama y subo las persianas. Ilumino todo el piso con la luz del día. Me encanta la luz natural y me encanta mi piso. Una ducha, un café solo y mis labios pintados de color cereza me hacen sentir un poco más grande. Me visto con lo último que me he comprado y termino escogiendo los tacones que mejor le van a esa ropa, los de imitación de serpiente. Salgo a la calle y espero a Víctor, mi compañero y amigo. Vive a dos calles de mí, así que cada semana nos alternamos los coches para ir a la empresa.

Mi trabajo me encanta, es de esos con los que cualquier persona soñaría recién salida de la carrera. Trabajo en el departamento de *marketing* de una de las revistas más cotizadas de todo el país. Y, aunque somos todo chicas menos Víctor, se trabaja bien y a gusto… Bueno, aunque, si por mí fuera, echaría a alguna que otra lagarta a la calle…, pero por lo demás no me puedo quejar.

—Hola, princesa —Víctor me saluda con esa sonrisa tan perfecta, parece un maldito actor *buenorro*, pero es el hermano de una de mis mejores amigas, así que para mis ojos él no es hombre, él simplemente es Víctor… Nuestro Víctor—. Qué guapa estás, ¿quién diría que vas a la oficina a trabajar? Yo ese modelito me lo hubiese puesto para la boda de la infanta, por lo menos.

Me río, siempre me hace reír con sus comentarios, aunque, a veces, también me toca los ovarios y mucho. Pero le quiero, porque no solo es mi amigo, él es… parte de mi familia.

3. JULIA

Escucho voces de fondo, Víctor acaba de entrar corriendo a mi habitación para meterse conmigo en mi cama. Yo lo acurruco entre mis brazos y le pregunto si quiere que le cuente la continuación del cuento de la noche anterior. El pobre asiente; me mira con sus ojitos verde esmeralda envueltos en lágrimas.

Otra vez lo han vuelto a despertar los gritos incesantes de nuestros padres. No entiendo por qué se gritan, ni siquiera sé por qué se pelean constantemente. Tan solo soy un año y medio mayor que mi hermano, pero lo suficiente como para darme cuenta de que en esta casa algo no va del todo bien. Los gritos vuelven a oírse en el eco de las paredes junto con lo que parecen ser jarrones o platos estrellándose contra el suelo. Víctor se agarra fuerte a mi cuello y yo lo abrazo, protegiéndolo de todos los males. Para tranquilizarlo, le propongo un juego y mi pequeñín acepta.

El juego consiste en imaginarse un lugar diferente cada vez que le dé miedo y luego lo pintaremos juntos y de todos esos lugares escogeremos el que más nos guste y será el que algún día visitaremos.

—Y ahora cuéntame a dónde te gustaría viajar en estos momentos, mi pequeño… —le digo mientras le acaricio su pelo negro.

—Quiero ir al país de los ositos. —Y al escuchar su vocecita me provoca una ternura que no puedo evitar abrazarlo con más fuerza.

—Ese lugar me gusta… tendremos que escoger a algún amigo para que nos acompañe, ¿no crees? —Y mi hermano asiente mientras imagina ese mundo lleno de osos—. ¿A quién quieres que nos llevemos?

—A… Copito de Nieve y Rosita, y también a Cariñoso, Gordita y Grandullón… —Me río por lo inocente que es y se me encoge el corazón solo de ver lo que le hacen pasar esas dos personas egoístas que tenemos como padres. No se lo merece y tampoco nos merecen.

—Creo que van a ser muchos acompañantes de viaje. Pero no pasa nada, porque, ¿sabes qué?

—¿Qué? —me pregunta intrigado.

—Que…, pensándolo mejor…, creo que… para el viaje podemos alquilar un autobús y llevarnos a todos los ositos de tu habitación.

—¿En serio, Julia? ¿De verdad podremos llevárnoslos a todos? —A mi pequeño se le ilumina la cara solo de saber que sus adorables peluches lo podrán a acompañar en nuestro superviaje…

Me despierto de golpe y sudando. Otra vez esos sueños que no dejan de transportarme al pasado…, otra vez esas pesadillas…, pesadillas que fueron reales y ahora persisten en mi pensamiento.

Y otro extraño en mi cama, de este tampoco recuerdo su nombre…, parece guapo. Me quedo un rato mirando la cara del invitado y el agobio comienza a apoderarse de mí porque no lo conozco, bueno, en parte sí. Lo conocí la noche anterior, pero, al ir como una maldita cuba, apenas recuerdo nada… Siempre me pasa, por eso termino echándolos a todos de mi cama, de mi casa y de mi vida.

—Eh…, oye… Perdona… —Intento despertarlo. Ni siquiera recuerdo cómo llegamos hasta mi cama, pero sé que es el camarero del último garito en el que estuve anoche.

El chico se revuelve en mi almohada.

—Hola…, morena… —Se despereza un poco más y luego me da un suave beso. Sonrío porque después de la noche que hemos pasado no quiero ser maleducada. Pero quiero que se vaya.

—Emm… Perdona que te despierte…, pero es que me tengo que ir a trabajar y mi madre está a punto de llegar, así que te tienes que ir.

Salgo de la cama y comienzo a vestirme rápidamente.

—¿Vives con tu madre? —pregunta mientras sale despacio de entre las sábanas. Le miro el torso y ahí se puede hasta rayar queso. ¡Sí, señor! Qué buen gusto tengo…

—Ajam… —miento. Le paso su ropa.

—Creo que anoche me dijiste algo de tu compañera de piso…

—Bueno, sí, es que es como si fuera mi compañera de piso —vuelvo a mentir y lo saco de la habitación tirando de su mano para que se dé más prisa mientras este continúa poniéndose la camiseta por el camino.

Me voy directa al baño porque paso de que me pregunte nada más. Cuando salgo, el chico está en la puerta del piso, apoyado en la pared esperando a que le despida. Con la cara ya lavada y el moño en lo alto de la cabeza me acerco para decirle que ya quedaremos…, pero este me sorprende cogiéndome por la cadera de un modo cariñoso.

—¿Te apetece un cine esta noche? —Umm. Mierda, no, no me apetece… ¿Por qué los tíos no entienden que es un polvo de una noche y ya está? No hay más donde rascar.

—Pues esta noche… tengo cena de chicas… —finjo como una bellaca.

—Bueno, pues mañana u otro día, no importa…, pero me gustaría volver a verte.

—Déjame tu número y te llamo… —Le sonrío para parecer más convincente. Pobre…

El chico sin nombre, por fin, queda convencido y con una sonrisa se marcha de mi casa.

Y yo… me vuelvo a la cama muerta de sueño. Tengo que dejar de hacer eso porque esto tampoco me hace sentir mejor, ni siquiera me acuerdo bien de la noche anterior y… odio esta maldita sensación de vacío.

4. VÍCTOR

—Pásame esa mierda, tío. —Cuando tengo el porro entre mis dedos le doy una profunda y larga calada y eso me alivia, aunque a la vez me quema por dentro.

Sé la porquería de vida que he elegido y ya creo que no hay vuelta atrás…

—Colega, pásamelo, que te lo vas a hincar tú solo. —El Coletas me pega un codazo y se lo paso dándole antes otra rápida calada. Luego doy un trago a la litrona que tengo ya caliente en el suelo mientras veo cómo un grupo de nenas se nos acercan.

—Hola, Snake… —Yoli me saluda y me quita la cerveza de las manos. Le pega un trago manteniéndome la mirada y luego me la devuelve relamiéndose los labios con su lengua. Esos labios que tienen tanta fama de chuparla mejor que nadie en todo el instituto.

—Hola…, bebe si quieres, no te cortes —le digo con sarcasmo, y esta me sonríe y no lo entiendo, porque lo que acabo de hacerle es pegarle un corte para que se vaya por donde ha venido.

—Nunca me corto, tranquilo. —Me sonríe de manera provocativa.

No le devuelvo la sonrisa, solo me limito a levantar la ceja por inercia.

—Oye…, me han dicho que te acabas de hacer un tatuaje nuevo que mola un montón.

Esta, sin ser invitada, se me acopla a mi lado y me pone su zarpa encima de mi muslo.

—También tengo otra cosa que mola mucho más.

Y al decir esto todos mis colegas ríen, y ella también. Tampoco lo entiendo, porque estoy burlándome de ella.

—Pues eso también me gustaría verlo… —Se muerde el labio y aprieta mi muslo entre sus dedos.

Todos empiezan a aplaudir y a hacer ruidos exagerados con la boca.

No es que no me gusten las tías, sobre todo las de pechos grandes, y esta víbora los tiene… y muy grandes. Pero paso de ella.

Antes de juntarme con esta peña que solo fuman porros y beben hasta quedar tan colocados que no se acuerdan ni de su nombre verdadero, sino solo de esos apodos que se han ido inventando porque así dan más respeto, yo era…, simplemente, diferente… O por lo menos iba a clase y trataba de sacar las asignaturas. Era en aquella época cuando siempre veía a las matonas de turno burlarse de los más frágiles, reírse de los más vulnerables y hacerse las gallitas con los empollones para quitarle cosas que a ellas les entraban por el ojo. Y Yoli era y sigue siendo la cabecilla de ese grupo o más bien del rebaño que le sigue a todos lados. Creo que siempre ha sido y será su única aspiración, creerse alguien en la vida; pero lo más triste es que nunca será nada…, como yo.

Ahora me llaman Snake por mis ojos, o tal vez por el veneno que llevo dentro… ¿Quién sabe?

Me repatea cada vez que veo asomar a esa tipa con esa sonrisa en la boca creyéndose que se va a comer el mundo cuando lo único que se va a comer es una mierda o, mejor dicho, una tranca bien grande, porque eso es lo que va pidiendo a gritos.

Yoli es mayor que yo y mayor que todos los que estamos aquí… Sé lo que quiere de mí y, directamente, paso.

Cuando miro a mi derecha, ya no está.

— ¿Y esta…? ¿Se ha bebido su propia sangre de víbora de tanto morderse el labio y se ha envenenado?

Todos ríen al escuchar mi comentario y yo sigo bebiendo desganado… Porque así es como me siento todo el puto día. Desganado con la vida, con mis días y con el mundo entero. Pero ya he elegido el camino y ha sido el de no hacer nada y dejar que pasen los días…

—Tío, yo no entiendo cómo no te la trincas ya de una vez, si te lo está poniendo tan a huevo.

—Porque se lo pone a huevo a todos y eso es aburrido —digo sin más—. Me piro, tíos…

Me choco los puños con los chicos y me dirijo hacia mi moto; cuando me estoy poniendo el casco siento unas manos por mi cintura y unas tetas pegadas a mi espalda.

—¿Te vas sin enseñarme tu *tattoo*? —Una voz femenina que me repele ronronea a mi espalda.

—Otro día, ahora me esperan… —Y, dicho esto, me suelto de sus zarpas, me subo en mi moto y arranco dejándola allí plantada.

Llego a casa, colocado y medio borracho. Dejo la moto en el garaje junto al porche de mi padre y al Mini de mi hermana, subo las escaleras de dos en dos y entro directo en mi habitación sin decir a nadie que he llegado.

Total, mi padre andará en su despacho o hablando por teléfono sin parar y mi hermana… no quiero que me vea así, ella no.

Me quito la camiseta y me tiro en mi cama, me pongo los cascos y subo el volumen de mi móvil a toda pastilla para no pensar en nada.

—¡¿Pero se puede saber qué mierda es eso?!

Cuando abro los ojos, me encuentro a mi hermana echa una fiera encima de mí tratando de bajarme el pantalón.

—¡Víctor! ¡Tú eres imbécil, ¿verdad?! —Julia consigue bajarme los pantalones.

—¡¿Se puede saber qué pasa contigo?! —le suelto enfadado.

—¡¿Y a ti…?! ¡¿Se puede saber qué demonios te está pasando en la cabeza?!

Hace tiempo que no veía a Julia tan enfadada conmigo.

—Nada que a ti te importe. ¡Déjame en paz!

—¡¿Estás hablando en serio?! ¿Te crees que te puedo dejar en paz con tu cabeza llena de pájaros? ¿De verdad piensas que si no me importaras una mierda estaría así después de ver el tatuaje tan horrendo que te has hecho? Y, para colmo, no es una serpiente que te asome por el vientre, sino que es una jodida anaconda que te baja por todo el muslo.

La miro y no le digo nada, aunque no me guste verla así conmigo.

—¿Te crees que no sé por qué te lo has hecho? —Y continúa con su regañina—: ¿En serio te piensas que no sé a qué se debe esa actitud de arrogancia y de «paso de todo»? ¡Sé que te llaman Snake! Y que ese maldito tatuaje te lo has hecho para encajar en ese grupo de «ninis» que no son nada y nunca llegarán a nada.

No le respondo porque me sorprende que tenga razón, pero en ese momento paso de reconocerlo. Me pongo los cascos y la ignoro… Y me siento mal, aunque quiera aparentar todo lo contrario.

Ella es la única persona que se preocupa por mí desde muy pequeño. Desde que mis padres discutían a voces y se machacaban la vida uno a otro sin importarles el ambiente donde estaban creciendo sus hijos. Ella es la única que ve al Víctor de siempre, ella es con la que a veces puedo seguir siendo yo… La que de pequeño me acunaba y me contaba cuentos para dormir porque los gritos de mis padres me despertaban asustado… Ella lo era y lo es todo para mí, y hasta eso con el tiempo también lo estoy perdiendo, porque la estoy cansando con mi actitud y mi silencio.

Después de esa discusión, Julia tardó en volverme a dirigir la palabra, pero al fin lo hizo…, y yo me alegré, aunque no lo demostrara mucho con mi actitud.

En esos años, cuando se dirigía a mí para contarme algo o para gastarme alguna broma, su mirada me hablaba de súplica, pero sus palabras callaban… y yo era incapaz de hacer nada.

Esa parte de mí la odié tanto que aún lo recuerdo como una de las peores épocas de mi vida. Época en la que me perdí y tardé en encontrarme… Pero me encontré.

5. DAVID

En el baño de aquel yate de lujo lleno de niños pijos, donde las tías parecían muñecas recién sacadas de su caja de cristal que aparentan no haber roto un plato en su vida; las mismas que se te rifaban para que las invitaras a una raya de coca y no porque les faltara el dinero…, sino para seguir aparentando que son las hijas ejemplares de papá… Pues precisamente ahí estaba yo cuando recibí esa inesperada llamada.

Las siete de la mañana, la música del *after* retumbando por las paredes del barco, la gente moviéndose por todos lados, todas las esquinas ocupadas y mi móvil vibrando como un loco en el bolsillo de mi pantalón.

Ni siquiera me di cuenta… Fue una tal Azucena o Margarita, no recuerdo su nombre o creo que ni siquiera se lo llegué a preguntar, pero fue esa chica que tenía pegada como una lapa la que se percató de que me estaban llamando.

Al principio no le eché mucha cuenta y seguí devorando el cuello de mi acompañante, pero su insistencia fue lo que me hizo sacarlo del bolsillo de mala gana para ver quién me estaba molestando a esas horas.

Cuando vi el nombre en la pantalla de mi móvil, me temí lo peor. Que Teo, la mano derecha de mi padre, me llamara a esas horas no era normal. Muy a mi pesar aparté como pude a la chica que tenía enroscada en mi cuerpo; ella se quejó y yo la ignoré. Salí de las cuatro minúsculas paredes que formaban el baño y busqué algún sitio libre.

—¡¿Sí?! —grité mientras me tapaba con la mano libre el otro oído.

—¡¿David?!

—Sí, te escucho… ¡Dime!

—¡David!, soy Teo, no te escucho bien…

Al no encontrar ningún hueco libre, corrí escaleras abajo para refugiarme del sonido de la música y del bullicio, pero era casi imposible, había ruido por todas partes.

—¡Teo! ¡¿Me escuchas ahora?! —volví a gritar más fuerte.

—¿David? Hay mucho ruido de fondo y a ti te escucho entrecortado.

Me moví de un lado a otro con el móvil en alto buscando alguna raya más de cobertura…

—Hijo, no sé si me estás escuchando…, pero necesito decirte algo. —Teo se tomó unos minutos—. Tu padre ha muerto, David.

Se hizo el silencio al otro lado de la línea durante unos segundos de más y continuó hablando.

—Siento darte esta noticia por aquí y más de esta manera. Pero ha pasado todo muy deprisa… Llámame cuando puedas, por favor. Me gustaría hablar contigo más tranquilamente.

Entonces es cuando el corazón se me paralizó, la sangre dejó de correrme por las venas, mis oídos dejaron de escuchar… Y mi cabeza solo procesó esas cuatro palabras:

«Tu padre ha muerto», «tu padre ha muerto», «tu padre ha muerto»…

6. CLAUDIA

Sabía que hoy iba a ser un día un tanto desastroso desde que puse el primer pie fuera de mi cama.

Últimamente mis ánimos desganados me acompañan desde que me levanto hasta que me acuesto. No tengo ganas de nada, y menos de ir a trabajar.

Este tampoco iba a ser mi día. Notaba en el ambiente como si algo fuera a ocurrir. Y seguro que no sería nada bueno…

Me senté en la cama, busqué con la punta del pie mis zapatillas de estar por casa, aún adormilada conseguí dar con ellas y, con los ojos entornados por el sueño, me fui directa al cuarto de baño. Necesitaba una ducha urgentemente o algo que por lo menos me espabilara.

—¡Mierda! ¡¿Pero qué diablos…?!

Nada más salir de mi habitación tropecé con unos zapatos de tacón, lo que me hizo caer de boca contra el suelo. Esta vez no me haría falta una ducha para espabilarme, el maldito golpe me había despertado en cuestión de segundos y también me había dejado con un par de neuronas menos.

—¡¿Y esto…?! ¡¿Pero qué… demonios… es?!

Cogí con la punta de los dedos una de las prendas que había desparramadas por el suelo y con cara de asco la solté tan pronto como la había cogido.

—¡No puede ser! ¡Otra vez no…!

Me lamenté en voz alta y de un salto me levanté más que cabreada conmigo por aguantar todo aquello. Cada día me costaba un poco más soportar todo lo que me rodeaba: mi vida, a Julia como compañera, que era un verdadero desastre, todos los hombres del planeta que consideraba unos auténticos cerdos… y mi trabajo tampoco ayudaba. No quedaba nada en este mundo que me obligara a continuar…

Tuve que dar un portazo para cerrar la puerta del cuarto de baño, más que nada porque estaba rota. Me quité el pijama con rabia y me metí en la ducha sin esperar a que el agua caliente cayera.

—¡¡Mierrrr… coles!!! ¡¡¡Qué fría!!! —grité tan fuerte que seguro que se escuchó en todo el bloque, pero me dio lo mismo.

El día no podía haber empezado con peor cara, y eso que solo llevaba quince minutos despierta. Me había levantado con un humor de perros, para colmo me hostio contra el suelo, un poco más y me como los gayumbos de alguien cuyo nombre seguro que desconozco y, para rematar el momentazo mañanero, me tengo que duchar con agua fría porque la bombona de butano se ha terminado y mi querida compañera de piso no es capaz ni siquiera para decirlo y menos para cambiarla. Pero ahí no queda todo: mi pelo rebelde tampoco se deja domar, así que desisto y lo dejo a lo afro, y que alguien se atreva a decirme algo, que me lo como de un bocado.

Hace años que la vida no me sonríe, pero hoy ya se está pasando conmigo. El siguiente paso es entrar al metro, cosa que odio a más no poder porque me agobia que me achuchen, no me gusta el roceteo que se genera allí dentro, que a más de uno he pillado arrimando la cebolleta y eso me hace vomitar. Me aburre ver las mismas caras de siempre y nunca encuentro asiento porque está *hasta la bola* de gente. Pero bueno, eso no es nuevo para mí. Esto es mi pan de cada día.

Como de costumbre, cojo mis cascos del móvil e intento perderme entre la música de mi Spotify, esta vez lo tengo claro y me voy a mi lista de «metro» y comienza a sonar la voz de Lori Mellers, *Siempre brilla el sol*. Y me hace gracia, porque ya podía darme un poquito más de luz el maldito sol.

No me fijo en nadie, nunca lo hago…, y me adentro en la letra de la canción que ya me sé de memoria.

Al llegar al trabajo, corro despavorida hasta la puerta del edificio, eso también es costumbre. Llego tarde, así que saludo con rapidez al guardia de seguridad y continúo con mi maratón de primera hora de la mañana, donde todos me miran y a mí me la suda. Nunca nadie saluda a Valentín, pero yo sí, no me cuesta ningún trabajo ser amable con alguien que veo todos los días en la misma postura rígida y con la misma cara seria; solo por eso ya me cae bien. Pienso mientras sigo con la carrera de fondo.

Cojo el ascensor porque trabajo en la novena planta del edificio y subir todas esas escaleras a primera hora de la mañana como que no es muy factible. Aparte, que desde que se me pasó por la cabeza e hice lo que hice intento evitarlas a toda costa. Aunque de eso han pasado años, pero ahí sigue ese recuerdo, martirizando mi cerebro. Además, con el día que me ha tocado seguro que me caigo y me rompo las medias o me parto un tacón o se me raja la falda por el trasero.

Una vez dentro del ascensor, expulso el poco aire que me queda en los pulmones y, por fin, puedo relajarme, aunque solo sean unos cortos minutos.

Me dejo caer en una de las esquinas intentando no pensar en nada, cierro los ojos y, por imposible que parezca, consigo dejar la mente en blanco por unos segundos gloriosos.

—Perdone…, ¿se encuentra bien?

Una voz ronca me trae de vuelta al mundo real. Al abrir los párpados me encuentro con el Christian Grey de la empresa.

Me acabo de quedar loca y muda. Parpadeo muy rápido para cerciorarme de lo que ven mis ojos. ¡¡Uauuhh!! Pues sí que es tan guapo como dicen… Es lo primero que mi mente genera a esa hora de la mañana.

—¿Le pasa algo, señorita? —me vuelve a preguntar algo extrañado, ya que ni me he inmutado con su anterior pregunta. Me coge por el brazo y eso hace que me retuerza un poco incómoda porque odio que me toquen.

—Sí, sí, sí, sí, sí, estoy bien… —respondo de una manera torpe, demasiado torpe para mi gusto. Seguro que parezco *monguer*, pero es lo que sucede cuando me pongo nerviosa y cabreada porque alguien acaba de invadir mi espacio personal.

Las puertas del ascensor de pronto se vuelven a abrir y fin del trayecto, porque los dos nos bajamos en la misma planta. Y yo no tengo nada mejor que hacer que quedarme plantada viendo cómo el Grey de quien tanto habla la gente se aleja con paso firme y elegante. Que, evidentemente, no se llama así, este se llama David. El nuevo jefe de todo esto, mi jefe, al que solo he visto dos veces y de lejos, con esta ya van tres. Y tampoco es que tenga nada de espectacular, solo una cara bonita y un traje caro… Esto se llama «autoconvencimiento personal».

—Ya has visto a tu jefe, ¿no? Toma, anda y límpiate la baba… —María, una de mis compañeras y amiga desde hace años me pasa un pañuelo en plan irónico.

—¿En serio le acabo de decir cinco veces sí? ¿Cómo he podido parecer tan imbécil? —me lamento en voz alta mientras me dirijo hacia mi mesa e ignoro el gesto de mi amiga, a la que solo he saludado con un beso.

—Hija, eso nos pasa a todas la primera vez que lo vemos. —Me sigue hasta mi mesa también—. Bueno, y la segunda, la tercera y todas las veces que te cruces con él vas a chorrear sudor y más cosas…, además de poner cara de besugo y luego soltarás la primera gilipollez que se te venga a la mente, pareciendo así la mayor imbécil del planeta. Es pura ciencia, te lo dice una experta. —María sigue hablando como una cotorra y yo me río con disimulo, pero lo que me acaba de pasar no es precisamente por lo bueno que está, así que lo puedo sumar a mi lista de peor día de la semana.

Pero ahí no queda todo…

7. MARÍA

Salgo de la oficina tarde, bajo las escaleras de la novena planta casi de dos en dos. En ese momento me dan igual los tacones, porque no me gusta llegar tarde a ninguna cita y menos si es con un hombretón de metro ochenta, pelo castaño, ojos marrones, pestañas infinitamente largas y labios que me dicen constantemente «ven y devórame».

En fin, así que corro, bueno, más bien zanqueo destartalada por los quince centímetros de tacón que llevo.

Siempre bajo las escaleras, nunca me permito coger el ascensor por tres razones: la primera, por mi culazo; la segunda, por mi culazo, y, la tercera, por mi gran culazo de negra. Así es, no tengo tiempo de estar todos los días metida en el gimnasio, por eso aprovecho cualquier rutina del día para compaginarlo con el ejercicio. Porque, si un día dejo de hacerlo, mi culo necesitará dos sillas para sentarse. Y no, no soy exagerada, más bien, realista.

Me cojo un taxi, pero alguien se me adelanta.

—¡Perdone! ¡Disculpe! —Abro la puerta de atrás y le llamo la atención al guaperas que me acaba de quitar mi taxi—. Perdone, pero este taxi era mío, yo lo he parado, por lo tanto, tú te bajas —le digo lo más pacífica que puedo y porque también soy la persona más justa de este mundo.

—Preciosa, tú misma lo has dicho: «era» tuyo.

¡Imbécil! ¿Lo mato o le saco los pelos uno a uno? Pero mejor después, ahora no tengo tiempo, solo me quedan cinco minutos para llegar y tenemos que cruzar casi toda la ciudad, así que no me lo pienso y me subo.

—Bueno…, pues el último que baje paga. —Y, dicho esto, me subo con todo mi morro.

—Me parece una idea estupenda. —Y esa sonrisa con la que me lo dice hace que tenga más ganas de estamparle mi bolsazo de Loewe en toda su cara.

Le indico la dirección al taxista y veo cómo una enorme sonrisa se refleja en la cara del incordio que tengo sentado a mi lado.

—¿Qué te hace tanta gracia si se puede saber? —le pregunto mirando mi móvil.

—Nada, nada…

El trayecto lo pasamos en silencio, yo aprovecho para recuperarme y para avisar de que llego tarde. Y mi compañero de taxi se lo pasa mirando por la ventanilla y jugando con un boli entre los dedos.

—Vale, aquí me puedes dejar —le digo al taxista. Pero parece ser que no me escucha porque tiene la radio a toda pastilla.

—¡Señor, que paree! —grito. Y este ahora sí reacciona.

—Y a mí. —Escucho decir al caradura.

Lo miro, nos miramos, él sonríe y yo me pongo roja de la rabia y este se baja sin más y a mí me toca pagar.

—¡¡Será capullo el tío!! —le grito para que me escuche, pero, como si no fuera con él, sigue su camino acera adelante, así que no me queda otra que pagar si no me las quiero ver con el cani del taxista.

Por fin llego a mi cita, miro el reloj y voy diez minutos tarde, ¡mierda! Toco en el portal y Sara me abre la puerta al igual que siempre.

—Buenas tardes, María.

—Hola, guapa.

—¡Vaya cara traes! —me dice con ese tono dulce que te puede decir «cerda» a la cara, que te va a apetecer hasta abrazarla como a un osito de peluche.

—Lo sé… Se me ha complicado la tarde. Lo siento… —me disculpo.

—No te preocupes, bonita, pero hoy te tocará esperar. Al decir que te retrasabas hemos metido la cita que iba detrás de ti en tu turno.

—No pasa nada, lo entiendo perfectamente.

Me siento en la sala de espera, intento serenarme pensando de otra manera, viendo la situación de forma diferente, pero no puedo porque los imbéciles después de un duro día de trabajo me colman. Vuelvo a intentarlo una vez más, así que me centro en mi respiración, pero la sonrisa impertinente de ese capullo aparece de nuevo en mi mente. Así que me doy por vencida y cojo una revista de moda de la sala de espera para, por lo menos, no pensar en nada…

Empiezo a impacientarme porque llevo hora y cuarto esperando. Sara ve cómo me desespero cada vez más en mi asiento y nota mi inquietud. Me pide disculpas por cuarta vez por la situación y me ofrece algo de beber. Se lo agradezco y le digo que no se preocupe. Sé que ella no tiene culpa de nada, esta vez yo he sido la impuntual. Así que… a joderme.

Se escucha la puerta del fondo abrirse. ¡Por fin!

—Ya puedes pasar, María. —Sara se acerca hasta mí para avisarme.

—Gracias, guapa. —Pego un salto del asiento, me cuelgo el bolso y me dirijo hacia la consulta; entonces mi moral se desmorona al verlo—. ¡¡¿Tú?!! No puede ser verdad. —Me sorprendo y luego la rabia vuelve a apoderarse de mí.

—¿Me estás siguiendo o vienes a cobrarme la deuda del taxi? —Me guiña un ojo y se dirige hacia la puerta sin darme opción a contestar.

Pero esto no queda así.

—¡¡Eres un caradura y tienes un morro que te lo pisas, chaval!! —le grito por el pasillo y veo cómo Sara se queda con la boca abierta al escucharme, pero me da igual, es un imbécil y un arrogante que se cree que por llevar esa cara de guaperas místico tiene derecho a todo.

Entro malhumorada a la consulta del Dr. Sánchez.

Este sonríe de manera tranquilizadora y me invita a sentarme en el mismo sillón de siempre.

8. JULIA

Cualquier día de la semana...

Da igual miércoles, jueves que sábado. Allí estoy yo, en toda mi salsa en medio de la pista de baile dándolo todo. Pero esta vez no salgo con mis chicas, sino con un grupo de gente que conocí hace muy poco en redes sociales. Una nueva marca de ropa de mujer contactó conmigo para colaborar con ellos, primero para darle publicidad desde mi blog y luego para, más adelante y si la marca funcionaba, trabajar en su página escribiendo artículos. Así que se podría decir que se trata de una reunión de trabajo.

Esta noche, Daniela con tan solo veinticinco años ya es la dueña y señora de todo el proyecto me ha presentado a parte del equipo, los cuales me han dado la bienvenida inmediatamente: Lidia, la técnico e informática de la página; Agus, el fotógrafo, es decir, el encargado de llevar todo lo relacionado con audiovisual e imagen, y Alicia, diseñadora de ropa junto con Daniela. Comenzamos con unas cervezas y terminamos con unas copas de más.

Me caen bien, nos reímos de cualquier chorrada y son vividores de sueños, como esta servidora...

La cuestión es que ese grupo de chicos saben lo que quieren y a mí la gente con decisión siempre me ha caído bien.

—Entonces, ¿qué me dices, Julia? ¿Aceptas? —Daniela me acompaña en mis bailes alocados por lo que no me puedo reír más con ella.

—Acepto, acepto —le contesto chocando mi copa con la de ella y luego alzándola entre la muchedumbre al ritmo de la música.

—¡¿En serioooo?! —grita y yo le sonrío y luego me abraza con alegría.

La noche continúa y yo me quiero llevar a Agus a la cama… por tres razones: la primera, porque esos rasgos de venezolano frustrado me ponen como una moto; segundo, porque lleva toda la noche mirándome como un depredador, y, la tercera, porque… ¡yo lo valgo!

«Dame tan solo tres minutos, Julia», me digo a mí misma, y no sé por qué, pero, cuando estoy borracha, me encanta hablar con mi yo interno y retarme. ¡Allá vamos!

Me voy al centro de la pista y bailo sin dejar de mirarlo. Él, apoyado en la barra, sigue bebiendo su cerveza; yo alzo mi copa y brindo con él desde lejos, me sonríe y yo le guiño. No se acerca hasta donde estoy, pero no me importa, porque sigo contoneándome al ritmo de la música hasta que Lidia se interpone entre mi campo visual y el de Agus… Y no solo eso, se queda plantada allí con su refresco de naranja y sus gafas que le tapan media cara.

Vale, es el novio, ya lo pillo, no tenía ni idea, así que mal empezamos en el negocio. Como yo respeto a todas las novias de este planeta, y aunque los chicos estén locos por meterse en mi cama, para mí esos dejan de ser hombres y pasan a ser eunucos, así que nada, esta noche, si quiero, me harto de bailar, porque no hay ninguno más que haya llamado mi atención.

Sigo bailando con las chicas, bueno, menos con Lidia, que ya sé que no le voy a caer bien en la vida y se ha ido a sentarse en la barra como un perrito guardián vigilando a su novio para que nadie se lo quite. ¡Qué divertidos!

—¡Chicaaasss! ¡Voy al baño! —Daniela grita. Alicia hace gestos con la cabeza de que ella se queda, pero yo me orino como una niña pequeña, así que me voy con Dani.

Esta rubia despampanante de ojos claros me coge de la mano para que la siga y nos dirigimos a los baños. Hay una cola interminable de mujeres, por lo que se cuela en el de los hombres. Yo me quedo en la puerta pensando si entrar o esperar, pero al final decido quedarme mejor en el de señoras. Paso de encontrarme algún submarino ahí dentro. Daniela se me despista al poco, le pierdo la pista y ya no sé si sigue en el baño o si se ha marchado con las demás a bailar. Yo sigo apoyada en la pared con las piernas cruzadas y rezando para no hacérmelo encima.

—¿Si quieres te vigilo y entras en el de hombres?

Tengo a Agus justamente enfrente de mí. Tan mono él…, con sus rasgos morenos y esa mirada profunda que pareciera que va a adivinar de qué color llevo hoy mis bragas. Lo miro de arriba abajo con descaro, parándome en todas esas partes de su cuerpo que más me llaman la atención, y me dan ganas de decirle que se dé la vuelta para verle bien el trasero, pero recuerdo que tiene novia así que paro el carro antes de entrar en terreno prohibido.

—Te lo agradezco en el alma, pero una media hora más aquí esperando creo que aguantaré.

Sonríe… y me fijo en que también tiene unos dientes perfectos.

—Entonces…, ya somos compañeros de trabajo, ¿no? —Sigue a mi lado, esperando mi turno como todo un caballero e intentando sacarme tema de conversación.

—Pues eso parece… —Y le devuelvo la sonrisa.

—Me alegro…, creo que lo pasaremos bien. —Su mirada me atraviesa las pupilas, controlo la respiración porque… porque no lo sé, pero no solo me hace cosquillas ahí abajo, sino que me llama la atención algo que en este momento no puedo descifrar.

Decido ahorrarme la respuesta, ya que a los de este tipo me los conozco como a la palma de mi mano. Los típicos que tienen una relación de pena y que a la primera de cambio están en la esquina tonteando con la que se le ha cruzado en esa noche.

—Seguro que lo pasaremos en grande, y sobre todo con Lidia, tu novia, a la que le he caído tan bien. —Este abre los ojos, sé que le acabo de cortar el rollo, pero es lo que hay—. ¡Mi turno! —grito de alegría y me pierdo por la puerta del baño, dejándolo ahí plantado.

9. VÍCTOR

Mis días seguían siendo todos iguales…

Me levantaba, hacía como que iba a clase y luego me saltaba las asignaturas. Pero no todas, casi siempre iba a las de Matemáticas y Economía. Me gustaban los números y por lo menos me entretenía… Eso, y que eran las dos únicas clases en las que coincidía con Dani. Muy pocas veces habíamos cruzado palabra, pero lo suficiente como para saber que me gustaba; su sonrisa, su pelo rubio siempre recogido en una trenza, sus ojos claros y sus rasgos de niña buena. Soñaba con acercarme algún día a ella, pero cada vez lo tenía más difícil, porque los dos estábamos en bandos diferentes. A ella la encasillaban con el grupo de las empollonas y yo me había convertido en el típico macarra del instituto.

Pero un día ocurrió lo que nunca tuvo que ocurrir… Yo estaba en la esquina del patio, en la zona de fumadores, y entonces lo vi todo. Vi cómo Yoli y su grupito de matonas se les acercaban a Dani y a su amiga, vi cómo estas les quitaban los apuntes y los arrugaban y luego se reían de ellas. Vi cómo sus bocatas iban directos a la basura, me fijé en cómo esa cara de niña dulce en cuestión de minutos se quedó humillada. Y fue entonces cuando noté cómo la vena de mi cuello se me hinchaba por segundos de la rabia contenida cada vez que veía a Yoli y a las otras hacer de las suyas, pero que se le acercaran a ella ya me quemaba hasta tal punto de convertirme en un puto ogro.

Me dirigí en su dirección a paso ligero, les diría cuatro cosas bien dichas a esas imbéciles y las pondría en su sitio, pero, cuando escuché sus carcajadas y vi la cara desencajada de Dani, me paré en seco. Nuestras miradas se cruzaron y yo me quedé plantado como un idiota en mitad del patio. Y no hice absolutamente nada, fui un maldito cobarde que no quería enfrentarme a la vida, porque ese ya no era mi mundo… Ahora pertenecía a otro, al de los malos. Y ahí fue cuando me di cuenta de lo que me estaba pasando… Al igual que no pude enfrentarme a esa situación, tampoco podía enfrentarme a mi vida, porque no hacer nada era el camino fácil, pasar de todo era lo más sencillo…

—Hola, Snake… —Yoli me acarició la barbilla con coqueteo cuando pasó por mi lado—. Nos vemos esta noche donde siempre, ¿no?

Ni siquiera le contesté, simplemente pasé de ella… como siempre hacía.

Esta vez no pude pararle los pies, pero esto tampoco quedaría así. Entonces me acerqué a la cafetería y compré todos los bocatas que quedaban.

—Tomad, no sé cuál es vuestro bocadillo preferido, pero aquí tenéis donde elegir.

Les dejé la bolsa con la comida en el banco donde las dos amigas seguían sentadas.

—No tenías por qué hacerlo. —Esa niña dulce me miró como si fuera un jodido superhéroe, pero qué equivocada estaba…

Cuando la miré a los ojos, me di cuenta de que estaban vidriosos, como a punto de llorar, y esa imagen me dolió. Odiaba que humillaran a una persona buena y odiaba a esas chicas que simplemente eran pequeñas zorras creyéndose las reinas de un mundo que les venía demasiado grande.

—Tenía que haberlo hecho mucho antes, lo siento.

Y, dicho esto, me fui de allí, sin más… Escuché de lejos un «gracias» y eso me provocó mi primera sonrisa después de muchos días, pero no quería desconcentrarme con todo aquello, debía tener la mente despejada, porque esa noche iba a ser una de las más importantes. Esa noche me estrenaría como corredor. Sería la primera vez que correría en las fábricas abandonadas y era todo un reto para mí y un orgullo para los que decían ser mis colegas.

Lo que no sabía era que ahí cambiaría otra vez mi vida…

10. DAVID

Esa misma mañana cogí el primer vuelo desde Ibiza a Madrid. El chófer de mi padre me recogería en el aeropuerto y luego me llevaría directo a casa, donde se celebraría el velatorio. Todo me parecía tan irreal como si la cosa no tuviera nada que ver conmigo.

¿Mi padre, muerto? No podía ser verdad. No podía haberse ido sin despedirse de mí. De su único hijo…

El día pasó como una película a cámara lenta…

Gente por todos lados, personas que ni siquiera conocía dándome besos y abrazos. Y yo… me sentía como si estuviera en una jodida pesadilla y nada de lo que me estaba pasando fuera cierto. Quería gritarle a todo el mundo que me dejaran en paz de una vez y que se marcharan.

Necesitaba echar el tiempo hacia atrás para decirle tantas cosas…, para sacar todas esas palabras que se me habían quedado por dentro, atascadas y amontonadas sin saber cómo hacerlas salir de ahí y que él las escuchara.

Hacía tres semanas que no nos veíamos y todo por una maldita discusión que aún me retumbaba por dentro. Solo sé que llevaba tres semanas de fiesta en Ibiza porque sí. Esa era ahora mi vida, me había cogido un año sabático porque estaba muy cabreado… con él.

Todo esto pasó porque después de terminar la carrera yo empecé como contable en uno de los departamentos de la revista. Mi padre siempre me decía que era fundamental que conociera a fondo todos los movimientos de la empresa, cómo entraba y salía el dinero, quiénes era nuestros mejores clientes…, y que desde ese puesto lo vería todo desde otra perspectiva, hasta que lo que vi fue otros movimientos camuflados que no me cuadraban.

Se lo traté de explicar, pero él siempre tenía tantas cosas que hacer que no sacaba ni un miserable hueco para escuchar lo que yo le tenía que decir.

Entonces supe que debía encontrar pruebas para demostrarle esos falsos movimientos, tenía que ver de dónde venía la salida de tanto dinero sin ninguna justificación. Empecé a sacar extractos, a descifrar cada alteración en el sistema, hasta que encontré dónde estaba el fallo.

Alguien le estaba robando a la empresa y ese alguien solo podía ser el responsable y el único que tenía acceso a todas las cuentas y a sus claves: Mario, la otra mano derecha de mi padre.

Cuando lo descubrí todo y me aseguré de que yo tenía razón, me faltó tiempo para exponerlo delante de la junta directiva. Interrumpí una importante reunión, cosa que lo enfureció aún más. Solo me hicieron falta unos minutos para explicarle que Mario le estaba robando, pero este no me creyó, ni siquiera terminó de escuchar mi versión de los hechos y todo lo que había descubierto.

Llegó a enfadarse tanto que me gritó que era un desagradecido. Y a mí me dolió escuchar esas palabras de la persona que había sido mi referente desde pequeño. Me dolió que no se detuviera a escucharme, a mí, a su único hijo. Tenía las suficientes pruebas para demostrarle todo y no me prestó el menor interés. Y yo… quedé tan decepcionado con aquel asunto que ese mismo día me despedí.

Con el paso de los días, mi padre intentó arreglarlo, pero sin reconocer aún que tenía un ladrón como amigo, por lo que decidí no volver a la empresa hasta que se diera cuenta de que yo tenía razón. A partir de ahí, nuestra relación cambió.

Por más que me insistiera mi padre, yo no podía hacer como si nada, por lo que dejé de visitarlo. Necesitaba tiempo para aceptar que creía más en cualquier persona que en su propio hijo. Por eso las llamadas eran cada vez menos frecuentes y las discusiones más fuertes… Y es de lo que más me arrepiento ahora… De no haber dado mi brazo a torcer, de no haber hecho algo más por abrirle los ojos a la única familia que me quedaba, de haberme alejado de esta manera de él, sin escucharlo…

Después del entierro, Teo me acompañó a casa y, más tranquilamente, me contó cómo pasó todo.

Se debió a un maldito infarto. Fue él mismo el que se lo encontró en su despacho con los ojos cerrados, como si estuviera durmiendo en su sillón de cuero…

—Ahora descansa, David, y, si quieres, mañana nos vemos, porque tengo muchas cosas más que contarte sobre la empresa.

—Si quieres que yo me encargue de todo, quiero a Mario fuera de la revista mañana mismo. —Cerré los puños con fuerza por la rabia que sentía.

—Hijo, de lo que le ha ocurrido a tu padre nadie ha tenido la culpa… Ha sido…

—Ya sé lo que ha sido, pero quiero a esa persona fuera de la empresa. —Teo no se atrevió a contradecirme y asintió, me dio un toque en el hombro demostrándome su apoyo y se marchó.

Vacío, impotente y muy cabreado conmigo mismo era como me sentía… Por no haber hecho las cosas de otra manera, por no haber insistido más en mis creencias, por haberme alejado de mi padre, por haber llevado tanto rencor dentro de mí durante tanto tiempo…

11. CLAUDIA

Me encuentro sentada en mi mesa haciendo disimuladamente esa clase de respiraciones que, en casos de extrema urgencia, me ha enseñado a hacer mi preciosa y buena María. Y este caso lo es.

Intento concentrarme, pero no puedo porque tengo que repartir los cafés a los delegados de cada departamento de la planta, hacer miles de fotocopias y, para colmo, asistir a la reunión, pero solo para tomar notas de todo lo que se dice para luego presentarle el informe al jefe superior y así este cubrirse las espaldas por su falta de asistencia y de interés por la empresa.

Por el momento no me importa, o eso me hago creer a mí misma. Pero seamos sinceros, al menos con nosotros mismos: no me siento realizada. De sobra sé que valgo para algo más que para hacer de «jarrillo de mano» en esta empresa. No hace falta hacer una carrera, un máster y saber tres idiomas para hacer lo que yo hago.

Tonta de mí si pensaba que ya había encontrado mi lugar en este mundo.

De momento, mi único consuelo es repetirme mentalmente, día a día desde que pongo un pie en el edificio, que solo necesito buscar la oportunidad para demostrar mi talento. Por lo menos cobro y sobrevivo.

Por ahora es la mejor técnica que he encontrado para sacarle algo bueno a todo esto, y también otra forma de seguir aguantando hasta que finalice mi contrato en prácticas y ver qué harán conmigo.

He repartido el café dos veces en el día a mis arrogantes superiores, he hecho fotocopias a los cuarenta y siete dosieres, ordenado y encuadernado para la reunión interminable que ha tenido lugar a las dieciséis horas de la tarde y ha terminado a las veinte horas, con un solo descanso de quince minutos. Y como guinda del pastel me he tenido que quedar una hora más pasándolo todo a limpio para que a primera hora de la mañana el supuesto jefe, al que aún no he tenido el placer de verle la dura cara en ninguna de las reuniones, lo tenga impecable encima de su mesa para que solo le eche un vistazo por lo alto y ni siquiera sepa que he sido yo la que ha redactado todas las páginas que completan el informe.

Por fin voy de camino a casa, no veía el momento de que este día acabara. Me siento cansada y agotada por el maldito e insatisfactorio día. Creo que ya no puede pasarme nada más en mi lunes desastroso. Así lo he bautizado, porque no ha podido ser peor.

Trataré de pensar en positivo tal y como siempre me indica mi dulce María.

Me hacen gracia sus pensamientos y su forma de ver la vida. Cuando me quejo también me regaña porque dice que, pensando de esa manera, yo misma soy la que estoy atrayendo el mal fario a mis días. Así que por este ratito intentaré ser positiva, dejaré de darle vueltas a mi asqueroso lunes y me animaré pensando en lo que aún está por venir; que el día ya está acabado, que me muero de ganas de llegar a casa, pegarme una ducha de agua hirviendo para limpiar mi aura, ponerme el pijama de cobayas y sentarme tranquilamente delante del televisor a ver la serie de Netflix que me tiene enganchada: *You*.

Pensar en eso es lo único que me hace feliz. Qué vida más triste…

Nada más entrar por la puerta escucho carcajadas. «No, por favor, quiero paz y tranquilidad y no encontrarme a Julia cabalgando a su nuevo novio en mi sofá».

Cruzo los dedos para que mis sospechas no se hagan realidad. Entro desganada, me deshago de los zapatos de tacón, los dejo bien colocados a un lado del mueble de la entrada, suelto la chaqueta en el ropero de al lado y me fijo en mi reflejo cansado y triste en el espejo.

Sin ánimos me dirijo hacia el salón a saludar a mi «buena» compañera y, por desgracia, amiga, porque está más colgada que una regadera… pero aun así la quiero o eso creo… Ahora mismo no me encuentro con ganas para definir mis sentimientos hacia esta loca por el simple hecho de que a veces siento esa necesidad de asesinarla sin piedad… y, si pudiera ser de la peor forma que puede existir, mejor, por lo de esta mañana.

—¡¡Holaaaaa!! —Julia grita alegremente cuando me ve asomar por la puerta del salón y salta del sofá a la mesa y de la mesa al suelo con el portátil a cuestas. Rápidamente me da un beso y me coge de la mano arrastrándome así hasta obligarme a sentarme en uno de los sofás.

Sorprendida de encontrarme el salón vacío, me siento un poco más aliviada, pero no menos cansada. Ahora es el momento de recordarle a mi desastrosa amiga las reglas de convivencia para que no vuelva a ocurrir lo de hoy.

—Contigo quería yo hablar… —comienzo diciéndole.

—Sí, sí, ahora me cuentas, pero primero yo —Julia me interrumpe mientras no deja de pegar saltitos en el sofá por la emoción que siente.

—¿Qué estás tramando…? —pregunto con cautela, esperándome cualquier cosa.

—Agárrate amiga, porque vienen curvas…

Julia teclea rápidamente algo en su ordenador y luego gira la pantalla hacia mí.

—¿*La isla de las tentaciones*…? —pregunto, y tengo que achinar los ojos mientras intento leer la letra pequeña: «Enhorabuena, Claudia Rivera Santos, tu solicitud de inscripción acaba de ser registrada…», leo en voz alta, pero conforme más voy leyendo mi voz se va apagando por la impresión.

—¡¡Así es, amiga!! Tú y yo acabamos de inscribirnos en *La isla de las tentaciones* como solteras tentadoras.

Me quedo en estado de *shock* porque lo último que me imaginaba para arrebatar mi lunes era acabar mi maldito día de esta manera…

—Claudia, esto no es real, esto es un mal sueño… —me repito a mí misma ignorando a la que dice ser mi amiga. Intento respirar despacio y pausadamente antes de que me dé un maldito infarto y liarla parda.

12. MARÍA

—Buenas tardes, María. —Una sonrisa encantadora me recibe con una extravagancia que me quita todos los males.

—Hola, Carlos. —Le devuelvo el saludo con mi mejor cara intentando disimular la mala hostia que me ha provocado el imbécil ese.

Me invita a sentarme en el mismo sillón de siempre y yo, encantada, le obedezco.

—Te noto algo alterada, ¿te encuentras bien?

Mi doctor preferido me tutea porque llevamos años de terapia y ya hay cierta confianza. Se acerca un poco más a mí, su perfume de machote invade todas mis fosas nasales y la boca comienza a segregar demasiada saliva. Vamos, que de un momento a otro la baba seguro que se me caerá y empezaré a parecer *monguer*…

—Sí, sí, perfectamente. Solo… que no me gusta llegar tarde —miento en cierto modo…, porque el culpable de que yo esté así es el impresentable al que acabo de cruzarme. Y, dicho esto, me río de mi propia respuesta.

»Bueno, aunque, si me sintiera perfectamente, no estaría aquí, ¿no?

Y ahora es Carlos el que ríe un poco con disimulo con lo que acabo de decir, porque, ante todo, profesionalidad no le falta. Me encanta su risa… y yo sé que a él le gustan mis bromas. Aún no se lo he planteado, pero sé que haríamos una pareja perfecta. Puede que la semana que viene le proponga matrimonio…

—Bueno…, pues… comencemos con la sesión de hoy.

El Dr. Sánchez ojea muy serio sus anotaciones y después de un buen rato en silencio prosigue:

—Espero que hayas hecho los deberes que te encargué la semana pasada, María…—Le miro extrañada porque ahora no caigo. ¿Qué deberes? Pienso, pienso, pienso, pienso…, pero, al parecer, mi cara es como un libro abierto, porque al momento me lo nota y me lo explica un poco mejor—. ¿Te acuerdas de que te dije que en estos días quería que hicieras una lista? Pues hoy es el momento de que me hables de cuando eras pequeña… Es decir, quiero que empieces por las cosas que más te gustaban de niña.

La verdad es que no le he hecho mucho caso a esa lista de cosas buenas. Aunque empecé a hacerla después de terminar la sesión en cuanto llegué a casa, pero lo dejé en la tortilla de patatas de mi madre… Es decir, en el primer punto de la lista.

—Pues… me encantaban el salmorejo que hacía mi madre y la tortilla de patatas —le digo repitiendo mis pensamientos y los ojos me hacen chiribitas y la boca agua solo de recordarlo—. También me encantaba la paella que hacía mi padre, era su plato estrella porque no sabía cocinar nada más. —Y me río de mi último comentario.

Al recordar a mi padre un inmenso vacío se apodera de mi interior. Cierro los ojos y disfruto un poco más de ese recuerdo.

—Continúa, por favor.

Sigo hablando de cosas que me gustaban y todas van en referencia a mi padre. De cuando íbamos a la playa y jugábamos al tiburón y al bañista; él, por supuesto, era el tiburón que me perseguía hasta alcanzarme para luego lanzarme por los aires. Mi madre desde la orilla siempre le gritaba cuando me hacía ahogadillas porque yo me reía y entonces tragaba mucha agua. O cuando nos sentábamos juntos en el porche de casa, que él leía sus libros de historia y yo mis cuentos de hadas y princesas; mi madre siempre tenía que salir a buscarnos para cenar porque incluso nos anochecía. O, cuando ella me castigaba porque había llegado tarde de fiesta y me quitaba el móvil una semana, él me prestaba el suyo para enviar un mensaje, «pero solo uno», me decía…

Me vienen recuerdos de cuando yo lo encubría para fumarse un purillo de esos que a él le gustaban y que solo se fumaba de vez en cuando… Hasta ese olor que desprendía el puro me gustaba, porque era nuestro secreto y a mí me encantaba esa complicidad que existía solo entre nosotros dos.

También pienso en Samuel, mi mejor amigo de la infancia… Esos recuerdos nunca se han marchado de mi cabeza, aunque de él prefiero no hablar porque aún duele, así que sigo hablando y hablando de mi padre y de esos buenos momentos que pasábamos juntos y, entonces, Carlos me corta porque ya hemos acabado la sesión por hoy, pero antes me pide una última cosa más…

—Háblame de los recuerdos en el colegio. —Lo miro con el entrecejo fruncido.

—No…, no tengo ningún buen recuerdo de esa época. —Y, al decir eso, Carlos me mira, yo le mantengo la mirada, él me la estudia y yo intento que mi mirada no diga nada para que no me siga examinando.

—Bien, María, lo has hecho muy bien, me alegra mucho que me hagas caso y pongas en práctica los ejercicios que te mando. Por eso… hoy quiero que en estos días hagas otra lista, pero esta vez de las cosas que no te gustaban de tu pasado y las que cambiarías.

Ese ejercicio ya me gusta menos…

No digo nada, solo asiento porque la verdad es que después de este rato me siento más relajada, como un poco más liberada y puede que hasta un poco más feliz por recordar esas cosas buenas… con mi padre, mi cómplice…

13. JULIA

Las doce de la mañana. Un terrible dolor de cabeza me taladra el cerebro.

—¡Bienvenida, amiga resaca! Ya te echaba de menos… —Me estiro entre mis sábanas buscando algo o a alguien, pero me encuentro más sola que la una.

Por partes me siento aliviada de no tener que echar a nadie nuevo de mi cama.

De repente me viene Agus a la cabeza, me imagino lo bien que lo podíamos haber pasado si no hubiese tenido novia… Pero mejor así, tampoco sería bueno haberme tirado al fotógrafo la primera noche de habernos conocido si vamos a ser una especie de compañeros de trabajo.

—¡Por favor! ¿Qué imagen tendrían de mí…?

Y me río de mi propia ironía porque siempre me ha dado igual lo que la gente piense o deje de pensar de mí.

Me miro al espejo y me veo horrible, pero no me importa, porque no hay nada como un desayuno recuperador y una buena ducha.

Me arreglo tranquilamente, sin prisas y además con pausa, andorreo tranquilamente por el piso. Después del desayuno que mi trabajo me ha costado ingerir y del cual he dejado más de la mitad sin tocar, me hago mi café solo y me lo llevo allí adonde voy. Nunca me han gustado las prisas y menos para arreglarme… A mí, o me das mi tiempo, o conocerás mi peor cara, porque me pongo de tan mala hostia que hasta los ojos se me vuelven hacia atrás.

Mientras me visto, ojeo mi agenda y me organizo para esa misma tarde, tengo bastante trabajo…, pero mejor, así tengo una buena excusa para ausentarme antes. Mi padre desde hace un año ha tomado como costumbre eso de llevarme a un bonito restaurante una vez cada dos semanas y así tener una excusa para vernos y preguntarme por Víctor.

Llego tarde, porque, si no, no sería yo. Me disculpo, ya que también me han enseñado a ser educada y, aun así, me sabe mal hacer esperar. Mi padre me recibe con un beso y un fuerte abrazo. Y, aunque a mí el pasado todavía no se me ha olvidado y no creo que se me olvide jamás, también le abrazo. Sé todo el esfuerzo que está haciendo para recuperarnos a mí y a mi hermano y seguir manteniendo esta pequeña relación, aunque sea. En cambio, Víctor no da su brazo a torcer tan fácilmente y ante eso yo no puedo hacer nada.

—¿Qué tal estás, hija? —me pregunta mientras tomamos asiento.

—Bien, papá, como siempre —le digo encogiéndome de hombros y hojeando rápidamente la carta de vinos.

—¿Y tu hermano? Pensaba que… esta vez vendría.

Me da pena cuando veo tanta desilusión en su cara.

—Esto… Iba a venir. —Y al decir solo esas tres palabras mágicas su cara cambia y se le ilumina de nuevo la mirada—. Pero… creo que anoche había quedado con una chica y ya sabes cómo es Víctor…, donde haya una falda que se quite todo lo demás.

Y me río de mi propio chiste e intento así quitarle importancia a ese asunto.

—¿Es que tiene novia? —me pregunta, deseoso de que le hable más de mi hermano.

Sé que lo echa de menos…, pero también entiendo la actitud de Víctor. Porque él en su infancia y adolescencia también echó mucho de menos la figura de un padre. Yo, en cambio, a pesar de esas noches que pasé cuidándolo, desvelada, sin entender qué estaba pasando en casa, preguntándome si lo que éramos se podía llamar familia…, al final, conseguí hacerme inmune a todo aquello. En cambio, mi hermano, siempre lo ha llevado peor que yo.

—Bueno… No sé si a eso se le puede llamar novia…, creo que los ligues de Víctor se podrían definir mejor como «presas cazadas» —le contesto y mi padre ríe con mis gracias.

—¿Y tú, hija?

Ya nos han traído la comida y aprovecho para pedir otra copa de vino tinto. Me relaja y me encanta el vino.

—¿Yo qué…? —pregunto mientras devoro mi plato, porque al final no he podido desayunar tanto por la resaca.

—¿Hay algún chico por ahí…?

No, por favor, ese tema a estas horas y con mi padre… Eso ya es demasiado. Lloro para mis adentros…

Antes de contestar, bebo un sorbo largo y tendido, prácticamente hasta acabar con mi copa, luego me seco la comisura de los labios muy finamente con la servilleta de tela a juego con los manteles y lo miro fijamente.

—No, papá. No existe ningún hombre porque no hay nadie que merezca la pena en esta vida.

Y así es. Para mí los hombres están para lo que están…, para que me rasquen cuando me pique y para que me acompañen cuando me siento sola en mi cama, pero solo en mi cama. Para lo demás no necesito a nadie, porque me valgo yo solita. Eso no se lo digo, pero desde siempre lo he pensado y siempre lo seguiré pensando.

—Bueno…, ya te llegará el tuyo, no te preocupes —me dice con una sonrisa.

—Estoy bien así, papá, no quiero complicarme la vida con nadie… Ahora estoy mejor que nunca —le contesto intentando dejar ya zanjado el tema de los novios.

—¿Y de dinero…? ¿Cómo andas, Julia?

Otro tema que odio…

—Bien, papá. Aunque no lo creas, lo que yo hago también se llama trabajar. —Me muerdo la lengua porque no quiero entrar en discusión con él.

—¿Sigues con lo de los blogs esos?

—Sí, y con las colaboraciones en otras revistas, como correctora de novelas… Y aceptando cada cosa que me interesa en referencia a este tema.

—Y, cuando esa moda pase, ¿qué harás? —Mi padre cruza los dedos y me mira fijamente, su expresión ha cambiado y yo ya sé por dónde van los tiros.

—No es una moda, es un trabajo como otro cualquiera —me defiendo.

La conversación cada vez empieza a subir más de tono. Y yo cada vez empiezo a alterarme más… Sé que la gente de su edad no reconoce mi trabajo como tal, y me incordia mucho tener que defender siempre lo que hago.

—¿Y por qué no te planteas lo de trabajar en mi empresa…? Ya sabes que el puesto que te ofrezco es de lo tuyo, cariño.

Resoplo porque cada vez que me saca ese tema se me tensa todo el cuerpo. No quiero trabajar en su empresa, no quiero ser la niña de papá y la enchufada, no quiero que me miren y sentir que no valgo nada y menos que digan que si estoy allí es por quien soy y no por lo que hago.

Nunca me ha importado lo que piensen de mí, eso es cierto, pero sí me importa que valoren mi trabajo y allí estoy más que segura de que no lo harían mientras sea la hija del jefe.

—Ya sabes que así estoy bien, papá. Me gusta lo que hago —le digo midiendo cada una de mis palabras y a la vez intentando no alterarme más aún.

Termino mi tiramisú y me limpio los restos que se me han quedado en la comisura de los labios.

—Papá…, me voy a tener que marchar a trabajar, esta tarde tengo varias cosas pendientes de entrega.

Mi padre se levanta a la vez que yo para despedirme.

—Prométeme que por lo menos te lo pensarás, hija… No hoy, pero sí algún día.

Asiento con la cabeza para que me deje en paz, porque no tengo nada que pensarme…, pero sé que, si sigo con mi negación, no dejará que me vaya sin insistirme un poco más.

—Dale a Víctor un beso de mi parte…

Y al decirme esto su mirada se vuelve a entristecer.

—Claro que sí, papá. Cuídate, nos vemos pronto. —Me despido con un beso y con un pequeño abrazo.

Me dirijo directa a mi piso, siempre después de estos encuentros no me apetece verme con nadie, así que me paso la tarde haciendo eso que tanto me gusta y que nadie entiende: trabajar.

14. VÍCTOR

Había gente por todas partes, motos haciendo caballitos y trompos con la rueda trasera, música que venía de los enormes altavoces de los maleteros de los coches tuneados. Había chicas, muchas, más que ninguna otra noche… También había alcohol y, por supuesto, drogas.

Reduje todavía más la velocidad y, subido en mi moto, busqué a mi gente.

Allí estaban, en el mismo muro de siempre. Cuando llegué hasta ellos, todos empezaron a vitorearme y a llamarme por mi nombre de malote, «Snake».

Hubo un tiempo en que me gustaba que me llamaran así porque me hacían interpretar mejor ese personaje que poco a poco me había creado y que hasta yo mismo me llegué a creer. Un personaje que me había hecho en el mismo momento en el que le pegué una paliza a uno sin venir a cuento. Bueno, sin venir a cuento no, porque me buscó y me encontró.

Yo por aquel entonces ya estaba cabreado con el mundo. ¿Por qué? Por la culpa de mi señor padre… Porque lo llegué a necesitar tanto que nunca estuvo, porque hice cosas solo para que estuviera orgulloso de mí y aun así seguía sin estar; porque, cuando necesitaba preguntar cosas de hombres…, él tampoco estaba; porque, cuando empecé a experimentar con chicas y me surgían dudas…, no tenía con quién resolverlas. Solo tenía a Julia, pero ella en algunos aspectos no me entendía, y yo… llegué a sentirme tan furioso que me fui encerrando un poquito más en mí hasta tal punto de odiar al mundo.

¿Por qué? Porque me sentía solo. Y después vino lo que vi con mis propios ojos. El monstruo que mi padre llevaba dentro. Lo presencié todo y entonces dejé de verlo como un padre. Para mí se convirtió en la peor persona de este planeta.

Fue uno de esos días que se cruzó el tonto de turno con la persona equivocada, es decir, conmigo. El chulito del patio, Izan, el matón del instituto y de los alrededores, el inútil que se creía alguien en la vida solo porque podía con los más débiles. Yo estaba ese día en el patio, solo, como casi siempre. Y el imbécil este decidió divertirse con el solitario del instituto, con el que pasaba de todo, con el que no abría la boca ni para decir «hola». Se acercó hasta mí para pedirme no sé qué, porque ni siquiera le había prestado atención.

—¿Eres sordo o qué te pasa?

Al escuchar que se dirigía a mí de esos modos fue cuando levanté la vista de mi móvil, pero ni siquiera le contesté.

—¿Encima de sordo eres mudo o qué?

Todos sus colegas que lo acompañaban empezaron a reírse de mí y los que estaban más cerca de nosotros nos miraban.

—Pero mira qué pedazo de móvil tiene el niñito este de papá… —Y, dicho esto, me lo quitó de las manos.

Ahí fue cuando me transformé en ese ogro que llevaba dentro comiéndome desde hacía ya unos años. La sangre empezó a bombardearme las sienes y un calor insoportable empezó apoderarse de todo mi cuerpo. Sin pensármelo, me abalancé sobre él y me lie a repartirle puñetazos con todas mis fuerzas por todo su cuerpo. Notaba cómo ese monstruo salía de mí con furia, con ganas e impaciencia. Fue ese monstruo el que le rompió una costilla y la nariz, no yo…

Cuando, por fin, consiguieron separarme de él y vi su cuerpo tendido en el suelo retorciéndose de dolor y con la cara llena de sangre, me di cuenta de la persona en la que me había convertido…, y me odié un poquito más.

Como fue de esperar, grabaron la pelea y el vídeo corrió por todos los móviles e incluso creo que hasta lo subieron a YouTube. Por supuesto, a mí me expulsaron un mes a mi casa y, si hubiese sido como cualquier otro chico de mi edad, me hubiese muerto del miedo por la regañina que me caería de mis padres, pero mi vida no era como la de cualquier otro niño… Mi padre no me dijo nada y mi madre, con sus viajes, creo que ni se llegó a enterar.

Desde ese momento comenzó mi otra vida. Sin quererlo me empecé a hacer popular, la gente me saludaba cuando se cruzaban conmigo y, si podían, se quitaban de en medio porque temían que les hiciera algo… Fue ahí cuando los que ahora dicen ser mis colegas se acercaron a mí y me metieron en su mundo y yo decidí interpretar un personaje que me serviría de caparazón para el resto de mi vida.

Y ahora… me encontraba a punto de correr la carrera más dura de todo el año, una carrera donde había apuestas y el ganador se llevaba el respeto de todo ese mundo. Una carrera que tenía la palabra «peligro» escrita desde un principio… Y lo peor de todo es que yo lo sabía, porque esa vez la carrera no solo sería bordear las dos fábricas abandonadas como siempre, sino que sería por dentro de las dos fábricas que se comunicaban con una especie de pasarela que habían montado con andamios…

En aquel entonces no le temía al miedo. No me importaba ganarme el respeto de aquella maldita gente de la que a veces ni siquiera entendía su actitud; en el fondo sabía que yo era un personaje más entre todos esos títeres. Yo no temía que me pudiera pasar algo, total…, ¿a quién le iba a importar?

Y todo pasó tan rápido que no supe por dónde me vino. Una mirada de Daniela entre la multitud que nos rodeaba llamó mi atención. Me sorprendió verla allí y me hubiese encantado haberme acercado hasta ella para hablar un rato después de la carrera. Pero lo peor de todo esto es que no hubo un después...

¿Quién me iba a decir que esa iba a ser nuestra última mirada...?

La carrera dio comienzo y con ello la velocidad y la adrenalina corrieron por mis venas... El deseo de saciar esa carencia que todo me hacía sentir. Aquellas cosquillas que me decían que yo era alguien, que no era invisible y que era real me gustaba que estuvieran ahí, en mi estómago, me hacían sentir vivo...

Sonó un ruido ensordecedor que hizo dar comienzo a la carrera. Me adentré en una de las fábricas, yo iba casi en cabeza de toda la *troupe*, por poco me como un viejo poste de hormigón, pero lo pude esquivar por los pelos... A los pocos minutos de comenzar con todo aquel alboroto se empezaron a escuchar sirenas: «¡Mierda! La poli...»; pero yo seguí mi camino a toda velocidad sin importarme nada más..., ya no había vuelta atrás. No me pensé ni un minuto si cruzar o no la pasarela, tampoco cogí el freno, le di todo el gas que pude y lo hice. Lo hice a toda velocidad..., pero algo no fue bien, porque en milésimas de segundo caí al vacío... Y ahí acabó todo: mi nuevo mundo, Snake, Dani, los que decían ser mis colegas...

Esa noche también dejaron de serlo. Fueron capaces de dejarme ahí tirado como a un perro. Un perro al que recogió una ambulancia acompañada por la poli.

De esa noche no recuerdo más nada... Solo sé lo que Julia me contó después, la parte del hospital, la UCI, el trasplante...

15. DAVID

Ese día no iba a ir a la oficina, pero sabía que luego me reconcomería la conciencia, que, cuando estuviera en casa, me sentiría solo y mal por huir de todo lo ocurrido. Era lo que llevaba haciendo día tras día. Y una cosa tenía clara, y era que o afrontaba la situación de una vez por todas o lo echaría todo a perder.

Mi padre había muerto y ahora esto tenía que seguir en marcha, si no, mucha gente se quedaría sin trabajo por mi culpa.

Tuve que salir a correr, lo necesitaba, porque de momento era lo único que me despejaba. Intentaba no pensar, necesitaba dejar la mente en blanco, no quería recordar absolutamente nada que tuviera que ver con mi pasado. Pero era imposible que dejara de darle vueltas a la conversación que había tenido con Teo hace tan solo un par de días. Yo me encargaría de todo. ¿Yo al frente de la revista?

Cuando me lo dijo me prometió que él siempre estaría a mi lado, que no me dejaría solo en esto y que me ayudaría en todo lo que yo le pidiera… porque mi padre había sido como el hermano que nunca tuvo. Y me lo creo, porque sé que mi padre confiaba su vida a este señor.

Desde lo ocurrido apenas me encuentro con fuerzas para continuar con toda esa responsabilidad que ha recaído sobre mis hombros, pero mi padre era el fundador de esta conocida revista y ahora soy yo el encargado de sacarla adelante. Con su fallecimiento hemos perdido muchos clientes, aunque el funcionamiento haya seguido igual porque los trabajadores son de lo mejor. Mi padre siempre se encargó de contratar uno a uno a los mejores en su sector. Pero en cualquier momento esto se puede ir a pique. Y no, no quiero fallarle, no puedo… Él ha confiado en mí y yo necesito demostrarle de alguna manera que puedo hacerlo, aunque ya no esté… Se lo debo, me lo debo.

A veces siento como que todo esto me viene demasiado grande. No me veo capacitado para asumir el mando y lo único que me ronda en la cabeza es la posibilidad de venderla, así me ahorraría todos esos problemas que se me van a venir encima…

Cada vez corro más y más rápido, como si de esa manera le pudiera dar una solución lógica a mi vida. Siento cómo me pinchan las piernas, cómo los músculos están en su límite, pero aun así sigo corriendo con todas mis fuerzas. El corazón me late con tanta rapidez que es como si quisiera salirse de mi pecho y me obligo a seguir a toda la velocidad que me dan las piernas sin importarme nada más.

Yo me había criado en ese enorme edificio. Mi madre murió cuando me dio a luz, por lo que la figura maternal ha sido y sigue siendo la de mi Nani, mi cuidadora. La mejor del mundo. Mi padre siempre ha sido un fanático del trabajo, así que, si quería pasar tiempo con él, tenía que conformarme entre las paredes de esas oficinas. Pero a mí con tenerlo cerca me bastaba y me sobraba. Cuando crecí, me internó en el mejor colegio y luego he estado en la mejor residencia de la universidad. Cuando venía de vacaciones, volvía a llevarme con él a la revista y a mí me encantaba verlo en reuniones. Cada paso que daba yo lo imitaba. La gente lo respetaba, cuidaba de sus trabajadores como si de una gran familia se tratara. Era agradecido hasta con el mínimo favor que alguien le hiciera y jamás dejaba a su secretaria que le trajera un café, porque él siempre decía que tenía manos para eso.

Hubo un tiempo en el que lo eché de menos e incluso me cabreé con él por no dedicarme ese tiempo que todo hijo merece, porque hubo momentos en los que me sentí solo. Después me resigné con lo que había, por lo que siempre fue un referente para mí. Y yo, desde muy pequeño, lo seguía a todas partes e incluso a esas reuniones en las cuales me enteraba de la misa la mitad, pero allí estaba yo, pendiente de todo lo que se movía a mi alrededor.

Aprendí del mejor… Estudié Periodismo junto a Finanzas y terminé con el máster de Marketing y Publicidad. Y todo lo hice por y para él, para que se sintiera orgulloso de mí. De su hijo…

16. CLAUDIA

—¿Inscrita en un programa de televisión? ¿Yo? ¡¡No puede ser!! No, no, no. ¡¡Esto es imposible, incoherente, ilógico…!! ¡¡Paso!! ¡¡Me niego!! —Voy gritándome a mí misma por toda la casa porque hace ya rato que ignoro a esa persona que tengo como amiga.

—Tranquila, Clau, déjame explicarte… —Julia me sigue mientras yo ando de la cocina al baño, del baño al salón y del salón a mi dormitorio, y así sucesivamente, mientras ella trata de calmarme—. A ver, ¡escúchame! ¡Tampoco es para tanto!

—¡Pero, vamos a ver, alma cándida! —Me giro hacia ella para encararme y casi chocamos—. ¿En qué mundo de yupi vives, si se puede saber? ¡¿Es que no tuviste suficiente con la que se lio hace un año?! —grito como una posesa mientras sigo recorriendo el piso de un lado a otro como una perturbada.

—Esta vez puede ser divertido… Y hace un año pasó lo que tenía que pasar. Gracias a eso, tú y todos los allí presentes nos dimos cuenta de todas esas mentiras. Además…, ¡somos periodistas! Debemos ir abriéndonos camino en este mundillo e ir haciendo contactos. —Julia trata de convencerme, pero yo no la escucho o, por lo menos, eso trato.

Se interpone entre la pared y yo, cerrándome así el paso.

—Tanto tú como yo sabemos que necesitas un cambio en tu vida, que así con esa desgana no puedes seguir, que acabas de cumplir veintisiete años y te comportas como si tuvieras cuarenta, que la vida pasa, que llevas sin pareja más de un año y ya no solo eso…, lo peor de todo es que llevas sin que te den un buen meneo más años que Carmen de Mairena. Ah, ¡no!, perdona… ¡Esa folla más que tú! —Julia se desahoga como si llevara tiempo sin decirme todo lo que piensa.

—JA, JA, JA. —Me río con ironía—. Gracias por recordarme que mi vida no es la mejor del mundo, que no hay un solo hombre que merezca la pena y que estoy más seca que la cáscara de naranja puesta una semana al sol. Pero la solución no está en entrar en un ridículo programa de televisión y divertir a la audiencia. ¡Me niego!

—Venga, tonta, no seas aguafiestas… —Julia me abraza por detrás y empieza a hacerme mimitos utilizando la misma técnica de convencimiento que hace siempre, porque sabe de sobra que las discusiones no van conmigo, pero esta vez no lo va a conseguir.

—Me parece una absurdez. Sabes que ni siquiera soy de las que ven esa clase de programas porque me desquician… —Me vuelvo para desafiarla con la mirada.

—Pues, por eso, será toda una experiencia desde el primer *casting*…

Levanto la ceja y me cruzo de brazos… y entonces es cuando me viene el recuerdo de ese juego en el que Óscar, mi ex, me convenció para participar y al que luego Julia se animó y nos animó a todos los demás. Un juego en el que yo fui la única perdedora… Y, aunque todos me digan lo contrario, yo jamás estaré de acuerdo. Ese juego nos cambió a todos la vida…, pero sobre todo me la cambió a mí.

—¡No! ¡Y no es no! —le digo mientras me llevo mi tazón de leche calentita con galletas al salón, dando por zanjado el tema…

Sé que ahí no ha quedado el asunto que se trae entre manos, pero por esta noche Julia decide dejarlo estar. Me conoce y sabe bien que por las malas nunca podrá convencerme…

Me paso parte de la noche soñando con un montón de cámaras donde solo yo soy el centro de atención. Vaya donde vaya hay una cámara enfocándome de cerca; en el cuarto de baño, en la ducha…, hasta en mi cama. Cuando suena el despertador, me siento agotada, como si me hubiese pasado toda la noche escapando de algo… Me levanto medio aturdida y voy a la cocina a por ese café doble que voy a necesitar para ser persona.

—Buenos días, princesa…

Julia me saluda y yo, aún con un ojo abierto y otro cerrado, miro mi reloj de pulsera, luego miro a Julia, que está plantada en la cocina, y rápidamente vuelvo a mirar sobresaltada el reloj pensando que he sido yo la que me he podido quedar dormida. Pero no, no me he quedado dormida ni tampoco sigo soñando.

—¿Ha pasado algo? —le pregunto algo desorientada al ver a mi compañera hacer lo que nunca hace: madrugar y preparar el desayuno.

—Nada… ¿Qué tendría que pasar…? —Se vuelve hacia la barra—. ¿Café o zumo de naranja? —Julia cambia rápidamente de tema, ofreciéndome algo de tomar y me sonríe de oreja a oreja.

—Café… —Me quedo un rato mirándola, desconfiada, y me apoyo en el quicio de la puerta, vigilando sus siguientes movimientos.

—¿Qué? ¿Por qué me miras así? —pregunta mientras devora su tostada.

—Porque para que tú hayas madrugado algo muy gordo ha tenido que pasar esta noche…

—Qué mala imagen tienes de mí… —Julia se ríe, sabe que la conozco mejor que ella misma y también sabe que no tardaré en darme cuenta de sus intenciones.

—¿De qué quieres las tostadas? Y deja ya de mirarme como si trataras de leerme el pensamiento, que me estás poniendo de los nervios… Mis intenciones son buenas, ¡¡lo prometo!! —Levanta las dos manos como en son de paz.

—No pongo en duda tus intenciones…, pero te conozco y sé que se puede estar cayendo el mundo, que tú no te vas a levantar de la cama.

—Qué concepto más equivocado tienes de tu mejor amiga… —Julia se hace la ofendida mientras sigue devorando su desayuno.

Cuando me estoy lavando la cara se me ilumina la bombilla y ya sé a lo que se debe todo el esfuerzo que está haciendo por agradarme.

—¿Quieres un poco más de café? —me pregunta cuando vuelvo a la cocina.

Niego con la cabeza, pensativa, y Julia me pregunta si quiero algo más de desayunar, se ofrece a quitar la mesa y a fregar los platos, me dice que hoy dedicará la mañana a limpiar el piso a fondo, y a mí eso me hace mucha gracia, porque de sobra sé que, ni aunque el mundo se hubiera destruido, los humanos se hubieran extinguido y nosotras fuésemos las últimas supervivientes, Julia sería una persona ordenada y menos que esa idea saldría de ella. Pero, evidentemente, no le digo nada, me hago la tonta. «Mientras le dure lo de ser una buena samaritana y una excelente compañera de convivencia…, jamás la detendré», pienso.

Esa mañana Julia decide no referirme nada, tampoco vuelve a sacar el tema de la noche anterior porque sabe que no daré tan fácilmente mi brazo a torcer… Estoy segurísima de que está esperando una oportunidad y entonces será cuando volverá de nuevo al ataque para convencerme de alguna manera de acudir a los *castings* de ese programa de televisión. Está segura de que una vez al año no hace daño y que la experiencia tiene que ser de las que no se olvidan, de esas que contará a sus hijos e incluso a sus nietos porque dará mucha risa. Es lo último que anoche me refirió antes de que le cerrara la puerta de mi habitación en las narices.

17. MARÍA

Mi trabajo me encanta, a veces abusan demasiado de sus trabajadores, pero bueno…, supongo que al igual que en cualquier otra empresa.

Esta tarde decido quedarme echando un rato más, ya que estamos en plena campaña publicitaria y necesito adelantar trabajo, y aquí lo de pedir ayuda como que no sirve de nada…

—¿Qué pasa, preciosa…? ¿Piensas heredar este imperio o qué? —Víctor se sienta encima de todos mis papeles apilados, siempre hace lo mismo y siempre me incordia que haga eso.

Suspiro antes de mandarlo allí donde pican los pollos, me tomo unos segundos y luego pienso que es él, el tocapelotas de siempre, igualito que su hermana…

—Víctor, cariño, quita tu precioso culo de chocolate de mis papeles si no quieres que te meta esto por tu precioso culito —lo amenazo con el bolígrafo que estoy empuñando con fuerza.

—¡Jodeerr! Cómo está hoy el ambiente, ¿no? —Se levanta rápidamente de mi mesa, exagerando mi amenaza.

—Es que tengo que terminar esto para mañana y no me va a dar tiempo… y tú me estás entreteniendo.

Suena mi móvil. Lo miro. Mi madre… Suspiro.

—¿Y no has pensado en pedir ayuda?

—¿A quién? ¿Al señor don Pera?

Este se encoje de hombros.

—Lo hice en su momento, pero no sirvió de nada…

—Bueno, ahora, tal y como están las cosas, más vale que por lo menos mantengamos el puesto…

—¿Por qué? ¿Qué pasa? —pregunto extrañada.

Mi móvil vuelve a sonar… Mi madre de nuevo.

—Mamá, espera…, ahora te llamo, que estoy en el trabajo.

—Vale, hija, no te preocupes…, pero acuérdate de devolverme la llamada. Te quiero. —Y ella misma cuelga el teléfono.

Me llama por costumbre, los días que no me paso por casa esta es la hora a la que solemos hablar un rato.

—Pues resulta que se están escuchando rumores de que, con todo esto de que el jefe ha muerto y lo ha heredado su único hijo, este tiene pensado vender la revista, así que ese que a vosotras os gusta tanto y os tiene a todas chorreando se va a deshacer de todo esto junto con la plantilla.

—¿Qué me dices…? —No doy crédito a lo que mis oídos están escuchando en estos momentos—. Entonces ya podemos ir preparando la solicitud para el paro, ¿no?

—Pues eso parece, así que también podemos ir actualizando currículum… —Víctor coge su móvil y se entretiene mirando la pantalla—. Bueno…, de momento solo son habladurías… Te dejo, preciosa, que me reclama una morena de metro ochenta.

Niego con la cabeza porque este chico jamás cambiará… Se despide con un beso y yo me quedo una hora más adelantando trabajo para mañana.

Cuando salgo de la oficina, llamo a mi madre y nos tiramos hablando todo el recorrido que tengo hasta llegar a casa.

—Hija, hoy me han preguntado por ti, otra vez…

—Mamá, que no voy a quedar a tomar nada con Samuel… —le digo mientras busco un asiento libre en el metro.

—Cariño, pues no lo entiendo. De pequeña no salías de la casa de los vecinos, luego tu cumpleaños solo querías celebrarlo con Samuel porque decías que tus compañeras de clase eran tontas del culo. Os fuisteis hasta de vacaciones juntos y ahora… ¿no puedes dedicarle ni una hora para tomarte aunque sea un café?

—Vamos a ver, mamá… —le digo algo cansada y nerviosa porque hablar de él aún me provoca dolor—. Ahora mismo estoy hasta arriba de trabajo y la tarde que tengo libre ya sabes que es para ir a yoga, que eso es sagrado, cosa que hoy me he tenido que saltar porque no me ha quedado más remedio. Me falta aliento hasta para respirar y quieres que quede con Samuel, al cual llevo años sin ver, y dedicarle un tiempo del cual no dispongo.

Trato de parecer lo más convincente posible para que mi madre no note que todo son excusas para no enfrentarme de nuevo a ese pasado que me dejó hecha polvo durante un largo tiempo…

—Lo sé, hija, pero solo es que lo tengas en cuenta… Que cuando tengas un hueco te acuerdes de tu amigo y quedes con él. Tiene muchas ganas de verte. Y por lo visto creo que le han destinado aquí, a España.

Y al decirme esto último, me quedo callada.

—¿Eso te lo ha dicho él? —le pregunto cambiando el tono algo más calmado.

—Sí, él mismo me lo ha contado. Cada vez que viene a casa, cariño, lo primero que hace es preguntarme por ti y luego me dice que le encantaría verte y ponerse al día contigo… Te echa de menos, María.

Y eso me vuelve a dejar callada porque, después de tanto tiempo sin vernos y que dejara de contestar mis cartas…, no me cuadra ese interés por mí.

—Tú no le habrás dado mi teléfono, ¿no? —le digo rápidamente.

—No, hija. No le he dado tu teléfono, pero tampoco entiendo por qué no puedo dárselo. ¿Qué pasó, mi niña?

—Nada, mamá. Ya te lo dije… Simplemente se fue y perdimos el contacto.

«Se fue…», más bien eligió irse, que es diferente… No nos despedimos, no nos dijimos nada y el tiempo fue pasando y nuestras vidas crecieron por separado… Me costó hacerme a la idea, me costó olvidarme de él…, pero lo conseguí, o eso quiero hacerme creer a mí misma. Ahora no quiero tirar por la borda lo que tantos años me ha costado conseguir… Olvidarme de una parte del pasado.

—Bueno, mamá, te voy a tener que dejar…, estoy llegando a casa. Mañana no sé si me dará tiempo ir a verte porque he quedado con las chicas, pero en cuanto pueda prometo hacerte una visita.

—No te preocupes, cariño. Descansa…

Me despido de la buena de mi madre, aunque todavía me queda un rato para llegar a casa, pero quería cortar la conversación sobre Samuel porque ese tema me sigue alterando mucho y no, no me apetece pensar en él…, pero es inevitable.

Cuando llego al piso dejo el bolso y la americana en el armario de la entrada. Me quito los tacones y los dejo en la puerta del vestidor. No me deshago todavía de la ropa porque necesito urgentemente una copa de vino, así que me voy directa a la cocina para servirme una bien llena…

Me tumbo en el sofá e intento relajarme. No quiero pensar en nada, es más, me obligo a quitármelo de la cabeza pensando en otra cosa, pero es casi imposible después de la conversación con mi madre. Su imagen no deja de aparecer en mi cabeza y de pronto comienzo a imaginarme cómo sería volver a verlo después de tantos años…

¿Habrá cambiado en algo o seguirá siendo ese chaval soñador y risueño…?

18. JULIA

Me organizo la agenda de trabajo. «¡No puede ser! ¡¿Cómo se me ha podido pasar?!», tiro la agenda a la cama y detrás voy yo.

Hoy, exactamente ¡hoy!, era la convención de blogueros más importante de toda España; bueno, hay otras más conocidas, pero esta era ideal para mi trabajo, quería ir sí o sí, pero, tonta de mí, se me ha olvidado. ¡Maldita cabeza! «¿Y por qué, Julia? ¡Porque eres tonta del culo, tía!».

El monólogo de insultos frente al espejo no sirve para desahogarme. Quiero gritar y correr hasta que me duelan las piernas, quiero destrozar algo con mis manos, pero no veo nada, así que cojo el primer cojín que me encuentro por el camino y, tapándome la cara, grito todo lo fuerte que puedo, luego le doy puñetazos y termino estrellándolo contra la pared con la mala suerte de que tengo una puntería que es la hostia y cae por el balcón calle abajo.

—Lo que faltaba… —Me llevo las manos a la cabeza.

«¡Sinvergüeeeeenza!», escucho gritar de fondo.

—¿Ha sido a mí? —Sigo hablando, aunque nadie me escuche.

Me asomo muy lentamente por el balcón y veo a una señora de mediana edad mirando hacia mi dirección. Cuando me ve, escondo rápidamente la cabeza.

—¡No te escondas! ¡Te he visto, pedazo de sinvergüenza!

Me apoyo con la espalda en la pared, sentándome en el suelo, y de pronto la risa se apodera de mí por la situación tan patética que me acaba de ocurrir. Sin poder dejar de reír, me tumbo en el suelo.

Cojo mi móvil y escribo en el grupo de WhatsApp: «¡Quiero fiesta!». Espero, pero nadie contesta. «Necesito amigas que me levanten el ánimo», vuelvo a intentarlo…

«¿Qué te ocurre…?». ¡Esa es mi Claudia! Si en el fondo sé que me quiere.

«Que soy tonta del culo…». Yo.

«Eso no es nada nuevo». María.

«Ja, ja, ja». Claudia.

«¡Mamonas!». Yo.

Pero nadie vuelve a contestar. Normal que no me tomen en serio…, no me tomo ni yo. Sigo tumbada en el suelo mirando el techo en mitad del salón… Me llega un whatsApp: «¡Esas son mis chicas!».

Pero no, no son ellas… «¡Cabronas!». Es un número que no tengo guardado en el teléfono: «¿Te animas esta noche a una copa?». Desconocido.

Me meto en la foto de perfil y, al ver una cámara clásica en mitad de un prado de flores amarillas, ya me puedo imaginar de quién se trata…

Aunque en estos momentos me apetezca decirle cuatro cosas, me contengo…, porque empezar algo imposible es una tontería, así que decido no contestar.

19. VÍCTOR

—¡Vamos! ¡Que nos vamos a quedar sin sitio para comer! —grito a mi preciosa María, porque llevo un rato hablándole y no me hace caso.

—Id tirando vosotros, ahora os alcanzo.

Me apoyo de culo en su mesa llena de papeles, porque es la única manera de que me preste atención.

—¿Ya estamos como siempre? —María se cruza de brazos y me mira cabreada con sus bonitos ojos azules. Por lo menos he conseguido lo que pretendía, que me hiciera caso y que dejara de trabajar un segundo.

—¿Ya estamos con que vas a heredar parte de este imperio? —le digo imitando su voz.

—No es eso, Víctor, ni te imaginas el follón que tengo con el tema de las últimas entregas, y no sé por qué el imbécil este me lo tiene que mandar a mí todo para el último retoque.

Mi amiga se queja desganada.

—Pues porque eres la mejor de todas estas víboras, pero, aun así, te he dicho mil veces que tienes que hablar y no echarte toda esa carga encima. —Cojo su bolso, su americana y, agarrándola del brazo, tiro de ella.

—¡Esperaa! ¿Y Claudia no viene?

—No, la pobre se ha quedado terminando los informes de la última reunión.

Cogemos el ascensor, salimos del edificio y respiramos el aire caliente de la calle, cruzamos de acera y entramos en el restaurante de siempre.

—¿A quién buscas tan desesperadamente, si se puede saber? —Mi amiga se percata desde el primer minuto en el que pone un pie en el local.

—A nadie… ¿A quién voy a buscar? —le miento y luego le resto importancia.

María se detiene en seco y casi me como su melena, se gira muy lentamente hacia mí y me mira con una ceja arqueada.

—No mientas, Víctor. Sabes que a mí no me puedes engañar.

—No te miento, tonta. —La agarro por los hombros y la giro haciéndola caminar para nuestra mesa de cada día.

Hojeamos la carta en silencio hasta que se nos acerca el camarero, cosa que me fastidia, porque hoy no es el día libre de ella, hoy no le toca librar; entonces…, ¿dónde demonios estará?

Estoy a esto de preguntarle por Martina, pero me contengo… y, si lo hago, es porque ella me lo pidió. Me suplicó que, por favor, no se lo contara a nadie o la metería en un buen lío. No quise preguntar más por miedo a que no quisiera volver a quedar conmigo después del trabajo que me había costado convencerla para esa cena.

—Bueno… ¿Y cuándo me vas a contar qué te pasa? —María me saca de mis pensamientos.

—Nada, ¿qué me tiene que pasar?

—Pues eso, ¿qué te va a pasar? —Mi amiga repite lo mismo que yo imitando mi voz—. No es normal en ti que no abras la boca mientras estamos comiendo, cuando eres de los que no callan ni debajo del agua…

Me termino de un trago lo que me queda de cerveza y suelto la primera tontería que me viene a la cabeza para que esta deje de darme la tabarra con que me pasa algo. María se ríe y luego entablamos conversación como siempre, lo que hace que deje de pensar unos minutos en Martina.

Pagamos la cuenta y nos vamos a la barra del restaurante a bebernos el café.

—¿Hoy no preguntas por tu camarera *buenorra*?

—Emmm… —tartamudeo porque no me espero la pregunta—. No sé, supongo que estará de día libre.

María me mira con el entrecejo fruncido mientras le pega un trago a su café hirviendo.

—Pero si tú te sabes hasta sus días libres… ¿Qué pasa? Que ya te la has pasado por la piedra a la pobre muchacha y pasas de ella, ¿no?

Entonces es cuando casi me atraganto con mi café. Qué lista es la jodía, pero esta vez se equivoca.

—¿En serio? ¿Esta también ha caído entre tus redes, Víctor? Pues parecía un poco más lista, la verdad.

—¡Oyeee! Que hablas como si yo fuera un monstruo —me quejo.

—Un monstruo, no, pero un depredador de ovejas *polioperadas*, sí.

—Ya estamos con que Víctor es un depravado sin sentimientos…

En cualquier otro momento me lo hubiera tomado a risas, pero no entiendo por qué, en este caso, su comentario me ha hecho sentir molesto…

María me pega un manotazo en el culo cuando pasa por mi lado, se acerca a mi oído en plan zorrona y luego me susurra: «Si no fueras el hermano pequeño de mi mejor amiga, te iba a contar quién es más depravado de los dos».

Y eso me hace reír a carcajadas.

—Solo por esa guarrada que me acabas de decir al oído te invito al café.

Y, riéndonos, salimos del restaurante.

La tarde me la paso dándole vueltas al móvil entre mis dedos. Dudando de si llamarla o mandarle un *whatsapp*, aunque me lo tenga más que prohibido. Creo que esta es la décima vez que le escribo el mismo mensaje, pero sin llegar a enviarlo: «¿Cómo estás?»; hasta que decido darle a la flecha de «enviar».

Sé que, cuando me vea, me va a matar. En el último de nuestros encuentros me recalcó una y otra vez que no podía recibir mensajes ni llamadas estando en casa…, pero esa incertidumbre de no saber nada de ella me mata.

20. DAVID

—Hola… ¿Se puede…? —Bea pasa a mi despacho sin llamar, cierra la puerta detrás de ella y se apoya. Su mirada me recorre con cara de deseo y su boca está pidiendo ser devorada.

—Ya has entrado… —le digo sin quitar la vista de su cuerpo.

Beatriz es la persona más sexy y ardiente con la que jamás me he cruzado y luego está su experiencia con la boca, que te corres solo de mirarle esos labios que ya sabes de lo que son capaces de hacer.

—¿Tienes un minuto…? —me dice casi a modo de susurro. Está tanteándome, siempre lo hace…

—Pero solo uno… —le digo recostándome en mi silla.

—Será más que suficiente… —Y, dicho esto, pasa a la acción.

Se acerca hasta mí con paso firme, gira mi silla y quedo completamente frente a ella, me mantengo sentado y le dejo todo el control, pero solo por un rato…

Se sube la falda de tubo hasta enseñarme lo único que lleva puesto: unos pantis, porque creo que las braguitas se las ha dejado olvidadas en su casa y eso me pone muy cachondo. Le acaricio sus piernas lentamente hasta la cintura, paso mis manos por sus pechos, los cuales no me caben en las palmas de lo grandes que son, y luego vuelvo a bajar hasta sus cachetes, que están completamente al desnudo. Miro su cara de deseo y veo cómo se muerde el labio con fuerza, entonces le agarro del trasero y la subo a horcajadas encima de mi erección. Nos besamos, me muerde el cuello y luego me susurra cosas muy guarras al oído, cosas que me la ponen tan dura que noto cómo se me va a romper de un momento a otro. Mientras tanto sus manos me desabrochan la braqueta con impaciencia hasta sacármela toda fuera, extrae un preservativo de no sé dónde y rasga el envoltorio con los dientes. Con decisión me lo coloca y, dejando los preliminares a un lado, se sube encima de ella. Expulso el poco aire que me queda dentro y la dejo hacer, dejo que me cabalgue como una auténtica salvaje, que me muerda el cuello mientras sube y baja de encima de mí a su antojo. Estoy a punto de bañarla con mi orgasmo, así que la detengo, le desbrocho la camisa hasta que sus pechos quedan a la altura de mi boca; los estrujo, los succiono, los lamo y los muerdo.

Le gusta, lo sé por sus gemidos. Le tapo la boca porque no me puedo permitir que nos escuchen. La cojo y la subo encima de mi mesa, entonces la penetro con fuerza una y otra vez sin descanso. Me agarro de sus pechos y la muevo al ritmo de mi verga, que entra y sale con ganas. Noto cómo voy a explotar, pero quiero que antes ella se corra para mí, así que con uno de mis dedos le acaricio suavemente esa parte del cuerpo que te permite volar sin alas mientras no dejo de entrar y salir de dentro de ella a un ritmo frenético. Cuando veo que ha reventado de placer, me dejo llevar hasta vaciarme dentro.

Me recompongo, la beso y le ayudo a bajar de la mesa. Se coloca y se alisa la falda, me sonríe de forma triunfante y luego se coge a mi cuello de manera juguetona, pero yo dejo de seguirle el juego y le digo que tengo trabajo que hacer. Se le ve molesta, pero yo no he sido el que le he pedido que venga ni he ido hasta ella para follármela. Sabe bien lo que hay y simplemente no hay más…

21. CLAUDIA

Hoy en el trabajo me espera más de lo mismo: organizar las reuniones de mi superior, concertar citas, cuadrar la semana, preparar los dosieres de la próxima reunión…

La mañana, al fin y al cabo, se me pasa volando porque no paro o, más bien, no me dejan parar entre unos y otros. En ocasiones se me viene a la mente la alocada idea de Julia y sin darme cuenta hasta me río sola con solo imaginarme metida en todo ese embrollo.

—¿Qué es eso que te hace tanta gracia, amiga? ¿Es que la fotocopiadora te acaba de contar un chiste o qué? —María me sobresalta y gracias al susto que me ha pegado vuelvo a atascar la dichosa máquina.

—¡Mierda! Otra vez no… —me quejo.

María me ayuda a abrir la cubierta y a buscar el folio que se ha quedado atascado.

—Esta es la cuarta vez que me pasa en lo que llevamos de mañana. —Me vuelvo a quejar y a la vez hago pucheros de desesperación porque no puedo con esa máquina que me la tiene jurada. Mi amiga se ríe, le hace gracia el «patosismo» que me traigo y cómo lo pago con los folios que acabo de arrugar entre mis manos de la rabia.

—No me extraña, si llevas toda la mañana en la parra… Pero no lo pagues con la impresora que no te ha hecho nada. —Se agacha a salvar al resto de folios impresos antes de que yo también lo pague con ellos.

—Es por culpa de las ocurrencias de Julia, que sus locuras ya no tienen límite.

María vuelve a reír con ganas porque sabe de lo que esta puede ser capaz de hacer.

Las tres nos conocemos desde hace años, más exactamente desde primero de carrera, aunque en el segundo año María se separó de Julia y de mí porque se cambió a *Marketing*; nosotras terminamos periodismo y desde entonces somos inseparables… Y es lo único bueno que me ha pasado desde hace mucho tiempo; conocer a estas chicas que se han convertido en mi única familia.

—Todo lo que venga de esa loca no me sorprenderá nada… ¿Qué ha hecho esta vez…? ¿Te ha dejado en la calle? O no, mejor aún, ¡¡se ha montado un trío en el salón y te ha invitado a unirte a la fiesta!!

Hago muecas de repugnancia al escuchar su última idea y de solo imaginármelo me entran arcadas.

—Eso ya lo hizo, bueno, lo de invitarme a unirme a la fiesta que tenían montada en mi sofá evidentemente no, pero lo del trío sí. Lo otro mejor te lo cuento esta noche con una cerveza bien grande entre las manos para que te sea más fácil digerirlo…

—¿Quién ha mencionado una cerveza grande?

Víctor se manifiesta y se coloca a nuestro lado. Sin darnos cuenta, se nos olvida que estamos en el trabajo y nos encontramos los tres reunidos alrededor de la fotocopiadora como si de la mesa de una cafetería se tratara.

—A Claudia, que se la ha vuelto a liar Julia y lleva media mañana en la inopia —le aclara rápidamente María con ese acento sevillano que en ocasiones todavía se le escapa.

—Te lo advertí en su día…, que Julia te guiaría hasta su locura y te terminarías convirtiendo en una más de su gremio. —Víctor me echa el brazo por encima, dándome consuelo por la cara de desgana que seguramente ya me ha salido a pasear.

—Hablas de tu hermana como si fuera una extraterrestre —le digo. Me hace gracia y María ríe con ganas. Víctor me acerca hacia él como si me fuera a decir un secreto al oído.

—Te vuelvo a repetir que mi hermana… no es humana —me susurra muy flojito y entonces ahora soy yo la que suelta una carcajada que se escucha en toda la sala, porque pensaba que me iba a decir algo que yo no supiera.

—¡¡Claudia!!

Una voz masculina grita mi nombre a mis espaldas. Cuando me giro, veo a Ignacio, nuestro superior, en la puerta de su despacho con las manos en jarra.

—¡¡A mi despacho!! ¡¡Ahoraa!!

Lo miro, estupefacta, porque cuando grita de esa manera es porque algo no ha salido como el señorito esperaba y estoy segura de que me la va a liar. El corazón se me desboca y el labio inferior empieza a temblarme por los nervios. No soy una persona fuerte ni mi carácter es el de dejar calladas a esas personas que se lo merecen por sus injusticias, soy más bien de las que prefiere oír, ver y callar.

Ojalá fuera de otra manera y tuviera una personalidad tan fuerte como la de Julia o la de María, que mandan a la gente a paseo con toda la naturalidad del mundo y encima lo hacen hasta con gracia, pero es lo que tienen las personas que nacemos, crecemos y somos lo que somos: unas cagadas de la vida.

—Valiente gilipollas.

Escucho susurrar a María con la boca apretada para que este no le lea los labios. En otro momento me hubiera costado aguantarme la risa, pero ahora no estaba el horno para bollos.

Me giro sobre mis talones sin decir nada a mis compañeros porque esa voz me ha cortado hasta el habla. En toda la sala solamente se escucha el sonido de mis tacones sobre el parqué, noto cómo las miradas de mis compañeros se clavan sobre mi espalda mientras me dirijo a su despacho con el corazón acelerado y las piernas temblándome como un maldito flan. Sé que, como no me tranquilice, en cualquier momento me van a fallar y entonces es cuando la voy a liar, pero bien.

Cuando entro por la puerta de su despacho, lo último que espero es verlo ahí, sentado en la mesa del imbécil que me acaba de gritar... Me pongo más nerviosa aún. Si él está aquí, nada bueno ha podido pasar. Ni siquiera me mira al entrar, pero me imagino que me escucha llegar.

—Siéntate, por favor —me pide y yo obedezco tomando asiento enfrente de esos ojos azules que aún no se han cruzado con los míos porque siguen inmersos en los documentos que inmediatamente he reconocido, porque, precisamente, esos informes son los que preparé en la última reunión a la que asistí.

—¿Sabes por qué estás aquí? —me pregunta mientras sigue hojeando uno por uno cada folio.

¡Claro que no lo sé! ¿Cómo quiere que lo sepa? Por el ambiente que se respira, seguro que he tenido que meter la pata hasta el fondo y a lo mejor han sido con los últimos informes que redacté. Sé que ese día terminé con la cabeza como un bombo, que estaba deseando llegar a casa y ponerme el pijama, pero aun así tuve mucho cuidado con la redacción de los documentos. Siempre tengo cuidado con mi trabajo. Vale que se me puede pasar algo, soy humana, pero de ahí a que David haya venido personalmente a hablar conmigo... Algo he tenido que hacer mal.

Mi cabeza no deja de dar vueltas antes de contestar a su pregunta.

—No sé por qué estoy aquí, señor. —Al fin hablo.

David, mi jefe, el jefe de todos y el dueño y señor de todo este edificio, no solo de la última planta destinada al *marketing* publicitario, sino el jefe del Departamento Comercial, donde está instalada la zona audiovisual, del Departamento de Contabilidad, que eso es otra planta, y de toda la revista… está aquí, enfrente de mí.

En este edificio cada semana sale publicada tanto en digital como en papel la revista de moda más consumida de todo el país. En ella se plasman artículos sobre todo tipo de artistas, futbolistas, actores, presentadores; también se habla de vida saludable, de ejercicio *fitness*. Es decir, es la revista de sociedad más famosa que a día de hoy puede existir a nivel nacional. Pues David, el guaperas que tengo aquí delante que no debe superar ni los treinta años y que ahora está mirándome fijamente a los ojos, es el dueño de todo esto y tiene toda la pinta de ir a echar a alguien a la calle, y ese alguien tiene un nombre que yo conozco muy bien… El mío; todavía recuerdo nuestro encuentro en el ascensor, en el que quedé como una imbécil…

El silencio persiste en la habitación y la tensión se puede cortar con un cuchillo, por lo que a mí me da la idea de barajar la posibilidad de que ya estoy de patitas en la calle y será antes de que mi contrato finalice.

No me puede ir peor en la vida… Cierro los ojos y me relamo el labio porque noto mi boca seca, luego lo muerdo para ver si así consigo que deje de temblar o lo siguiente será echarme a llorar por esta incómoda situación.

Cuando, por fin, deja de hacer eso que está haciendo, vuelve a mirar mis ojos. Su cara es inexpresiva, no sonríe, solo se limita a cruzar los dedos debajo de su bonita cara y a mirarme fijamente.

—Pues bien, antes de nada, explícame cuáles son tus funciones en este departamento —termina diciendo al fin.

Me quedo de nuevo muda porque no me espero a qué viene la pregunta. Él debería saberlo, para eso es el jefe, ¿no?

Sigue sin sonreír, pero aun así es exageradamente guapo… Me vuelvo a concentrar en mi respuesta, así que evito mirarle directamente a los ojos para alejar de mi mente cualquier otro pensamiento fuera de lugar.

—Pues… principalmente hago fotocopias a todos mis compañeros, llevo los cafés del día, archivo documentación, organizo la agenda y las citas de Ignacio, asisto y preparo los dosieres de todas las reuniones, redacto los informes donde explico el contenido de cada una de ellas… —En fin, lo que vienen siendo las funciones que se le dan a la última mona que ha entrado a esta empresa. Eso no lo digo, aunque, ya que estamos, ganas no me faltan.

No sé por qué, pero desvío la mirada hacia Ignacio, que está de pie junto a David, con los brazos cruzados y sudando como un auténtico pollo. Este me mira con cara de pocos amigos. David se percata de nuestro cruce de miradas, por lo que lo fulmina con la suya consiguiendo que, incluso, agache la cabeza. Solo le ha faltado ponerse de rodillas y suplicar clemencia.

«Poder de intimidación» es como yo lo llamo. Por lo visto, David tiene ese efecto en cualquier ser humano de este planeta.

—¿En serio esta chica se pasa los días poniendo cafés? —Mi jefe, y también el suyo, se dirige a Ignacio sorprendido y bastante cabreado—. ¿Me estás diciendo que se pasa el día haciendo fotocopias en vez de que cada uno haga las suyas?

David levanta más la voz hasta que, por fin, Ignacio se atreve a contestar.

—Bu… bueno… No solo hace eso, ya has escuchado que hace otras cosas. —Mi superior tartamudea y a mí, si no me da la risa, es porque sigo temblando y cagada por los nervios.

—Sí. Hacerte de secretaria, ponerte el maldito café todas las mañanas y organizar tu apretada agenda, ¿no?

Ignacio no dice nada al respecto y este continúa.

—Esta chica es becaria, no una secretaria, ¡¡maldita sea!! Tampoco es una camarera ni una recepcionista. Para eso te habríamos buscado una que te hiciera el apaño de secretaria y no una chica que viene de la carrera de periodismo, con la nota más alta en un máster de Comunicación y con tres idiomas.

Me quedo estupefacta y me tengo que obligar a respirar para no marearme. ¿Cómo es posible que este señor, el pez gordo de la empresa, sepa mi currículo de memoria? Parpadeo varias veces para digerir lo que mis oídos siguen escuchando.

—¿Por curiosidad has leído alguno de sus informes?

Ignacio niega con la cabeza y luego contesta:

—Esos documentos van directamente para usted, señor.

Al escuchar eso me quedo helada, porque no sabía que mis informes fueran directamente para David, yo siempre había pensado que irían dirigidos para algún otro superior de sección, pero no para este en concreto.

—Pues deberían pasar antes por tus manos. Tú eres el responsable de esta planta, tú deberías saber cada maldito informe que sale de este departamento.

Ignacio vuelve a agachar la mirada hacia el suelo, avergonzado y seguramente muerto de la rabia por haberle sido llamada la atención delante de una simple becaria, es decir, de mí. Pero se lo tiene más que merecido por capullo y arrogante.

—Pues desde hoy mismo la señorita Rivera dejará este puesto y pasará directamente a la sección de artículos.

¿En serio se está refiriendo a mí? ¡No me lo puedo creer! Quiero pegar saltos de alegría, gritar un «¡viva!» y luego taconear encima de esta mesa, pero me contengo. Así que, desde este mismo instante, prometo no quejarme nunca más de la vida. Doy las gracias a esos astros que a veces alinean los planetas y ponen las cosas en su sitio.

—Allí te enseñarán todo lo que debes saber sobre la mecánica que conlleva ese departamento. —Ahora se dirige exclusivamente a mí, ignorando la presencia de Ignacio.

Asiento sin decir palabra, porque creo que me he quedado muda para el resto de mi vida. Las palabras están retenidas en mi boca por la felicidad que en estos momentos estoy sintiendo y porque esa mirada intensa me deja tan fuera de lugar que, aunque me haya dado mi sitio en la empresa y haya dejado en ridículo al pánfilo este delante de mí, toda esta situación me sigue haciendo sentir pequeña.

—Hoy organiza tu mesa y empezarás mañana mismo. Serás la sombra de Beatriz, ella será tu supervisora hasta que termine tu contrato.

Después de todas estas indicaciones, David se pone de pie y coge su americana de la percha.

—Gracias. —Es lo único que puedo decir…

—Los talentos hay que pulirlos y no desperdiciarlos… —termina diciendo y, después de esta frase, me regala una sonrisilla que apenas ha durado unos segundos, lo suficiente como para pillarla al vuelo.

Salgo detrás de él por miedo a que Ignacio tome represalias contra mí y me ataque con el bolígrafo BIC de encima de su mesa. Pero…, tarde; este me agarra del brazo, evitando así que salga de su oficina, y yo me quedo bloqueada en el sitio.

—Esto no quedará así…, y yo personalmente me encargaré de todo. Cuando el jefe se acueste contigo, te pondrá de patitas en la calle y adiós talento. Al fin y al cabo, solo eres eso, una cara bonita que no sirve para nada más.

No sé de dónde saco el valor, pero le dedico la mirada más rabiosa que jamás le he dedicado a nadie en toda mi vida. Aun así, me quedo un poco en estado de *shock* por la situación, por sus amenazas y por el desprecio con el que me habla.

No digo nada, solo miro la mano que sujeta con fuerza mi brazo. Al darse cuenta, me suelta y yo salgo lo más rápido posible de su maldita oficina y, por supuesto, todo lo digna que puedo, intentando disimular ese miedo que me ha hecho revivir con sus sucias manos sobre mí.

22. MARÍA

Qué vida esta… Cuando ya crees que has salido de una o te metes en otra o recaes en la misma.

Años de terapia y un buen fajo de billetes es lo que he necesitado para olvidarme de mi pasado. Cuando creía que ya lo tenía más que superado, va y aparece de la nada el que decía ser mi amigo. Así, como por arte de magia, como un espíritu, como ese recuerdo el cual yo ya había enterrado por los siglos de los siglos. Amén.

O eso me hacía creer a mí misma…

Su recuerdo empieza a resurgir en mi mente como si todo hubiese pasado ayer… Y no solo eso… Todo mi pasado me vuelve a atacar como hacía años.

Sigo tumbada en mi sofá, pero esta vez he cambiado la copa de vino directamente por la botella.

Samuel comenzó siendo mi único amigo desde que llegué a ese maldito colegio, y digo «único» porque por aquel entonces no tuve a nadie más. Yo tenía doce años cuando me trasladé con mis padres de Sevilla a Madrid.

Lo típico, a mi padre le había salido un supertrabajo aquí que no podía dejar escapar porque era de esos trabajos que solo se presentan una vez en la vida. Fue lo que me explicó mi madre para ayudarme a aceptar los cambios y dejar a todas mis amigas allí, en mi precioso barrio de Triana.

En el colegio, aparte de haber entrado en mitad de curso, también era «la nueva», y no solo eso… Llegué a ser la marginada, la apestada… y solo por tener unos kilos de más. Así de triste y malvada es la vida.

«¡Por ahí viene «la gorda»!», me decían los graciosos que ahora no son nadie. Así era como me llamaban y así era como me hicieron sentir por muchos años de mi vida. Ahora entiendo que me pilló en la peor edad, si me hubiese pasado en otro momento, esos comentarios me los hubiera pasado por el arco. Pero también existe la posibilidad de que a esa edad los niños son tan crueles que hacen daño a propósito. No entienden de sentimientos y menos de moralidad y principios…

Yo tan solo era una niña sin respaldo, con una personalidad que me fueron pisoteando poco a poco hasta quitármela del todo. No tenía amigas, así que me encontraba sin ningún apoyo moral y físico. Me encerré en mí misma y no quise relacionarme con nadie… Lo más fácil era aislarme del mundo. Me alejé de todo, me alejé de mí misma, odié todo lo que me rodeaba… Y entonces y sin esperarlo apareció Samuel.

Uno de esos días en los que me encontraba encerrada en mi habitación mi madre llamó a mi puerta para decirme que me quería presentar a alguien: mi nuevo vecino. Se dio la casualidad de que mi madre y la suya se hicieron íntimas amigas y, mira por dónde, él y yo también, desde el mismo momento en el que nuestras vidas se cruzaron. Apareció esa especie de conexión que solo te ocurre con las personas contadas.

Con Samuel todo era tan diferente… Hacíamos los deberes juntos, jugábamos a construir cabañas detrás de su casa, nos reíamos viendo *Shin-chan* y, por fin, podía ser yo. Cuando estaba con él sentía ese alivio que me hacía parecer normal, como una persona de mi edad, sin preocuparme lo que dijeran de mí los demás. Me ayudaba a no pensar más allá, porque a esa edad no se tiene por qué pensar ni tampoco se deberían tener preocupaciones…, pero yo sí las tenía. Cada mañana tenía que pensar en una salida para poder tirar para adelante.

Con él mis días dejaban de ser negros… Entonces era cuando veía un poco la luz y la esperanza.

Samuel era tan solo un año mayor que yo, pero era diferente a cualquier niño de su edad y diferente a mí. Él tenía amigos, tenía personalidad, tenía ganas de comerse el mundo… En cambio, yo, con tan solo doce años, necesitaba un motivo para salir de la cama, y ese motivo era pensar más allá de mis días, pensar que en algún momento todo pasaría, barajar la posibilidad de que, cuando saliera del colegio, ese mundo acabaría, porque dejaría atrás a todas esas personas que tanto daño me estaban causando año tras año, con sus desplantes, sus risas, sus insultos y sus ignorancias. Dejaría atrás todos esos malos momentos que me hicieron pasar, las humillaciones, los vacíos, las lágrimas derramadas… Y me prometí a mí misma que algún día todos esos recuerdos quedarían enterrados bajo llave. Y todo eso fue, en parte, gracias a Samuel, que me animaba cuando me veía apagada.

Un día, cuando ya no podía más, llegué llorando a casa, subí corriendo las escaleras y me encerré en mi habitación para que mi madre no me viera. No quería llorar y aguanté como una campeona hasta el final, pero tuve que expulsarlo todo fuera cuando llegué a mi refugio lleno de peluches blanditos. Enterré la cara en mi almohada, abracé con fuerza a mi Viejales, grité hasta desgarrarme la garganta y luego lloré tanto que notaba cómo todo mi cuerpo temblaba hasta sentir cada cachito de mi alma tranquilizarse poco a poco.

Estaba toda magullada porque ese día tuve la mala suerte de tropezarme con quien no debía. Salí de clase corriendo, como siempre, y, sin comerlo ni beberlo, caí al suelo. Me habían puesto una zancadilla a la salida de clase; las rodillas me escocían y los codos también porque me los había desollado. Escuchaba risas y no sé si me dolía más el escozor de mis heridas o la vergüenza que me estaban haciendo pasar.

Sentí cómo me sujetaban con los pies en mi espalda, pisoteándome como si fuera menos que un insecto. Abrieron mi mochila y sacaron todos mis libros. No me dejaron defenderme, solo querían humillarme con aquello y lo consiguieron. En medio de todas esas risas y burlas sentí unas manos agarrarme con fuerza, pensaba que ahora vendría lo peor…, esa paliza que me daban cada vez que no me podía escapar. Pero no, era Samuel el que me agarraba con firmeza y me ayudaba a ponerme de pie ignorando todas esas risas. En silencio me acompañó a casa y creo que no le di ni las gracias, porque me sentía tan avergonzada que corrí para que él tampoco me viera llorar.

En esos días grises me gustaba subirme al tejado de casa e imaginarme mi nuevo mundo. A veces, Samuel se venía allí conmigo y sin darnos cuenta nos pasábamos las horas muertas, sentados entre las tejas de mi casa, soñando despiertos. Desde allí podía ver gran parte del cielo, un cielo que me serenaba cada vez que lo miraba porque me hacía sentir que en este mundo había algo más. Ahí, en nuestra soledad, hablábamos de nuestro futuro, de lo que queríamos ser de mayores. Me decía que, aunque él se perdiera en el universo de la música y se hiciera famoso con su banda, siempre buscaría un momento para pasar tiempo juntos, y que, aunque me fuera lejos a estudiar, me visitaría cada vez que pudiera. Que daba igual la universidad que yo escogiera o lo lejos que estuviéramos, siempre seríamos amigos.

Pero a la hora de la verdad ese momento nunca llegó…

Iban pasando los años y, efectivamente, mi mundo fue cambiando tal y como me había propuesto, lejos de todas aquellas personas… Pero sobre todo cambió cuando me marché a la universidad y me crucé con la loca de Julia y la buena de Claudia. A partir de ahí comenzaron los mejores años de mi vida.

El recuerdo de mis amigas me saca mi mejor sonrisa del día, pero, al acordarme otra vez de Samuel, esa sonrisa rápidamente se esfuma de mi cara y un pequeño dolor en mi pecho me recuerda que aún no lo he superado…

Mi amigo se marchó en busca de su sueño de músico, recibí las primeras cartas e incluso alguna que otra llamada, pero esas llamadas cada vez eran menos frecuentes y esas cartas pronto dejaron de existir. Entonces me di cuenta de que Samuel se había olvidado de todas esas promesas que un día nos hicimos y también de mí... Y, cuando creía que ya lo tenía superado, vuelve ese maldito ardor en mi pecho para encontrarme de nuevo con un choque de realidad...

23. VÍCTOR

Sigo esperando una respuesta, la cual no llega en toda la tarde. Salgo del trabajo, pensativo, no me doy cuenta de que María aún sigue en su puesto.

—Shuuuu. ¡Oye, tú! —Me giro cuando escucho como si les chiflaran a unas cabras en vez de a mí—. ¿Dónde va ese culito tan pensativo? —me dice con una sonrisa. Tiene la expresión cansada, pero aun así su cara es preciosa.

Le sonrío porque así es ella, sacando sonrisas cuando uno más las necesita, sonriéndote de aquella manera tan dulce acompañada de dos hoyuelos. ¡Qué guapa es la *jodía*!

—¿Te vienes o te quedas a heredar la revista? —le pregunto, burlándome de ella, mientras me acerco hasta su mesa.

—Y dale con la herencia. A ver si te das cuenta ya de una vez de que yo no soy el tipo del jefe. —Esta me sigue el juego—. Pero, si me invitas a una cerveza…, me marcho contigo hasta el fin del mudo —me dice dejando encima de su mesa un montón de papeles.

Me río.

—¡Hecho! —Le tiendo la mano y María me la acepta, chocándomela—. ¿Y Claudia? —le pregunto porque llevo días sin verla.

—La pobre se ha ido directa a casa, ha acabado hará unos diez minutos y me ha dicho que solo le apetecía sofá, peli y manta.

—Pues yo necesito una cerveza como un templo de grande —le digo mientras pulso el botón del ascensor.

Llegamos a un *pub* cerca de casa de María, no fumamos, pero aun así elegimos terraza porque hay más ambiente.

Ella pide por mí mientras yo estoy distraído mirando la pantalla de mi móvil... Me dice algo, pero no la escucho porque, sin quererlo, no le estoy prestando ninguna atención.

—¿Se puede saber qué te pasa, Víctor? —Cuando levanto la vista del móvil, veo su entrecejo fruncido.

—Nada... ¿Qué me tendría que pasar? —Pero lo disimulo tan mal que esta no se da por vencida tan fácilmente.

—O me lo cuentas o ya sabes qué pasará... —Esa amenaza me hace gracia.

—¿Qué? ¿Me meterás mano por debajo de la mesa hasta que hable...? Si es así, ya puedes empezar, porque estoy deseando que alguien me ponga a tono.

—Eres un cerdo. —Y su servilleta usada vuela hasta mi cara.

Chocamos las jarras de cerveza antes de pegarles el primer trago y me sienta como si hubiera vuelto a nacer.

—¿Es una chica lo que te tiene tan pensativo? —me pregunta distraída mientras también ojea su móvil.

Niego con la cabeza.

—¿No te ha dejado tocarle las tetas mientras te la zumbabas en algún baño?

En otro momento le hubiera soltado otra más gorda, pero ahora… solo tenía cabeza para Martina.

—No, tonta. No es eso…

—¿Alguna que no te ha cogido el teléfono porque pasa de tu culito guapo y no te lo esperabas?

No es exactamente, pero casi da en el clavo…

—Más o menos —le contesto con la mirada perdida hacia las espumas de mi cerveza—. ¿Te acuerdas de Martina? —digo de pronto.

—¿La camarera?

—La misma.

—¿En serio?

—Totalmente.

—Al final…, tú y ella…

—Y varias veces.

María se sorprende porque es rara la vez que yo repita con la misma persona.

—Y te has pillado —me suelta, afirmando su respuesta.

Me lo pienso unos segundos antes de contestar, pero decido dejar de mentirme a mí mismo.

—Hasta las trancas —afirmo con total seguridad.

—¿Y es ella la que no quiere nada contigo? ¡Me extraña! —Mi amiga niega con la cabeza mientras se contesta a su propia pregunta.

—No es eso…, es… una situación complicada. —Una situación que ni siquiera yo entiendo.

—Pero si las tienes a todas loquitas de amor. Y sí, ya sé que esta se te estaba resistiendo, pero sabía que tarde o temprano caería. Contigo al final todas caen.

—Todas no. —Y así es… Martina no.

—Bueno, esa Daniela de la infancia no cuenta. Ya es agua pasada. —Me saca el tema de mi primer amor de la adolescencia que casi tenía olvidado porque no tengo ni idea de qué será de esa chica. La he buscado por redes sociales, pero ha tenido que cambiar de nombre porque no he dado con ella.

—Y tan pasada que no sé nada de su vida, ahora que lo dices… —Y esos ojos azules claros se me vienen inmediatamente a la cabeza como un espejismo exótico.

—¿Aún la sigues buscando por redes sociales? —Pega una carcajada dando ya por sentado su respuesta a esa pregunta—. ¡No me lo puedo creer! El depredador más grande de la historia buscando a su amor platónico.

—¿Qué pasa? ¿Tú es que no has buscado nunca a nadie por Facebook, doña perfecta?

—No. —Y ese «no» la deja en evidencia, porque su respuesta es un monosílabo y eso en María no existe.

—Bueno… Cuéntame qué te trae por el camino de la amargura, amigo mío.

—Que no sé nada de Martina desde hace días y me extraña, porque en el último encuentro todo fue genial… —Me quedo pensando un poco más de la cuenta porque esa última quedada fue perfecta para mí.

Hubo una cena, hecha por mí, velas, incienso, un baño relajante de postre, hicimos el amor dentro de la bañera y luego repetimos más salvajemente en mi cama. Esa noche tampoco se quedó a dormir…, pero igual que las anteriores… Ya me estaba acostumbrando a sus escapadas en mitad de la madrugada.

—Pues se le ha podido romper el móvil, ¿has probado a llamarla?

—No se le ha roto el móvil porque está a veces en línea.

—¿La vigilas? —me pregunta, sorprendiéndose todavía más.

—¿Qué dices, loca? ¡¡No la vigilo!! —niego rápidamente.

—Entonces no entiendo por qué no la llamas y sí la espías.

—Porque no puedo llamarla…, y no la espío, tonta.

La mirada cristalina de María estudia mi expresión, espera en silencio a que le siga contando.

—Pues ni idea… No solemos hablar mientras follamos —suelto al fin, quitándole esa importancia que cada día me va atormentando un poquito más.

—Pero has dicho que le has preparado una cena, ahí se suele hablar de cosas y eso…

—Hemos hablado de muchas cosas… De gustos, viajes, de lo que aún quedan por hacer…, pero no de nuestras vidas personales.

—Y a todo esto… ¿Qué piensas hacer? —me pregunta al cabo de un rato.

—Esperar…, le mandé un *whatsapp* esta tarde, cosa que tenía prohibido hacer…

—¿Prohibido? —María se extraña todavía más.

—Sííí, y no preguntes más, porque yo tampoco entiendo nada.

Nos terminamos la segunda ronda y nos marchamos a casa. Acompaño a mi amiga hasta su piso para que no andorree sola por las calles y nos despedimos en su portal con un abrazo.

—No te preocupes por nada, ¿vale? Lo que tenga que pasar pasará, ya verás cómo todo se solucionará.

Asiento con la cabeza y le doy un beso en la frente.

—Gracias, princesa.

Llego a mi piso y lo primero que hago es subir el volumen a toda pastilla del equipo de música; hasta los cristales retumban, pero me da lo mismo. Necesito dejar de pensar en ella, voy a la nevera a por otra cerveza, me la bebo casi de un trago y me voy hacia el baño a pegarme una ducha de agua hirviendo.

Escucho unos cuantos *whatsapp*, pero ese sonido es del grupo que tengo con mis locas princesas. Seguro que Julia ha enviado algún vídeo cerdo y las otras le están dando caña.

Cuando termino de secarme, voy solo con el bóxer al salón; bajo un poco ya el volumen antes de que los vecinos se quejen, llamen a la poli y me encierren por escándalo público. Me tiro en el sofá y me dispongo a leer los mensajes de mis chicas. De pronto el corazón me da un vuelco, como queriéndose salir de mi pecho, al ver quién aparece en la pantalla:

«Por favor, Víctor, no trates de contactar más conmigo. Lo nuestro no puede seguir adelante. Mi mundo es completamente diferente al tuyo. No podemos seguir viéndonos a escondidas… Me gustaría habértelo dicho a la cara. Pero… he decidido que hasta aquí puedo llegar…». «No me busques, no me llames y, sobre todo, no contestes a este mensaje».

24. DAVID

No sé qué fue ni tampoco lo que sentí en aquel preciso momento en el que la vi.

Corría como las locas por la acera y con los tacones en cada mano esquivaba a todo aquel que se interpusiera en su camino. La sorpresa fue cuando la vi entrar en el edificio, no me podía creer que aquella persona trabajara en la revista. Me reí con ganas tras el volante de mi coche y fue lo que me incitó a investigar sobre ella. Sería de otro planeta si aquella chica de pelo negro alborotado, mofletes rojos a juego con sus labios y con oscuros ojos saltones no hubiera llamado mi atención.

Entré con paso firme y decidido por la puerta, dando esa imagen de seguridad que me ponía cada mañana antes de levantarme de la cama. Quería buscarla en nuestra base de datos. De todos nuestros trabajadores teníamos foto en su ficha, por lo que no me resultaría muy complicado encontrarla.

—Buenos días, David —Patricia me saluda con una sonrisa, le devuelvo el gesto sin entretenerme con ella—. Te esperan ya en la sala de reuniones, a las once en punto tienes una cita concertada con Benítez, un antiguo cliente; a las doce tienes reunión con Beatriz para cerrar varios expedientes…, y a última hora te espera la junta directiva, pero Teo ha llamado porque quiere verte antes de la reunión con la junta.

Mi secretaria, como cada mañana, me sigue relatando todo lo que tengo en la agenda para ese día desde que pongo un pie dentro hasta que me siento en mi sillón desgastado, el cual también he heredado de mi padre.

—Retrasa la reunión para esta tarde, tengo algo que hacer que no puede esperar…—Patricia asiente y luego apunta en su agenda apoyándose en su propia mano.

Antes de que salga por la puerta de mi despacho, le pido que me dé la clave de la base de datos de los trabajadores y veo cómo se aturde, pero lo disimula con una sonrisa.

Una vez dentro del programa, miro una por una la foto de todos los componentes de la revista y no la encuentro por más que busco. Voy a por un café y continúo mirando, vuelvo a la primera página y empiezo de nuevo, suena el teléfono y no lo cojo, llaman a la puerta, pero estoy tan concentrado que no la escucho. Patri se toma la libertad de entrar.

—Señor…

Frunzo el entrecejo porque odio que me llame así y ella se da cuenta del error cometido, así que al momento rectifica.

—Perdón… David, el señor Benítez está en la sala de espera.

—¡La tengo! —grito en voz alta con aire triunfante, me recuesto en el sillón y me cruzo los brazos encima de mi vientre, satisfecho con mi trabajo—. Hazlo pasar, por favor.

Mientras dura la reunión no se me va de la cabeza Claudia Rivera, el nombre de la chica. Tengo toda la información necesaria para encontrarla, por lo que busco mentalmente la manera de coincidir con ella…

Cuando por fin consigo lo que quiero, es decir, que este cliente vuelva a confiar en el criterio de la empresa y acceda de nuevo a trabajar con nosotros, le doy las gracias por unirse otra vez a nuestro grupo empresarial y con disimulo lo despacho, quedando la semana siguiente para comer juntos.

Desde el mismo momento en que Benítez sale por la puerta me pongo a indagar dentro de la ficha de Claudia, leo una y otra vez su impecable currículo hasta casi memorizarlo; cuando veo en el departamento en el que está, me doy cuenta de que ella es la que se encarga de redactar cada uno de los informes que me hacen llegar a mis manos desde hace unas semanas, por lo que los busco de nuevo entre mis correos y me imprimo los de la última reunión y no me hace falta más para ver su talento.

Algo me hace querer saber más de ella, pero no encuentro la forma de cómo hacerlo hasta que veo las malas condiciones de su contrato, y como el de ella, muchos más. Llamo enseguida al puesto de Patri.

—Organiza para esta semana una revisión de contratos de formación, por favor. Pero, antes de nada, concierta una reunión con Ignacio. Departamento de *Marketing*.

—¡Entendido!

Y así empezó todo…, en el ascensor…

Desde siempre supe el efecto que provocaba en todas las chicas. Incluso las profesoras de la facultad tartamudeaban cuando se referían a mí o nos enfrentábamos en alguna tutoría, pero el de ella fue algo diferente e inesperado…

La vi con la cabeza apoyada en el ascensor, con los ojos cerrados, con esa tranquilidad y esa indiferencia, pero a la vez con una mezcla de nerviosismo e inseguridad…, no entendía que ambas emociones pudieran ir tan bien unidas.

No sabría decir exactamente qué era lo que me atraía de ella o más bien qué no me atraía de ella, porque esa chica llamaba mi atención en todos los aspectos, desde su pelo despeinado que le hacía ser más sexy hasta su ropa de mujer adulta. Cuando esa mañana cogí el ascensor, sabía que podría encontrármela allí y verla de cerca, al fin. Y así fue, al entrar, Claudia aún no se percató de mi presencia, por lo que pude aprovechar para observarla unos segundos en silencio. Fue el tiempo suficiente para fijarme en todos esos detalles de su cara aniñada. Una chica de unos veintiséis o veintisiete años que aparentaba ser una adolescente, aunque estuviera vestida de mujer.

Las expresiones de su cara delataban su inocencia, no me miraba con ojos de deseo, ni siquiera me miraba a los ojos. Llamó mi atención como hacía tiempo que nadie la llamaba. ¿Por su nerviosismo? ¿Por su indiferencia? ¿O por esas pequeñas pecas que apenas se apreciaban si no las mirabas de cerca?

Más que gustarle creo que la asusté; entonces con lo que me encontré fue con la expresión de una ingenua chiquilla, y eso me provocó unas pequeñas cosquillas por debajo del ombligo. De pronto me entraron ganas de ayudarla y asegurarme de que estuviera a gusto, por lo menos dentro de estas oficinas…

Y aquí me encuentro, intentando un nuevo acercamiento desesperado por mi parte.

—Entonces… ¿Te gusta tu nuevo puesto? —El silencio nos invade desde el mismo momento en que sacamos el coche del *parking*, por lo que decido romperlo. Quiero saber más de ella.

—Como hagas esto con todos tus trabajadores, creo que no vas a tener tiempo de otra cosa que de hacer de taxista. Y sí, estoy muy a gusto en mi nuevo puesto. Gracias.

Su frase me hace reír y noto cómo el rojo le recorre su cara, por lo que no puedo evitar apartar la mirada unos segundos de la carretera para mirarla directamente a ella.

—Me alegro de que estés contenta y no, no suelo hacer esto con todos los trabajadores, pero daba la casualidad de que yo también me iba… Nada más —miento, y aparece de nuevo el silencio, pero esta vez por poco tiempo.

25. CLAUDIA

Después de la tercera cerveza el día ya se empieza a ver con mejor cara.

Por el ventanal del bar puedo apreciar cómo llueve a mares, la calle parece un inmenso río de agua. Me encantan los días grises y lluviosos porque es la mejor manera de compensar esos días de caca, como es el caso de hoy, aunque se podría decir que he tenido un día de caca con final feliz.

—¡Venga, anda! Cambia esa cara, que después de ese mal rato por lo menos ha merecido la pena.

María choca su hombro con el mío para llamar así mi atención.

—Aún no me creo que el director haya puesto en su sitio al imbécil de Ignacio. —Víctor se ríe y me vuelve a pedir que le relate toda la historia de esta mañana.

—Pues a mí no me hace tanta gracia, chicos. Ha sido todo muy desagradable y encima el señor don Pera termina amenazándome y llamándome guarra en toda mi cara —lo digo de una manera tan desganada que hasta yo me hago gracia.

Mis amigos ríen.

Bautizamos así a nuestro supervisor después de incorporarme yo a la empresa. Más bien fue a mí a la que se le ocurrió ese nombre en uno de esos días en los que se puso a gritarme sin venir a cuento. Cuando lo miré, roja como un tomate por la vergüenza que me estaba haciendo pasar delante de todos mis compañeros, me fijé en ese cuerpo amorfo, donde la cabeza es más pequeña en proporción a su cuerpo, hasta llegar a su tremendo culo, formándose así una figura de pera gigante. Ese día tuve que centrarme en no reírme delante de él al imaginarme una maldita pera que me gritaba en toda mi cara. Y, cuando se lo conté a las chicas y a Víctor, lo tomaron por gracia y se quedó para siempre con ese nombre.

—Bueno, eso es lo de menos. Mira el lado bueno… El jefazo te ha dado, por fin, ese lugar que te merecías en la empresa, se sabe hasta tu nombre y se ha quedado con tu currículum memorizado ¡¿Qué más se puede pedir?! —María exagera la última frase—. Ya nos gustaría a más de una que ese *chulazo* se acordara de nuestro nombre, aunque solo fuera una vez en nuestra vida.

Mi amiga intenta animarme y yo se lo agradezco, aunque no me convenzan demasiado sus palabras.

—Ya…, pero ha dicho hasta que finalice mi contrato, es decir, en unas semanas estoy ya en la calle.

—De todas formas, sigues estando en la misma situación que antes, solo que ahora vas a tocar de lo tuyo y, si no te renuevan, eso que te llevas y ellos eso que se pierden.

—Tú por lo menos ganas más que antes —termina diciendo Víctor a la par que brinda su jarra con la mía.

Y, aunque yo sigo en mis trece, consiguen entre los dos que una parte de mí vea la situación de otra manera.

Pedimos una ronda más como si estuviéramos celebrando un superascenso. Seguimos hablando del tema, pero esta vez mofándonos un poco más de todo lo ocurrido. Llamamos de nuevo al camarero para pedir algo de picar y mientras tanto yo me levanto y empiezo a imitar la cara de nuestro supervisor mientras Víctor hace de David, por lo que terminamos riéndonos de todo lo ocurrido.

A veces es mejor tomarse la vida con humor y quitarle importancia a las cosas que no merecen la pena. Es lo que María me ha enseñado en todo este tiempo que llevamos conociéndonos.

Mi teléfono suena, lo tengo encima de la mesa, pero no le hago ni caso porque su foto aparece en mi pantalla y sé perfectamente de quién se trata.

—¿No lo coges?

María también se da cuenta de quién es…

—¿Para qué? Si la voy a ver dentro de nada —le digo encogiéndome de hombros—. Mi querida Julia seguro que ya me está echando de menos, a ver con lo que me encuentro esta noche…
—Cada día me sorprende con algo nuevo.

Me aprieto las sienes por el agotamiento que a veces la actitud de mi amiga me provoca, como si ese gesto me relajara…

—Bueno, por lo menos no te aburres con ella, cariño.

María me saca una pequeña sonrisa. Y sé que tiene razón. Por muy loca que esté Julia, la quiero y la verdad es que tampoco sé qué haría sin ella.

—Se podría haber venido, llevo días sin verla…

—Déjala, que para una vez que se ha puesto a limpiar el piso…, ni se te ocurra llamarla.

Víctor se atraganta con lo que acabo de decir y espurrea la bocanada de cerveza.

—¿Mi hermana limpiando el piso?

—Ajam… —le contesto mientras me relamo los dedos de las patatas aceitosas. Me tengo que tapar la boca para no espurrear también mi comida por la cara que se le acaba de quedar a Víctor.

—No me lo puedo creer. Pues sí que la vida está llena de sorpresas… —Se limpia con centenares de servilletas la cerveza que le ha chorreado por la barbilla y también le pide disculpas a la mesa de al lado por haberle salpicado.

—¡Ni yo…! ¿Y eso se debe a…? —María pregunta tan sorprendida como Víctor.

—A que me la ha vuelto a liar y está en pleno proceso de convencimiento… —le contesto mientras me balanceo en mi silla.

María se ríe porque sabe lo que nuestra amiga puede llegar a hacer.

—Pues resulta que la otra noche… a nuestra queridísima Julia se le ocurrió la brillante idea de apuntarnos a las dos a un *casting* de un *reality* televisivo —les digo con cara de pocos amigos.

Mis compañeros se miran con gesto sorprendido y acto seguido los dos se parten de la risa mientras mi cara es la de querer matarlos porque no me hace ni pizca de gracia. Siguen riéndose y lo único que les falta es revolcarse en el suelo como dos cerditos en su propio charco de fango.

—¿En un programa de televisión? ¿Las dos? —Y María se ríe de nuevo de su propia pregunta.

—Así es… Y ni más ni menos que en *La isla de las tentaciones*. —Y al decir esto mis amigos se vuelven a mirar y a tronchar de la risa.

—La verdad es que, si os pusieran una cámara oculta cada vez que estáis juntas, Telecinco se forraría a vuestra costa. —Y ahora es Víctor quien se ríe de su propio chiste y mientras tanto se limpia las lágrimas provocadas por la risa.

Al final consiguen hacerme reír, pero disimulo porque sé lo persuasiva que puede llegar a ser Julia cuando se le mete algo en la cabeza, y ya me estoy viendo entre un montón de cámaras… al acecho de que me saque un moco para que luego hagan un debate de mi acto. Ya me gustaría ver a estos dos en mi situación, con Julia detrás todo el santo día intentando agradarme en todo y tirando pétalos de rosa a cada paso que doy porque una vez más quiere salirse con la suya.

—Bueno… ¿Y qué piensas hacer con todo esto? —me pregunta María, algo más tranquila.

—Pues… cambiarme de piso, bloquearla de todas las redes sociales, incluido WhatsApp, y, por supuesto, ponerle una orden de alejamiento.

Lo digo todo lo sería que puedo, pero María y Víctor vuelven a reír con mi respuesta, luego se secan las lágrimas y, por fin, se apiadan de mí porque de sobra saben que algo me queda que soportar con la loca de nuestra amiga.

Nos despedimos en la esquina de la plaza Callao y ahí nos separamos. Sé que me ha venido genial este ratito con mis amigos, pero aún tengo la cabeza dándole vueltas a la situación de esta mañana y sobre todo a que las amenazas de Ignacio sean ciertas…

Aparte de eso sé que hoy me ha pasado algo bueno, pero no estoy acostumbrada a que el mundo se ponga de mi parte, así que, antes de seguir martirizándome con el tema, vuelvo a pensar en este ratito de risas que acabo de echar con mis amigos, y gracias a ellos me siento un poco más liberada…

26. MARÍA

Entre Samuel y yo nunca podría pasar nada porque para mí era como ese hermano que nunca tuve. O eso era lo que me repetía noche tras noche después de recibir su mensaje de buenas noches.

Por aquel entonces éramos uña y carne, éramos como Pimpinela, hermanos. Teníamos una amistad tan sana que a veces temía que se esfumara y se fuera todo al garete.

Y al final mis temores se hicieron realidad y pasó... Y no fui yo la culpable; o sí, ya no sé qué pensar...

Pero a raíz de esas vacaciones todo cambió entre nosotros...

Un viaje, un lugar, un momento, una playa, una luna, unas copas de más y ocurrió lo que yo tanto luché para que nunca ocurriera.

—Por favor, dime que sí vas a venir...

—Samuel, no seas más pesado, no puedo ir y punto. —Me crucé de piernas en mi cama como un indio y agarré a Viejales mientras jugaba con sus orejas peludas.

—Tus padres te dejan y lo sabes… No entiendo por qué no quieres venir. —Me quitó el peluche de entre las manos y entonces empezó a revolotearlo por toda la habitación.

Odiaba que le hiciera perrerías a mi osito preferido y él lo sabía, pero aun así le encantaba hacerme rabiar. Y sí, ya tenía una cierta edad para seguir queriendo a un trozo de tela desgastada relleno de algodón, pero ese trozo de algodón me había protegido durante muchos años de mis pesadillas y todavía lo seguía haciendo.

—¿Tú qué sabes? ¡Y devuélveme a mi oso! —Me lo lanzó a la cara y luego los dos nos partimos de la risa encima de mi cama.

—Venga, anda…, tonta… ¡Vente! —Samuel se sentó a mi lado.

—No pinto nada ahí con tus amigos.

—Sabes que sí pintas, también sabes que lo vamos a pasar superbién y que nos vamos a reír como solo tú y yo sabemos hacerlo…

—No me necesitas para reírte.

—Sí te necesito, tontorrona, también eres mi amiga y me encantaría que vinieras.

Y al escuchar eso último noté una punzada en el pecho, pero no era dolor… En ese momento ignoraba lo que me estaba pasando. Luego con el tiempo supe lo que eso significaba.

—¿Y tus amigos qué dicen…? —le pregunté disimulando ese aturdimiento que me acababan de provocar sus palabras.

—¿Y a quién le importa lo que digan mis amigos? Si ni siquiera me importa lo que digan de mí… Tú deberías hacer lo mismo, todas esas tonterías te deberían dar igual.

Pero a mí sí que me importaba, siempre me había importado lo que la gente decía y más si esos comentarios tenían que ver conmigo.

—Venga, María… Aunque se te da genial, no te hagas más de rogar.

Y entonces fue cuando le estampé el oso en toda su cara.

—¡Nunca me hago de rogar, imbécil!

Así fue como me convenció para ir a Ibiza con él y con su grupo de amigos. Que en parte era cierto que ellos nunca se habían metido conmigo, o eso creo…, pero tenía a la gente tan atravesada que en la edad de plena adolescencia pensaba que el mundo iba en contra de mí.

Salimos juntos desde casa, estaba nerviosa e ilusionada. Hacía tiempo que no me sentía así, tan alegre, y eso provocaba algo extraño dentro de mí.

Llegamos al aeropuerto y allí estaban todos: Andrés, Óscar, Cristina, Ismael… Se saludaron y me saludaron, como a una más…, y eso se me hizo raro. Que alguien no se metiera conmigo ya me resultaba fuera de lo normal.

Era mi primer viaje en solitario, sin mis padres, y me sentía tan emocionada que aún no me lo creía. Recuerdo con detalle cada minuto que pasé en esa preciosa isla; ni el alcohol pudo borrar ninguno de mis recuerdos. No se lo permití.

Al principio me sentí un poco cohibida y reacia a eso de tener que relacionarme con los demás. Samuel me integraba constantemente en el grupo y Cristina, novia de Ismael, me ayudó bastante a sentirme una más. Cosa que agradecí en silencio.

Me asustaba cada vez que me agarraba del brazo para contarme algo. Esa chica me caía bien. Me gustaba cómo me hacía sentir con ese tipo de acercamiento; aunque al principio me incomodara por la falta de costumbre, pero al poco me dio esa confianza que hacía tiempo que se había esfumado de mi vida y, lo mejor de todo, que solo necesité unas horas para adaptarme a esos gestos. Entonces comprendí que no todo el mundo era tan cruel como me habían hecho creer.

Tres días de fiesta sin parar no había cuerpo que lo resistiera… No podía más, no entendía cómo esta gente podía con su alma porque mi vida estaba a punto de esfumarse como consumiera una gota más de alcohol.

No sabía qué hora del día era, solo veía gente por todos

lados, música a toda pastilla, mis tímpanos a punto de explotar, sudor, calor, bochorno… Me apoyé en lo primero que me encontré y resultó ser un tío de dos metros de altura…

Por fin, reacciono a la situación provocada por mi borrachera, veo cómo me mira fijamente y luego me sonríe con cara de baboso, lo que me hace sentir más nauseas todavía; me aparto antes de que le pote encima.

Todo me da vueltas, veo a los chicos como si se encontraran a años luz de donde yo estoy… y noto que me voy a caer redonda al suelo si no me agarro a algo rápidamente. No lo consigo, pero antes de caer al suelo unos brazos me agarran con firmeza y yo me dejo llevar, porque no tengo fuerza ni para levantar los párpados.

Arena blanca, tan suave que parece polvo bajo mi cuerpo… La música de fondo ya no molesta, ahora la siento como una leve melodía por mi cabeza, el sonido de las olas se entremezcla con la música. Eso me relaja… Poco a poco empiezo a ser consciente de dónde estoy, pero aun así no abro los ojos porque me siento a gusto, con el estómago más relajado y ya por lo menos la cabeza no me da vueltas. Percibo cómo unas manos me apartan el pelo de la cara, eso hace que, por fin, reaccione y abra los ojos.

Y ahí están los rizos dorados de mi amigo, cerca de mi cara… Apoyado en su codo y con una sonrisa que ilumina la oscuridad de aquella bonita playa. Me mira de una manera tan intensa y profunda que me eriza todo el vello de mi cuerpo. No hago nada, solo le doy las gracias por haberme sacado de ese bullicio que sobrepasaba las barreras de mi cuerpo.

—No me las des, tontorrona, si la culpa es mía por obligarte…

—Tú no me has metido las copas con un embudo —le digo casi en un susurro y su risa resuena por todo mi cuerpo haciéndome temblar—. Aunque aún siga medio inconsciente, que sepas que me lo estoy pasando superbién, gracias por obligarme a venir.

—Ja, ja, ja. Te lo dije… Te dije que lo pasaríamos bien.

—Pues te debo una. —Me incorporo con cuidado sobre mis codos y él no se aparta ni un centímetro de mi lado, quedando su boca muy cerca de mi oído. Me susurra algo, pero no entiendo bien lo que es porque hace unos minutos que mis sentidos han dejado de funcionar…

Y entonces… pasó. Mi corazón dejó de latir, mis pulmones dejaron de respirar, mi vista se nubló al sentir el roce de sus labios en el lóbulo de mi oreja, luego en mi cara hasta llegar a mi boca y pasó lo que no tenía que pasar.

Un beso, un atardecer, un susurro, un escalofrío, más besos que dejaron de ser besos para pasar a un placer extremo que recorrió todo mi ser…

27. CLAUDIA

—¡Holaaaa! —Julia me saluda efusivamente desde el salón.

—Hola —le contesto sin demasiados ánimos.

—¿Dónde estabas? Te he llamado unas veinte veces para ver qué querías de cena.

Al escuchar eso mi cara se convierte en la de un búho martirizado.

—¿Tú? ¿Preparando cena? —le pregunto por la sorpresa de saber que mi amiga ha decidido hacer por una vez en su vida la cena…

—Nooo, yo pidiendo una pizza.

—Ahhh, eso ya es otra cosa. Pensaba que te habías dado un golpe en la cabeza mientras dormías y que eso había conseguido que hicieras todas esas cosas que suele hacer la gente normal.

—JA, JA, JA. —Se ríe con ironía y yo me río de mi propio chiste.

—Vale, pues pide una, que un cachito seguro que me como.

—¡¡Hecho!!

Julia se encarga de pedir la pizza mientras yo me doy una ducha de esas de las que el agua está tan hirviendo que se te queda la piel colorada, pero sienta tan bien ese picor que me reconforta hasta hacerme sentir como si resurgiera de mis propias cenizas.

Mientras el agua cae por encima de mi cabeza, pienso en el día de hoy y por una parte me alegra que, por fin, todo empiece a cambiar. Por otra parte, me pongo nerviosa solo de recordar cómo ha terminado la reunión y sin darme cuenta me estoy frotando el cuerpo con más fuerza de la cuenta al imaginar de nuevo las manos del imbécil de Ignacio sujetándome el brazo. Cuando me percato de lo que estoy haciendo, paro, pero tarde, ya me he dejado la piel al rojo vivo por el roce de la esponja.

Me satisface que el día haya llegado a su fin y que una buena peli con palomitas pueda con todo lo demás.

Mientras devoramos la pizza familiar, Julia no deja de hacer *zapping*. Se detiene en la cadena Telecinco.

—¿Has visto este programa? —me pregunta con la boca llena de pizza.

Me detengo a mirarlo y ya veo por dónde van los tiros.

—¿*La isla de las tentaciones*? —pregunto con cara de no oler a nada bueno.

—Sí, y no pongas esa cara, que no tienes ni idea de lo que va. —Se pone a la defensiva y a mí me da la risa, pero me contengo porque sé qué es lo que viene después. Julia al ataque.

—¿*First dates*? ¿*Hombres, mujeres y viceversa*? ¿*Gran hermano*? —le digo mientras ella sigue comiendo como si no hubiera un mañana—. ¿Voy por mal camino?

—Sí, vas por muy mal camino, ¡espabilada! Esto no tiene nada que ver con lo uno ni con lo otro.

—¿Y en qué se diferencia si se puede saber? —le pregunto sabiendo ya la respuesta.

—Pues que esto son cinco parejas que conviven por separado. A las cinco chicas las meten en una villa y a los chicos en otra diferente…

—¿Para…? —sigo preguntando sin demasiado interés.

—Para ser tentados por unos tíos y unas tías potentísimos… —me dice con cara de loca, y entonces es cuando me río sin quererlo porque sé que está deseando sacarme el tema y precisamente esta noche mi cabeza quiere dejar de pensar.

—¿Ves que al final todo tiene su sentido? Por lo menos te ríes. —Y en eso tiene razón, pero aún no se lo reconozco.

—Me río de ti, tonta, no de ese programa tan educativo.

—¿Tú sabías que esas personas son reales?

—Hombre, dibujitos animados ya veo que no son. —Me sigo divirtiendo un poco más a costa de mi amiga.

—No, pánfila, me refiero a que en realidad son parejas que están desgastadas, que desconfían de sus respectivos y necesitan ponerse a prueba.

—Am… Sí, ya lo veo… Es todo muy real y nada es un montaje. —Y al decir esto es entonces cuando se me viene a la cabeza todo lo que ocurrió hace un año. Fue algo parecido, pero sin audiencia.

Al final consigo sacar de quicio a mi compañera y he acabado con su paciencia.

—Bueno, sea un montaje o no, eso nunca lo sabremos hasta que no lo probemos.

Amiga mía, ya estabas tardando…

—¿Probar el qué? —Me sigo haciendo la tonta porque quiero, porque no tengo ganas de discutir y porque paso de pensar…, pero sé perfectamente a lo que se está refiriendo.

—Ya lo sabes y no quiero sacarte el tema para no discutir contigo ni para que te vuelvas a enfadar conmigo… Y también sé que a lo mejor esa no es la mejor solución, pero… tengo que hacer algo porque entonces no me lo perdonaré en la vida. —Julia se ha puesto un poco más seria, así que dejo de burlarme de ella y la escucho—. Desde que hemos dejado la facultad te has ido apagando poco a poco, ya no te noto con esas ganas de hacer de todo, tampoco te apetece salir ni enrollarte con nadie. Es que tú misma espantas a los chicos de tu lado las pocas veces que salimos y, si pudieras, los estamparías contra la pared. Suerte que no te dejo.

Le sonrío porque sé que tiene razón y la escucho sin interrumpirla porque ha empezado sin atacarme ni tampoco ha ido con segundas; así que continúo callada, aunque sea por una vez.

—Sé que desde el embrollo en el que nos vimos metidas hace un año todo ha cambiado y que te está costando recuperarte. Y que, al igual que yo, sabes que tu trabajo no te llena y noto que con el paso de las semanas estás más desganada porque el jefe ese que tienes te ha ido hundiendo cada día. Pero tu rutina tiene que cambiar, Clau, porque ya no eres la misma persona con la que cada día me reía con solo cruzar la mirada, te estás convirtiendo en una persona tan gris que me duele verte así…

Y, cuando por fin se calla, intento explicarle que no todo está tan mal como lo pinta y que yo tampoco estoy tan hundida como a veces aparento… Solo que en algunas ocasiones me da el bajón, pero me doy cuenta de que tiene razón en todo lo que ha dicho y entonces lo único que intento es quitar un poco de importancia con un poquito de humor.

—Muchas gracias por la descripción que has hecho de mi fascinante vida, amiga. Yo también te quiero.

—Pero sabes que en el fondo tengo mucha razón, aunque no quieras dármela —me dice mientras se va a no sé dónde.

—Bueno… Puede que muy en el fondo tengas «algo» de razón, pero no te pases, porque tampoco es que esté tan amargada.

¿O si…? Eso no se lo digo en voz alta, solo lo pienso.

Julia viene con dos tazas y la botella de Beefeater en las manos más una lata de tónica metida en el bolsillo del pantalón del pijama.

—¿Se puede saber dónde vas con eso? —le pregunto tontamente porque sé lo que pretende.

—¡¡A emborracharnos!! —lo dice con tanta alegría y tan segura de sí misma que me da hasta miedo decirle que no. Capaz es de meterme el alcohol con un embudo si me niego.

—Mañana trabajo, lo digo por si se te había pasado por alto ese pequeño detalle…—le hago saber en un tono burlón.

—Lo sé, lo sé, y yo también. Solo serán una copa o dos como mucho… ¡Lo prometo!

No sé por qué, pero lo hago, confío en ella.

—Solo una —le advierto.

—Prometido…

28. JULIA

«Dolor de cabeza terrible…», me siento despacio en el sofá y me masajeo las sienes. «¡Dios! ¡Me quiero morir!».

Me levanto de golpe y un poco más y me como el suelo. Después de eso pienso un poco antes de actuar. Voy a oscuras tanteando el terreno con las manos. Con cuidado de no caer y morir, voy hacia el baño. Me siento dolorida y magullada, como si me hubiera caído de un segundo piso. No, peor aún, como si un tractor hubiera pasado por encima de mí.

—¡Joder! Ahora lo recuerdo todo. De un segundo piso no me caí, pero sí desde el sofá hasta el suelo. —Me río frente al espejo mientras hablo con mi reflejo. Me pego unos minutos de más riéndome en voz alta porque me siento patética al recordar la caída de anoche.

—Suerte que nadie, aparte de Claudia, me vio.

Me inspecciono después de lavarme la cara y me veo una especie de chichón en la parte derecha de la frente, en el codo tengo un morado que, si me toco, me duele, y entonces es cuando reconozco que la bebida no es mi mejor aliada, que debería dejar de beber si no quiero acabar con mi integridad física y psíquica.

—Bueno, todo sea por una buena causa… —me digo en voz alta.

Esta mañana no avanzo tanto como me hubiera gustado. Tengo que hacer entrega de una corrección a la editorial que no se me ha podido hacer más pesada porque odio las novelas de amor, son tan irreales que no hay quien se las trague.

También tengo que terminar una de las publicaciones del blog del último diseño de Daniela, del que, por cierto, Agus me debería haber pasado las fotos y aún no lo ha hecho. Sin pensármelo, le mando un *whatsapp* para recordárselo.

«Oye, bonito de cara… ¿Se puede saber cuándo tienes pensado pasarme las fotos?».

No tarda en contestar y su forma de preguntármelo me hace gracia.

«Oye, bonita de todo… ¿Se puede saber cuándo tienes pensado quedar conmigo a tomar una cerveza?».

«Pues espera a que a las ranas le salgan pelos… Entonces, me avisas».

«Jajaja… ¡¡Borde!!». «Ahora te las paso, bonita de cara…». Agus. Y una sonrisa se me dibuja en los labios, pero evito desconcentrarme porque tengo que seguir con todo lo que me queda aún pendiente.

Tengo que promocionar un sorteo de cremas en mi blog, pero antes tengo que redactar el artículo, así que me pongo primero con el sorteo, que estas cremitas me chiflan.

Vuelvo a mirar mi agenda: «¡Mierda!». Me doy cuenta de que tengo que hacer la programación de la semana, si no seguiré de culo el resto de lo que queda.

«Parece ser que la borrachera de anoche no fue tan gran idea, ¿ehhhh, Julita?», me digo a mí misma mientras vuelvo a revisar la agenda, como si eso ayudara a que el trabajo se hiciera solo. «Bueno, sí, era necesario animar a Claudia, todo sea por ella. Por lo menos conseguí que se riera y que dejara de pensar.

Y reírnos nos reímos bastante, porque lo pueden decir mis agujetas en el estómago».

Últimamente he pasado un poco de todo lo que no tuviera que ver con mi trabajo y llevaba tiempo sintiendo una especie de remordimiento. Me vuelvo a sentir mal por no haber estado ahí cuando Claudia más me necesitaba.

Mi amiga se ha ido apagando poco a poco con el paso del tiempo. Ha dejado de ser esa llama que antes iluminaba la estancia de esta casa, y la echo de menos… Echo de menos nuestros momentos.

Después de terminar la carrera, la situación cambió para las dos. Teníamos otro tipo de responsabilidades, como encontrar trabajo para sobrevivir. Bueno, más bien fue Claudia la que estuvo más agobiada con el tema, porque a mí la verdad es que nunca me ha faltado el dinero. Mi familia, si se puede llamar así, está bien posicionada, pero aun así nunca me ha gustado que me lo dieran todo hecho, por eso siempre he rechazado la oferta de trabajo que mes a mes me ofrece mi padre.

Una vez cada dos semanas quedamos para comer o cenar en algún bonito y carísimo restaurante y siempre termina ofreciéndome el puesto de trabajo que, según él, sigue vacante. Un puesto que me viene como anillo al dedo, porque es lo que siempre me ha gustado, trabajar en el Departamento de *Marketing* de cualquier empresa llevando el crecimiento publicitario.

Siempre me negaré a que me llamen «enchufada» o «niña de papá» o cualquier otra cosa que ponga en duda mi profesionalidad. Y, por lo pronto, con lo que gano me puedo ir manteniendo. Además, no me puedo quejar; no tengo jefes, nadie me controla, me organizo como me da la gana y encima me pagan. Las cosas nunca me han ido del todo mal. Desde que tengo uso de razón me ha gustado la moda, escribir y dar mi opinión en todo.

Todo esto comenzó como un pasatiempo en Instagram, donde al principio solo colgaba fotos de lo último que me compraba y de esas vacaciones que pasaba con mi madre en alguna isla perdida o con mi padre en algún lugar maravilloso donde el dinero no era un problema; o cuando salíamos de fiesta por ahí o hacíamos algún viaje improvisado las tres mosqueteras. Poco a poco mis seguidores fueron creciendo, al igual que cada vez me iban llegando más y más mensajes pidiéndome opinión e incluso recomendaciones, por lo que eso me hizo ir un poco más allá. Así que me decidí por abrir mi propio blog de moda y recomendaciones: *La moda eres tú*. Hasta que conseguí hacerme *influencer* de moda con una comunidad de más de veinte mil seguidores.

Las propias marcas se iban poniendo en contacto conmigo para que las promocionase desde mi página web y mis redes sociales. Me regalaban y aún lo siguen haciendo carísimas prendas de ropa, maquillajes y todo tipo de productos de belleza solo a cambio de darles publicidad. Hasta que llegó el momento en que ya no solo me hacían regalos, sino que tuve que poner un precio por ese trabajo.

De todas formas, siempre me he tomado la vida de diferente manera que Claudia. Siempre he hecho lo que he querido cuando he querido y ahora he llegado al punto de que no permito que nadie me controle. Yo soy, como se suele decir, un alma libre en mitad del cielo.

En cambio, mi amiga ha sido la responsable del grupo, le da mil vueltas a la cabeza antes de hacer algo, se preocupa de todo y por todos. Ella espera a que le llegue el momento en vez de ir a buscarlo y, por más que he hablado con Claudia, no lo ve.

Y por eso llevo días con ese presentimiento, llevo tiempo comiéndome la cabeza con que tengo que hacer algo por ella. Y que conste que eso de darle vueltas a las cosas no va conmigo. Yo actúo y, luego ya, si eso, pienso.

Sé que tengo que hacer algo con el ánimo de Claudia. Me siento culpable por haber ido tanto a mi bola y no haberme dado cuenta de que algo no iba bien hasta ahora. Sé que no es de las que van por ahí pidiendo consejo y menos favores, por eso ya está más que decidido. Voy a sacar sí o sí y sea como sea a mi amiga de ese aburrimiento que la está consumiendo.

29. VÍCTOR

Al día siguiente fui al trabajo con unas ojeras que me llegaban al suelo. Aquella noche no dormí, solo pensé e indagué dentro de mí y me di cuenta de que la echaba de menos. Sentí impotencia por no saber de qué manera actuar, por no saber lo que venía después; no estaba acostumbrado a esa clase de situaciones…

Ya no era la rabia de que alguien me ignorara, era algo diferente, algo que jamás me había ocurrido. ¡Era yo el que pasaba de ellas, por Dios!, no ellas de mí. Pero no porque fuera así por naturaleza, sino porque mis padres y mi primera novia me habían convertido en ese ser frío y pasota que soy ahora. Mis padres con sus continuas peleas a gritos no tenían tiempo para nada más que para ellos mismos. Mi madre, al darse cuenta de las repetidas infidelidades de mi padre, se dio al alcohol y no había momento del día en que no le faltara una copa de vino en la mano, y él, sin querer reconocerlo, le gritaba sin cesar para justificarse de sus escapadas día sí y día también, cosa que jamás le podré llegar a perdonar, pero ese ya es otro tema en el que ahora ni siquiera me quiero parar a pensar.

El primer año de universidad conocí a Ainoa, no fue amor a primera vista, más bien todo empezó siendo una relación de compañeros de clase: comenzamos a salir, a quedar y a follar como dos locos… Era lo más parecido que he tenido a la figura de una novia.

Esa chica me encantaba, tenía una personalidad muy peculiar y una manera diferente y muy abierta de ver las cosa. Tan abierta que hasta me engañaba con el que supuestamente era su primo. ¡Hija de puta! Cómo me dolió aquello…

Un día quise darle una sorpresa, pero la acción me vino de rebote y la sorpresa me la llevé yo cuando fui a su piso para llevarla a un mirador que había descubierto hacía poquitos días. No toqué el portero por la combinación de que salía un vecino en el mismo momento en el que yo llegaba. Me aligeré y sujeté la puerta con el pie para que no se cerrara. Misma casualidad de que una de sus compañeras de piso también salía en esos momentos por la puerta del piso, por lo que tampoco tuve que tocar el timbre… Caminé despacio por el pasillo para que no escuchara mis pasos, quería pegarle un susto y luego comérmela a besos. Pero el susto me lo pegó ella a mí cuando la vi cabalgando encima del que decía ser su primo.

Cuando abrí la puerta, allí estaban los dos, encima de la cama, sudando como pollos, jadeando como bestias y moviéndose como si en ello les fuera la vida… ¡Cabrones!

Cuando me vieron pararon en seco de follar como conejos, pero me dio tanto asco que me entraron hasta arcadas. Tuve que correr hasta el baño para no vomitar encima de ellos, pero cada vez que lo pienso me arrepiento de no haberlo hecho. Eso sí que hubiera sido la hostia. Cuando me limpié, volví de nuevo a la habitación para ver si todo aquello era real o un sueño. Y, efectivamente, era tan real como que me llamaba Víctor. Abrí la puerta y allí seguían los dos, pero esta vez ya vestidos y de pie en mitad de aquella habitación que aún tengo en el recuerdo.

Lo único que me salió decirle fue que sabía que había malas personas en el mundo, pero lo que no me imaginaba era que hubiera tanta puta hipocresía junta.

—Vosotros no sois malas personas, sois de lo peor que existe en el mundo —terminé diciéndoles, y me marché cerrando la puerta detrás de mí.

Nadie salió a pedirme perdón, ni siquiera hubo un «lo siento…» ni una llamada, es más, no hubo ni una pizca de arrepentimiento por parte de ella… Entonces, desde ese mismo momento, decidí que nadie más se volvería a reír de mí.

Creía que sería capaz de mantenerme siempre a raya con el sexo opuesto, de ir a mi bola y pensar solo en mí y en lo que me apeteciera. Es decir, creía que sería capaz de no enamorarme nunca más y casi lo consigo. Así me tiré prácticamente mis años de universidad; viviendo a lo loco, saliendo de fiesta y tirándome a todo lo que se me acercara.

Con el tiempo me volví un poco más exigente conmigo mismo y ya solo lo hacía con las que de verdad eran inalcanzables. Esas chicas que ves en la discoteca con la cabeza bien alta y haciendo como que no te ven. En realidad, era mi juego, a esas las olía desde lejos… Tampoco me era muy complicado llevármelas a la cama; la primera media hora hacían como que me lo ponían difícil, pero, al final, todas caen.

Y entonces apareció ella, Martina. Con su pelo negro y rizado, su piel morena, y ese acento argentino que, con solo escucharlo, en cuestión de segundos se me ponía tan dura que dolía. Una noche me la encontré por la zona donde yo suelo salir de marcha y la reconocí al momento: la camarera del restaurante. Me alegró verla y a ella parecía que también le hizo ilusión verme a mí. Nos tomamos unas copas y unas risas y nada más, porque se marchó con su amiga y no me dio pie a ir con ellas, y yo jamás me arrastro.

Desde ese encuentro la cosa cambió entre nosotros, entonces comencé con el mismo juego de siempre; cada día que comía en el restaurante donde ella trabajaba tanteaba el terreno. Intentaba que su mirada se cruzara con la mía; cuando lo conseguía, le sonreía y mostraba ese lado sexy y pícaro que a las mujeres tanto les gusta de los hombres. Después le soltaba alguna indirecta descarada, eso sí, pero siempre sin propasarme, y ella me ignoraba para luego terminar sonriéndome.

Todo empezó como un juego divertido. Yo quería lo que quiero con todas, para qué engañarnos: una noche en mi cama…

y luego nada más. Pero ella no era como las demás, ella no me seguía el juego ni mis indirectas. Es más, me cortaba y eso me gustaba hasta tal punto de tenerla en mi cabeza en momentos que no venían a cuento. Hasta que un día se le escapó una pequeña carcajada y entonces ahí estaba mi oportunidad, solo tenía que saber aprovecharla.

No tenía ni idea de su vida, pero bueno, eso no era necesario para que dos personas pasaran un rato agradable. Tampoco llevaba anillo y era joven, lo mismo me sacaba un par de años. «Mejor», me decía a mí mismo.

Pero ¿quién se iba a imaginar que…?

Yo no, porque de lo contrario ese juego hubiese quedado solo en eso, en un juego de miradas, de cuatro tonterías y un par de guiños. Pero fue a más. Un día cualquiera, mientras María y yo terminábamos el café en la barra, no me lo pensé.

—Cena esta noche conmigo.

No fue una pregunta ni tampoco una petición. Entonces ella, que estaba detrás de la barra, levantó la mirada hacia mí y contestó directamente:

—No.

Ese «no» me hizo tomarme el juego un poco más en serio. No se lo volvería a proponer, porque no me gustan los «no» como respuesta. Solo la miré fijamente y me mordí el labio. Ella me mantuvo la mirada y recorrió mi cara hasta parar en mi boca.

—Solo te digo que lo pasaremos bien.

María también ayudó un poco yéndose al baño en ese mismo momento y dejándome solo con Martina. Me apoyé en la barra con las dos manos y me acerqué un poco más a ella…

—Ahora solo te lo preguntaré una vez más. Si me vuelves a decir que no, puedes estar tranquila, porque no te lo volveré a proponer… —Le sonreí de nuevo y esta vez se lo pregunté:

—¿Quieres cenar conmigo?

Su silencio se hizo de rogar…

—¿Dónde quedamos? —me contestó, al fin, con media sonrisa y entonces aparecieron unos hoyuelos en sus mejillas que hizo de aquella pequeña sonrisa un paraíso lleno de estrellas fugaces.

—¿A dónde quieres ir?

Y, al plantearle aquella pregunta, me di cuenta de que no solo me apetecía meterla en mi cama, sino que había algo diferente en toda aquella situación.

—A Chueca. —Su respuesta me sorprendió un poco, pero luego aclaró que tenía amigos trabajando en algunos garitos, así que tampoco le di mayor importancia.

Esa noche cenamos en una terraza de un bar un poco bohemio, pero me gustó. Luego pasamos a las copas en los garitos de sus amigos y terminamos como me imaginé, en mi cama, pero esta vez no era yo el que contralaba la situación; desde el principio fue ella la que me dominó como una gata salvaje; fue ella la depredadora, la que se apoderó de mí y de mi cuerpo, la que me hizo el amor de un modo tan salvaje que tuve que controlarme varias veces para no irme antes de tiempo. Terminamos corriéndonos como locos, y luego… se marchó.

Eso me dejó un poco pillado, y lo que vino después, todavía más…

30. CLAUDIA

Mi amiga hace el amago de escurrir la botella con todas sus fuerzas como si de una bolsa se tratara, se pone hasta roja por toda la fuerza que hace y a mí se me cae la baba por la risa floja que esta me provoca junto con el *peo* que llevamos.

—Vamos a ver, loca. Es cristal, no puedes hacer eso… —Arrastro todas y cada una de las palabras que salen por mi boca.

—Claro que puedo, ¡traeee! —Julia intenta quitarme la botella de las manos que yo le he arrebatado para que no se haga daño, pero termina cayéndose al suelo.

—Aaauuuuh —se queja y yo me río porque la situación no puede ser más ridícula y por lo borracha que estoy; yo con la botella agarrada con fuerza por lo alto de mi cabeza para que esta no me la quite y ella despatarrada entre el sofá y el suelo del piso.

—Ahora sí que estamos para que nos graben las cámaras —digo mientras no dejo de reír.

—¿De qué te ríes? ¡¡Ayúdaamee, cabroonaa!! —se queja con media lengua y yo no puedo dejar de reír porque ninguna hace nada. Julia sigue en el suelo tirada sin poder levantarse y yo abrazada a la botella sin parar de reír.

Me obligo a tranquilizarme porque me empieza a doler la barriga por los esfuerzos. Intento levantarla, le pido por favor que ponga de su parte, pero no hace nada ni por abrir los ojos. La tía se ha quedado dormida tirada en el suelo. No me lo puedo creer. Cuando por fin lo consigo, la levanto y luego la acuesto como puedo en el sofá; termino por echarle una manta y dejarla ahí acostada.

—Ahora toca acostarme a mí… —me digo a mí misma mientras me quedo un rato parada en mitad del salón, pensando en qué dirección está mi habitación. Noto que se me cierra solo un ojo, parpadeo tres veces más lento de lo normal y, hasta por absurdo que parezca en esos momentos, me pregunto dónde está la cama.

—¡Ah, sí! —Y cuando consigo llegar hasta ella arrastrando los pies, todo un reto para mi estado, me dejo caer desplomada, tal cual.

Parece que solo han pasado cinco minutos cuando el despertador suena con tanta intensidad que me hace levantarme de un salto de la cama. Me despierto asustada y con el corazón latiéndome a mil por minuto. Un dolor insoportable atraviesa mi cabeza como si me estuvieran hincando pequeñas agujas por las sienes.

—¡¡Ohhh, noooo!! ¡¡Me quiero morir!! —grito por el dolor tan fuerte que tengo metido en la cabeza. Me siento como si tuviera ochenta años de más en el cuerpo. Mi estómago está deseando expulsar todo su contenido, pero yo no le dejo y trato de controlarlo.

Me levanto como mejor puedo y me voy directa a la ducha, giro ligeramente el grifo de agua fría y no me lo pienso ni un segundo antes de meterme debajo del chorro del agua helada. Se me corta hasta la respiración cuando siento el primer contacto, pero es la manera más efectiva y la única que en esos momentos se me ocurre para espabilarme.

No me dejo de repetir lo cabrona que es Julia; sí, esa que dice ser mi amiga. Acordarme de esa loca hace que se me olvide un poco el tema del agua congelada porque la temperatura de mi cuerpo se va calentando cuanto más me voy cabreando conmigo misma por lo irresponsable que he sido.

—¡Joder! Eso a una amiga no se le hace… —me quejo en vano mientras me compadezco de mí misma—. No, si la culpa es mía por seguirle el juego a todas horas. —Voy hablando yo sola por todo el piso. Me preparo un café solo y cargado más una pastilla de ibuprofeno como complemento.

Entro al salón y lo primero que me encuentro es a mi querida Julia despatarrada en pleno sofá. Por un momento la envidio. Lo primero porque la muy perra puede dormir hasta que se harte, lo segundo porque trabaja desde casa como correctora de una editorial y también hace varias colaboraciones con algunos blogs de moda, aparte de tener el suyo propio, y la verdad es que le va genial haciendo lo que ella quiere. La tía ha sabido montárselo mejor que bien y yo me alegro por ella.

Por muy enfadada que esté con Julia, reconozco que es un genio y vale para todo. Y después están esas ganas que tiene a todas horas de vivir, de reír constantemente y de disfrutar de la vida sin importarle nada más. Por eso también la envidio, porque en muchas ocasiones me encantaría poder tener esa actitud de pasar de todo y vivir porque sí, como ella.

Yo, en cambio, soy todo lo contrario… Y sé que lo que me dijo anoche tiene toda la razón del mundo, aunque no se la quisiera dar del todo, pero es verdad cuando dice que me he ido convirtiendo en una persona gris y desganada desde hace ya un tiempo. Yo misma me lo he ido notando con el paso de los años. Y en parte no quiero ni pensarlo, porque me da rabia que algo tan simple como cambiar de trabajo haya repercutido tanto en mi estado de ánimo, hasta este punto de no tener ganas de nada, solo de que pasen los días y de llegar corriendo a casa.

De sobra sé que no toda la culpa la tiene el trabajo, aunque yo se la eche, sino que toda mi vida se destrozó cuando ocurrió todo aquello que jamás debió haber pasado. La muerte de mis padres, dos personas atacando cada rincón de mi cuerpo, y, cuando creo que todo está más o menos en su sitio, porque mentiría si dijera que ya estaba superado, mi abuela, lo único que esta vida me ha dejado, va y muere.

Te puedes poner en manos del mejor psicólogo del mundo, pero desde ya te digo que una cosa así no se supera; se cicatriza, pero nunca dejará de estar ahí. Después de todo aquello, la cosa se volvió a torcer desde lo ocurrido con aquel absurdo juego.

El día iba a ser más largo que de costumbre y todo gracias a Julia y a mi irresponsabilidad por beber entre semana.

En el metro me tengo que agarrar con fuerza a uno de los barrotes para no caerme y, con la mano que me queda libre, voy cambiando sin cesar de canción porque ninguna me viene bien; de Mónica Naranjo paso a Lori Meyers, y de este a Vetusta Morla, hasta que me quedo con una de C. Tangana. No recuerdo el título, pero no me importa, porque no puedo pensar en nada que no sea mantenerme en pie sin caerme.

Por lo menos el dolor de cabeza va desapareciendo, pero el agotamiento por las pocas horas de sueño creo que pueden hasta con las ganas que tenía de empezar en mi nuevo puesto. Aún no me puedo creer que el jefe de todos los jefes, el Christian Grey de la empresa, me haya dado por fin ese lugar que merezco. A mí, que en esa empresa solo destacaba por hacer fotocopias.

Sin darme cuenta comienzo a construir en mi mente paso a paso la cara de él. Cuando me doy cuenta de lo que eso me provoca, sacudo la cabeza con rabia. No, no quiero verlo de ese modo. Desde lo ocurrido con mi ex he tachado de mi lista a todas las caras bonitas del mundo, y David, aunque no se puede comparar con ningún hombre del planeta Tierra, es guapo, muy guapo. Por lo tanto, tachado. Aparte de tener cero oportunidades con él y de que venimos de mundos totalmente diferentes, jamás se me pasaría por la cabeza ni un mínimo acercamiento y menos siendo quien es. «Para mí esa persona nunca será hombre, sino otra cosa», me digo mentalmente como un mantra, intentando convencerme a mí misma. Por el momento funciona, pero aún no canto victoria.

Más que ganas tengo intriga por saber cómo será ese puesto, si de verdad merecerá la pena o si tendré la capacidad de hacer todo lo que me manden. A lo mejor no encajo o directamente no sirvo. Los nervios me consumen a cada minuto que pasa. Siempre he necesitado tenerlo todo bajo control para que el agobio y el malestar no se apoderen de mí y me hagan sudar y decir palabrotas.

Esta vez no cojo el ascensor. Al igual que cada mañana, saludo a Valentín con un gesto de la mano y una sonrisa de buenos días y me dirijo directamente a las escaleras principales. Una vez en la segunda planta, lo ojeo todo con atención y me doy cuenta de que la distribución es muy parecida a la antigua, con la única diferencia de las vistas. Las ventanas de la sala no tienen nada que ver con los grandes ventanales que iluminaban toda la planta novena, ni sus vistas son comparables. Lo bueno que tiene es que es un segundo y seguro que nunca llegaré tarde porque está más cerca.

—¡Hola! Tú debes de ser Claudia. Encantada. Yo soy Beatriz, tu nueva supervisora e instructora.

No me da tiempo ni de decir nada más que un simple «hola». Beatriz comienza a hablar sin parar mientras la sigo por toda la planta a paso ligero.

—Te instalarás en aquella mesa de allí, pero esta semana estarás pegada a mí la mayor parte del tiempo para que veas bien todo el funcionamiento.

Sonrío y a la vez asiento con la cabeza. Por una parte, me siento emocionada; por la otra, asustada por el cambio. Lo único en lo que pienso es en que a lo mejor no doy la talla en este puesto.

La mañana, la tarde y el día, en general, pasan más rápidamente que de costumbre. Prácticamente no me ha dado tiempo ni a mirar la hora. Como me ha recomendado Beatriz, me paso todo el día pegada a ella cogiendo notas a la carrera para no perder detalle, le ayudo en todo lo que me manda hacer e incluso me pide su opinión para algunas redacciones que pasarán a imprenta, cosa que me sorprende.

Me gusta cómo me hace sentir, porque lo que nunca habría imaginado es esa sensación de integración que mi supervisora me ha ofrecido desde el primer momento. Beatriz me cae bien, me gusta el trato que me brinda y me gusta su actitud de seguridad en sí misma que transmite a cada paso que da montada en sus tacones de quince centímetros. Es una chica que se conserva bastante joven, puede que tenga unos seis o siete años más que yo, pero no los aparenta. Su figura es tan atractiva y elegante como la de Belén Rueda, de hecho, me recuerda a ella desde que la he visto. Más de uno vuelve la cabeza cada vez que pasa por su mesa, y no es de extrañar… No es envidia ni nada por el estilo, pero a su lado me siento como un muñeco en miniatura, y no tiene nada que ver que ella me saque unos cinco años, no hablo de edad, sino de inseguridad.

Una vez instalada en mi mesa me pongo manos a la obra con los primeros encargos que me ha enviado por correo… Primero cojo mis auriculares y abro la lista de reproducción «vida nueva» que creé después de que David me diese ayer la noticia de que me cambiaría de planta.

—¿Qué tal tu primer día?

Pego un respingo al escuchar esa voz que reconozco al instante.

—Emm, bien…, muy bien. —No puedo evitar el tartamudeo al contestar.

David está a tan solo un metro de distancia, suficiente para oler su perfume y lo suficiente para incomodarme. Doy un paso hacia atrás hasta tropezar con mi propia silla y creo que se da cuenta, porque frunce el ceño.

—¿Ya te vas? —pregunta algo intrigado, y eso me resulta más raro aún, aunque, la verdad, es el jefe y puede pedir todas las explicaciones que se le antoje.

La melodía de su teléfono nos interrumpe y yo doy las gracias a quien sea el inoportuno. David mira su móvil y duda en cogerlo; lo silencia y vuelve a poner la atención sobre mí. Entonces me doy cuenta de que ahora me toca contestar a mí.

—Sí, bueno… Estaba terminando de organizar los nuevos encargos que me ha pedido Beatriz para mañana y ya me iba… —Y, cuando termino mi respuesta, me sorprendo de mí misma por haber sido capaz de decir toda la frase sin ningún tipo de atranque.

—¿Has venido en coche? —Al escuchar su pregunta se me escapa una pequeña risa.

—Sí, claro, mi chófer me espera a la salida del trabajo —digo con ironía, pero al instante me callo y me dan ganas de pegarme un *mamporrazo* en toda la frente por lo indiscreta que acabo de ser con alguien al que le debo respeto por el simple hecho de ser mi jefe.

«Tonta, tonta, tonta», me recrimino a mí misma por tomarme esa clase de confianza, y me muerdo el labio con fuerza hasta hacerme, incluso, un poco de daño.

—Quería decir que no, que voy y vengo en metro todos los días… —rectifico lo antes posible con disimulo.

Veo cómo una leve sonrisa sale de los labios de David, pero eso no me tranquiliza, al contrario, las manos me siguen sudando.

—Pues recojo unas cosas de mi despacho y te llevo a casa. Espérame aquí. —Y, dicho esto, desaparece de mi vista sin dejarme opción a elegir.

Me dejo caer en mi silla como un peso muerto y pienso qué demonios está pasando. ¿Acaso esto es una broma de Julia o qué?

Me levanto rápidamente y doy una vuelta mirándolo todo a mí alrededor. Miro debajo de la mesa, levanto el teclado, descuelgo el teléfono y miro por el altavoz buscando algún tipo de micrófono o alguna cámara oculta, porque algo así no me puede estar pasando a mí.

31. MARÍA

—¡Mamá! ¡Ya estoy en casa!

—¡Hija! ¡Estoy en el salón!

—Ahora voy, me muero de sed, aparte de que estos tacones me están matando. Son una preciosidad, eso sí, pero parecen demonios del daño que me hacen. —Antes de ir a ver a mi madre voy directa a la cocina, quitándome los tacones por el camino. Abro la nevera y cojo la botella del agua—. Por cierto, he empezado unas clases nuevas de yoga en el centro, al lado de la clínica, así que después de visitar a mi loquero buenorro puedo ir directa a ellas…

Escucho a mi madre hablar, pero no conmigo… Reconozco a Carmen, la vecina y la madre de mi examigo. Pero cuando entro al salón la sonrisa se me esfuma al momento porque no solo están mi madre y su amiga…

—¡Hola, cariño! —Carmen me saluda de una manera tierna y yo me quedo paralizada en mitad del salón. Vocalizo un «hola» general que no sé si se ha llegado a escuchar.

—Hija, ¿qué me estabas contando que no se te escuchaba bien desde aquí?

—No, nada… importante —digo plantada sin saber muy bien qué hacer o, más bien, dónde esconderme.

—Hola… —Samuel me saluda con esa sonrisa que te hace sentir parte de ella y se levanta del sofá rápidamente para venir hacia mí.

Le devuelvo el saludo por cortesía. No puede ser que esté tan guapo, que se haya hecho tan hombre y que tenga esa barba tan… irresistible.

—¡Pero daros un abrazo, almas cándidas! —Mi madre, la mujer más inoportuna del mundo entero, se levanta de un salto de su asiento y me agarra de la mano arrastrándome hasta donde está Samuel. Este queda justamente enfrente de mí y seguidamente me pega un abrazo que no me espero y que me sienta… demasiado bien, aunque raro por todos esos años que han pasado, pero reconfortante por volver a sentir ese olor que me hace sentir tan bien como antes.

Su olor, ese olor que me recuerda a un pasado tormentoso, pero que a la vez me hace sentir a salvo de todo, me azota en toda la cara; entonces me retiro de él con disimulo, intentando que no se note ese atolondramiento que me ha provocado.

—Cuánto tiempo… —me dice con la sonrisa que antes era capaz de salvarme del mundo entero. Sus ojos marrones oscuros me vuelven a hablar de promesas y… ¡oh, Dios!, su pelo rubio, el que tanto acariciaba cuando se recostaba en mi vientre mientras veíamos alguna película, está ahora más corto, pero le sienta tan bien que me encantaría volver a sentir su tacto en mi mano.

—Mucho tiempo… —le digo como si estuviera hipnotizada con un pasado que vuelve a ser presente.

Nos miramos como si no existiera nadie más a nuestro alrededor.

—¿Te apetece un café…? —me dice de pronto, pero yo no respondo, mi madre se encarga de hacerlo por mí.

—Claro que sí, muchachos, marchaos y poneos al día, que seguramente tendréis mucho de qué hablar. —Y, empujándonos hacia la puerta, me deja sin opción a inventarme una excusa.

¿Por qué ahora? ¿Por qué Samuel otra vez? Ya estaba superado como todo lo demás, ¿no?

32. JULIA

«¡Ayudaaaaa!». «Me acaba de llegar el correo». Yo.

«¿Qué correo…?». María.

«Ya sabes a qué correo me refiero…». Yo.

Espero impaciente la respuesta de mi amiga, que tarda una eternidad en llegar.

«Claudia te va a matar…». María.

«¿Tú crees…?». «¿Aunque sea por una buena causa?». Yo, justificándome.

«Ya te he dicho lo que pienso de esta locura… Ahí no está la solución y lo sabes». María.

«Nuestra amiga necesita un levantamiento de ánimos urgentemente y yo se lo voy a dar…». Yo.

«Nuestra amiga pasó por un mal momento y lo que necesita es asimilarlo, que pase el tiempo y que ella misma vuelva a encontrar su camino. Punto». María.

«Tú misma lo has dicho, que vuelva a encontrar su camino, y yo sé cómo hacerlo…». Yo.

«¿Se puede saber entonces para qué me preguntas…?». «Que sepas que no quiero saber nada de lo que te pueda pasar, no quiero ser cómplice de un asesinato, porque Clau te va a matar cuando se entere de tu brillante plan». María.

«Confía en mí…». «¡Te quiero, mi guapa!». Yo.

María no contesta, me deja ya por imposible… y yo me pienso unos minutos si lo que estoy a punto de hacer es buena idea o de verdad a Claudia le sentará tan mal como para matarme. Pero pienso de verdad en ella, en lo mucho que ha cambiado este año atrás, en su estado de ánimo y entonces… le doy a «confirmar asistencia».

«Julia, te necesito delante de las cámaras». Daniela.

«¿Perdona…?». Yo.

«Necesitamos tu imagen», y luego manda un par de emoticonos de la gitanilla de WhatsApp.

«Habla en mi idioma, por favor». Yo.

«Esta tarde nos vemos donde siempre y te cuento mejor». «Tengo planes de futuro». «¿Puedes?». Daniela.

«¡¡Claro!!», termino por contestar y esta me responde con una docena de corazones.

¿Qué se le habrá ocurrido ahora? La verdad es que me intriga… Daniela me cae bien, tiene una mente privilegiada y el proyecto en el que empezamos juntas va subiendo como la espuma.

Por la tarde solo se presenta Daniela a la reunión, cosa que me extraña. Es raro que, si vamos a hablar de ideas sobre el trabajo, no esté aquí toda la pandilla.

—¡Hola, preciosa! —la saludo efusivamente y nos fundimos en un abrazo y un par de besos.

—¿Cómo estás? —Y antes de contestar me hace dar una vuelta sobre mí misma—. ¡¡Me encanta tu modelito!!

Y después las dos nos reímos porque el conjunto de falda pantalón que llevo puesto lo ha diseñado ella.

Nos sentamos y comenzamos a hablar de todo un poco, pero sobre todo de trabajo. Le pregunto por todos en general sin hacer mucho hincapié en Agus para que no se note mi interés por el fotógrafo. Me cuenta que todos están bien y me desvela que esta reunión informal es de extranjis, que el resto aún no sabe nada, pero que antes necesitaba hablar conmigo. Frunzo el entrecejo y la miro achinando los ojos como si así pudiera leer su mente de emprendedora.

—Antes de nada, quería darte la enhorabuena…

—¿Y eso…? —pregunto mientras le hago una foto al cachito de tarta de encima de la mesa para subirlo a mis historias de Instagram y luego lo devoro sin piedad. Mientras lo saboreo me doy cuenta de lo mucho que me encanta esta cafetería. Antes de que pidas la consumición ya te están ofreciendo tu trocito de azúcar. Son maravillosos.

—Por la publicación de esta semana: tres mil cuatrocientos ochenta y ocho me gustas, quinientos sesenta y ocho comentarios, más los privados preguntándome de dónde son las prendas y cómo obtenerlas. —Dani me muestra su móvil con mi última publicación y yo me encojo de hombros porque ese es mi trabajo—. Tía, tu artículo está dando mucho de qué hablar y eso es muy bueno, por eso se me ha ocurrido algo…

Se hace el silencio a la espera de que me cuente mientras ella me mira fijamente con una sonrisa de oreja a oreja y mi impaciencia hace que la zarandee por los hombros.

—¡Dispara ya! —le digo y ella me sigue sonriendo.

—Está bien… Se me ha ocurrido que podrías posar para mí… —me suelta de pronto.

—Eso suena un poco cerdo, ¿no? —le digo con cara de circunstancias—. A ver, que yo no tengo nada en contra de eso, pero… por el momento no me va el rollo bollo, aunque tampoco lo descarto…

Daniela se ríe y luego me tira su sobre de azucarillo a la cara.

—Mira que eres tonta, ¿eh? —Y otra carcajada de Daniela hace que todas las cabezas nos miren, entonces yo me pongo las gafas de sol y me tapo la cara con una mano como si fuera una famosa muy conocida, simulando que no la conozco.

—Lo que quiero es que lleves puestos mis diseños y seas mi modelo, es decir, quiero que seas la imagen de mi marca.

Espurreo el capuchino del que acabo de beber y me pongo toda perdida y a ella también.

—¡Perdón! —La limpio rápidamente—. Lo de antes me parecía menos locura que esto… y desde ya te digo que no me líes, que sabes que no me dedico a eso.

—Pero eres la mejor *influencer* que conozco, tienes una cuenta de miles de seguidores, tienes enganche y en todas las fotos sale tu cara y lo último que te has pillado de ropa. ¡Eres perfecta! La moda te ama, la gente te ama, y mi ropa te ama… Así que, por favor, no te lo pienses y dime ya que sí.

—Pero eso no cuenta… Una cosa es promocionar y otra muy diferente hacerme pasar por modelo.

—Venga y no seas modesta, preciosa, reconoce que te encanta.

—Por eso mismo me encanta, porque nadie me obliga, lo hago cuando me apetece y cuando me sale de ahí… Así que no sé qué decirte.

—¡Muy fácil! ¡Di que sííí! —Esta salta en su asiento por la emoción sin que aún le haya confirmado—. Lo tengo todo pensado: los escenarios, los complementos y, por supuesto, el modelito para cada lugar…

—A ver, Dani, tengo muchos frentes abiertos y no quiero comprometerme con algo para lo que después no pueda o no tenga tiempo y ya sea otra obligación a la que hacer frente; y creo que ya me falta vida para hacer tanto.

—Te prometo que te lo haré lo más ameno posible, que nos organizaremos, pondremos si quieres hasta un horario y, además, aunque aún no haya hablado de dinero, creo que podré permitirme pagarte bastante bien si la cosa sigue creciendo así.

Me recuesto entre los cojines del sillón de color turquesa y me cojo las rodillas. Mi cabeza piensa rápido, la idea es tentadora, pero es que sé lo que pasará, que al principio será toda una pasada, que después las horas de sesiones aumentarán, empezarán las malas caras y entonces el buen rollo que hay entre nosotras se esfumará y empezará a ser un trabajo más. Pero, por otro lado, estamos hablando de pasta y no me vendría nada mal un extra.

—Bueno…, pues entonces, no me dejas otra opción que… aceptar.

Y, dicho esto, Daniela se tira a mis brazos y me da un beso.

—¡Qué cabrona eres! Pensaba que me dirías que no…

Y las dos nos tronchamos de la risa en ese sofá en el que un día no muy lejano nos conocimos y que más tarde pasó a ser uno de mis lugares favoritos.

—Pues mañana será la primera sesión de fotos, no sé cómo te vendrá, pero necesito que salga ya a la luz la nueva campaña con tu cara.

—¡Joder! Pues sí que empezamos bien. ¿Y dónde ha quedado todo eso de la organización y los horarios…, «amiga», o ahora tendré que empezar a llamarte «jefa»?

—No, si quieres puedes llamarme «la reina de la noche», porque hoy toca salir a mover el culo para celebrarlo.

Decidido… Amo a esta chica y su temperamento, que es lo más parecido al mío.

33. VÍCTOR

Después de pasar la primera noche con Martina me empecé a sentir bastante bien, pero a la vez extraño porque no estaba acostumbrado a que nadie tirara de mí.

Cuando me desperté, la busqué por mi cama, pero allí no había nadie, solo ese olor a frambuesa, y entonces recordé con todo detalle lo que había pasado la noche anterior. Lo mucho que nos reímos, lo a gusto que me había encontrado en su compañía, el juego continuo de miradas, el sexo que nos habíamos regalado. Con solo imaginármela encima de mí se me volvía a poner dura.

Miré en la mesita buscando una nota o su teléfono anotado por algún lado…, pero no, no había absolutamente nada.

Martina no era como ellas, ella era mucho más, pero eso ya lo sabía…

Empecé a preguntarme la forma en la que podría contactar con ella, aunque tampoco quería parecer un desesperado, pero me apetecía verla otra vez. Así que comencé a darle vueltas a la cabeza y ver cómo podía hacerlo, y eso me hacía sentir más frustrado todavía.

Lo único que me quedaba era esperar y verla el lunes a la hora de la comida. Y esperar era lo que me menos me apetecía en esos momentos.

La primera vez que nos vimos después de esa noche me dejó un poco fuera de lugar porque me trató como siempre, lo disimuló tan bien que hasta me llegué a creer que entre nosotros no había pasado nada. Intentaba cruzar alguna mirada con ella sin ninguna respuesta por su parte. No me podía creer que pasara de mí de aquella manera. Pero cuando vino a nuestra mesa para retirarnos los platos, rozó su rodilla con la mía y una pequeña sonrisa de complicidad apareció en su cara…

—¿Y a ti se puede saber qué te pasa con esa cara de pánfilo? —me dijo María cuando Martina se marchó. Aún no sabía nada de lo ocurrido.

Me encogí de hombros y le eché un guiño. Estaba feliz porque ese pequeño gesto me había hecho ver lo que yo necesitaba saber; que lo de la otra noche había sido real, que ella se acordaba igual que yo, que no pasaba de mí y que… nuestro juego continuaba.

Seguimos viéndonos y saliendo por Chueca y siempre terminábamos la noche en el mismo lugar: en mi piso. Ella seguía marchándose después de hacer el amor, y todo eso, al principio, estaba muy bien, pero con los días mi cuerpo me empezaba a pedir más y se lo dije.

No sé si hice bien o cometí el mayor error de mi existencia…, pero una cosa tenía clara por una vez en mi vida y es que quería más.

Llegamos a mi casa comiéndonos con desesperación, tanteé las luces mientras llevaba a Martina entre mis brazos. Ella me agarraba con fuerza con sus piernas envolviéndome por la cintura y mientras tanto con sus manos se deshacía de mi camisa; yo intentaba no caerme sin poder dejar de comerle la boca. La tumbé en la cama y me recosté encima de ella. Seguí con el recorrido de mi boca por su cuello, su pecho, bajando por su ombligo hasta rasgar sus bragas con mis dientes…, pero esa noche paré antes de continuar devorándola con todas mis ganas… Ascendí por su cuerpo hasta quedar mi cara a la misma altura que la suya.

—¿Qué te pasa…? Ibas muy bien, cariño… —Sus jadeos me invitaban a seguir, pero… necesitaba decírselo.

—Martina, estos encuentros están muy bien y tú… me gustas mucho.

Ella se incorporó como si le hubiera dicho todo lo contrario. Se subió los tirantes del vestido y se tapó los pechos.

—Víctor…, no me pidas más, por favor.

Fruncí el entrecejo porque no sabía qué estaba pasando. Yo también me incorporé en la cama.

—Martina, todo esto que hacemos me encanta, pero me gustaría intentar algo más… No sé lo que me está pasando, pero llevaba tiempo sin sentirme así con alguien y quiero seguir descubriendo más cosas… contigo.

Me sinceré como nunca lo había hecho con nadie y quise besarla, pero ella se apartó de mi lado y recogió sus tacones. No entendí aquel gesto.

—Siento todo esto, Víctor, siento no habértelo dicho antes…, pero yo… pensaba que todo esto era un juego de cama y nada más.

—¿El qué no me has dicho…? —le pregunto temiéndome lo peor.

Ella tomó aire antes de hablar…

—No puedo darte más, Víctor, porque… estoy casada.

En ese momento me sentí como si algo con mucha fuerza me golpeara en todo el pecho y partiera mi corazón en mil pedazos, como si estiraran tanto mi cuerpo que lo rompieran en dos partes, como si pisotearan mi alma y la dejaran tirada y abandonada como a un trapo sucio y usado.

Me alejé de ella lentamente y de mi boca salieron muchos insultos antes de digerir todo aquello.

—¡Joder, Martina! ¡¿Cómo no se te ocurrió decírmelo antes?!

—¡Porque esto era un maldito juego! —Se acercó un poco más a mí y yo retrocedí.

—Un juego en el que se te olvidó decirme lo más importante, un juego en el que solo has jugado tú, ¡joder! —Sin darme cuenta estaba alzando la voz más de lo normal.

—Eso no es lo único; hay algo que es más importante, Víctor…

—¡¿Cómo que eso no es lo único?! ¡¿Pero se puede saber qué es más importante para ti en la vida?!

La cosa ya se nos había ido de las manos. A los dos. A ella por omitirme todo aquello y a mí por haberme dejado llevar, por haber confiado de nuevo en alguien, por creer que esto sería diferente.

Después de gritarnos, se hizo el silencio durante largos segundos.

—Tengo una hija —soltó de pronto sin darme tiempo a que asimilara lo de su matrimonio. Me senté en la cama, aquella noticia me llegó como una bofetada en plena cara.

No me podía creer que no me hubiera contado todo aquello antes…

—Márchate, por favor… —Fue lo único que le pedí sin mirarle a la cara.

Y ella se fue sin decirme nada más, sin darme ninguna explicación de por qué lo había hecho. De por qué me había utilizado; porque así era como me sentí esa misma noche, utilizado, decepcionado conmigo mismo, tanto que me dieron ganas de lesionarme para apagar toda esa rabia que se estaba convirtiendo en dolor.

34. CLAUDIA

Jamás de los jamases me había sentido así, tan cortada, tan cohibida y avergonzada. Era algo que, por más qué me preguntara a mí misma qué era, no encontraba una respuesta convincente. Aún esperaba que alguien saltara desde algún lugar de aquel lujoso coche inalcanzable para mi poder adquisitivo y que gritara que todo era una broma. Porque todavía no me creía que estuviera de copiloto en el coche de mi jefe y que este a su vez estuviera tratando de ser cortés conmigo sacándome tema de conversación.

¿En serio daba tanta pena que se sentía en la obligación de llevarme a casa? Bueno, aunque seguro que, si hubiera mirado mi última nómina, le hubiera entrado hasta congoja... O, a lo mejor, esto no era una broma y hacía esto para llevarse a la cama a la nueva... Uf, considerar esa posibilidad me repugnaba, así que dejé de pensarlo y me decanté por la pena.

David durante el trayecto comenzó a hacerme una serie de preguntas, al principio solo trabajo, lo normal, luego de mis estudios y formación profesional; hasta que el tema se desvió sin venir a cuento a mi vida personal, pero lo típico, sin indagar demasiado. Sin darme cuenta, nos habíamos adentrado en una conversación más fluida hasta llegar el punto de olvidarme de quién era él realmente.

Me dejó en la puerta de mi bloque y le agradecí una y otra vez el haberme llevado.

—No es nada, mujer, me pillaba de camino, en serio, no es molestia —me dijo desde su asiento.

—Bueno, pues te debo un café —le dije con toda la confianza del mundo.

Al escuchar el sonido de su risa, me di cuenta de que esas confianzas se estaban pasando de castaño oscuro y que no eran propias de trabajadora a jefe, por lo que intenté arreglarlo, pero antes de poder decir nada…

—Acepto. —Al decirme eso me quedé un poco más bloqueada, así que decidí dejar de hacer el ganso y me despedí desde la puerta.

«¿En serio acabo de quedar con mi jefe para tomar un café?», hablo conmigo misma y en voz alta. Típico en mí, dando así la casualidad de que por poco más y me como a mi vecino del primero B.

Me disculpo hasta que sale por la puerta del portal refunfuñando. Y ahora sí que es verdad que no sé si llorar o reírme de mí, de la situación o de lo pardilla que seguro que estoy pareciendo en estos momentos subiendo y bajando los escalones de mi bloque.

—¿Qué tal tu día, mi reina? —Julia me saluda efusivamente al escucharme entrar en casa.

Cierro la puerta del piso y me apoyo de espaldas sobre esta. Estoy cansada del día, de esos nervios que tanto tiempo llevan recorriendo mi cuerpo y de la situación que acaba de tener lugar con mi jefe.

—¡Peor que el tuyo seguro! —le grito mientras me quito los zapatos.

—No estés tan segura de eso, monada… —Julia se defiende y viene a darme la bienvenida con su moño de estar por casa, con su pijamita lencero de color granate (no entiendo por qué se pone tan sexy para estar sola) y sus zapatillas de pompones de color rosa que le regalé yo en un amigo invisible en plan coña y que desde entonces siempre las lleva.

—Yo he tenido que levantarme para eso que suelen hacer las personas normales… ¿Cómo se llama? ¡Ah, sí! ¡Trabajo!

Al escucharme decir eso achina los ojos y luego me sigue hasta mi habitación.

—Ja, ja, ja. —Julia se ríe exageradamente—. Oye, bonita, que yo también hago eso, aunque no tenga un horario específico.

—¿Sabes que llevo todo el día acordándome de ti?

—Anda, ¿sí? —A Julia se le ilumina la cara y luego se tira de plancha en mi cama, cosa que odio, porque no me gustan las arrugas en las sábanas. Lo sé, manías que algún día me quitaré.

—Sí, he estado barajando las posibles maneras de matarte. —Mi amiga se ríe con ganas.

—Sí, claro, ni que yo te hubiera metido el alcohol por vena.

Pongo los ojos en blanco dejándola como caso perdido y me voy a preparar algo de cena. Mientras me hago una ensalada completa, no sé por qué, se me viene a la cabeza la imagen de mi jefe conduciendo su coche. Pienso en sus ojos claros, jamás había visto unos ojos tan azules, ni los de María son tan cristalinos. Pienso en su pelo negro revuelto, en todo él, porque jamás he visto ser tan atractivo sobre la faz de la tierra y, cuando me doy cuenta de lo que estoy haciendo, retiro rápidamente esa imagen de mi mente.

—¡¿*Ghost* o *Dirty dancing*?!

Julia aparece de repente detrás de mí.

—¡Joder! —Me asusto—. ¿Puedes no ser tan sigilosa? —le pido con cara de asesina y empuñar el cuchillo de la ensalada ayuda.

—¿Y tú puedes decirme en qué estabas pensando? Llevo hablándote desde el salón por lo menos diez minutos.

Cuando me dice eso me quedo extrañada y, aunque no me guste, tengo que darle la razón de que esta vez sí que estaba en mi mundo, el cual sé que me traerá problemas.

—Pues… en el trabajo… ¿En qué voy a pensar? —le contesto rápidamente.

—Cuéntame: ¿qué tal te ha ido tu primer día en el departamento nuevo?

Y sé que su interés es sincero, así que le pongo al día de todo, incluido lo de mi jefe, pero sin entrar en demasiados detalles ni darle mayor importancia; que me la conozco y verá cosas donde no las hay.

Aunque Julia y yo a veces queramos matarnos y parezca que tengamos una guerra diaria, nos chillemos continuamente o a veces seamos capaces de llegar hasta las manos, nos queremos. Para mí es como la hermana que nunca tuve y, aunque últimamente hemos estado algo más distanciadas, sé que es porque está más liada con sus proyectos y más desconectada de su entorno. Así que no la culpo ni nunca lo haré…

A mí me encanta que me deje mi espacio, me gusta estar sola y alejarme del ruido. Aunque viviendo con ella parezca imposible, a veces consigo aislarme del mundo entero y ella acepta todas mis manías. Así que estamos empate.

Jamás le podría reprochar nada porque la quiero. Ella es la única familia que me queda.

Esa noche terminamos viendo la película de *Dirty dancing*, hinchándonos a palomitas y chuches y riéndonos, recordando la tremenda hostia que se metió la noche anterior.

Cuando me voy a la cama, pienso en mi vida y no sé por qué se me viene a la cabeza la pregunta «¿realmente soy feliz?».

Puede que Julia no esté tan loca como pienso y de verdad necesite replantearme muchas cosas...

35. DAVID

Las nueve de la noche y aún en mi despacho. Miro por el gran ventanal que cubre prácticamente toda la pared lateral y aún es de día, pero decido que ya está bien por hoy de seguir encerrado en este edificio, que últimamente paso más tiempo aquí que en mi propia casa.

Me viene a la cabeza la figura de mi padre. Echo de menos trabajar con él, ser su sombra, verlo sentado en este mismo sillón. Siempre tan concentrado. Pero lo que más de menos hecho es seguir aprendiendo cada día más de él.

—Una copa ahora mismo me vendría de puta madre —digo en voz alta mientras me dejo caer en mi sillón.

Así que pienso en algún sitio donde poder tomármela, algún garito donde no me conozca nadie, pero por la zona es complicado, ya que desde la herencia de la revista no he dejado de salir en los dichosos programas de cotilleo, los que solo sueltan morralla. Según esos que se hacen llamar «periodistas», soy el soltero de oro más cotizado de todo el país, pero que es una desgracia que sea gay, ya que todavía no me han visto con ninguna superficial de moda. Oye, que dicho así no quiere decir que esté insultando a esas chicas, al contrario, son diosas que solo entran en mi cama, pero no en mi vida. Y, la verdad, todo eso me la trae tan sin cuidado que ni siquiera me molesta lo que digan de mí, pero estoy cansado de ser el maldito centro de atención.

Salgo de mi despacho y con lo primero que me encuentro es con Claudia embriagada en la pantalla de su ordenador. No me oye llegar, así que aprovecho para mirar fijamente esos rasgos que llaman tanto mi atención, su pelo alborotado medio recogido con un lápiz y esas pequitas que solo se aprecian si te acercas a ella.

—¿Todavía estás aquí? —le pregunto, provocándole así un sobresalto. Disimulo una sonrisa.

—Emm, sí, bueno… Ya estaba terminando de recopilar algunos datos de investigación para mañana y ya me marcho.

—¿Te apetecería tomar algo fuera de estas cuatro paredes? —le ofrezco sin pensármelo, y mis planes de tomarme una copa solo se desmoronan al verla a ella, pero, a decir verdad, prefiero su compañía.

—Pues, si me esperas dos minutos, estoy lista —me dice con tal naturalidad que me gusta.

Que me diga que sí sin más me sorprende muy gratamente, ya que últimamente ha esquivado todas y cada una de mis invitaciones.

—Perfecto, espero… —Y esa sonrisa que me acaba de dedicar provoca una fuerte sacudida en mi entrepierna.

Miro con disimulo las curvas de su cuerpo y sin quererlo me la imagino desnuda, pero rápidamente me tengo que obligar a dejar de verla encima de mí cabalgándome como una loba furiosa porque se me está poniendo como una maldita piedra y ya se me está notando por debajo del pantalón. Me abrocho la chaqueta para disimularlo.

Cuando Claudia termina de apagar todo el equipo informático, nos dirigimos al ascensor en silencio y, al abrirse las puertas de este, un poco y más y nos chocamos con Beatriz. Esta mira a Claudia de un modo despectivo y luego me mira a mí frunciendo el ceño, como pidiéndome algún tipo de explicación. Sé lo que está pensando, está furiosa o celosa, se le nota y me da exactamente igual. No me preocupa porque no tiene sentido, no soy nada suyo, no soy de nadie ni ella es nada mío. La miro fijamente a los ojos y creo que puede entender lo que trato de decirle con una simple mirada, porque al segundo cambia de actitud y nos sonríe exageradamente.

—¡Uy! Casi chocamos —dice de pronto—. ¿Dónde vais tan tarde?

—Bueno… a mí se me ha ido el santo al cielo buscando y preparando lo del artículo para mañana que me pediste y… —Claudia se justifica, pero esta no la deja acabar.

—Como sigas así delante del jefe me vas a quitar hasta el puesto de trabajo —le dice con sarcasmo y luego se ríe falsamente por lo que acaba de decir. Claudia, en cambio, se sonroja, pero no aparta la mirada de esta, al contrario, la mira fijamente a los ojos marcando su territorio.

—¿Y tú dónde vas a estas horas? —le pregunto en un tono más serio de lo normal para que deje de atacarla.

—A por las llaves de mi piso, que se me han debido olvidar encima de mi mesa, como siempre… —Y su mirada se clava en la mía de una manera frustrada.

—Muy bien, pues hasta mañana entonces, Beatriz —le digo sin más.

—¡Hasta mañana, chicos…! —nos grita mientras se aleja de nosotros.

Por las horas que son decido llevarla al restaurante más alto de toda la ciudad para picar algo. Una vez allí, pido una botella de vino, Claudia se queda mirándola y a mí me hace gracia.

—¿Celebramos mi ascenso? —me pregunta con un tono burlón. Me río y sirvo el vino.

—¿No estás a gusto con tu nuevo sueldo? —le pregunto fijándome en esos ojos cubiertos de unas pestañas tan largas que casi le rozan las cejas.

—Claro que sí. —Coge su copa y la levanta para brindar conmigo—. ¡Por mi *pedazo* puesto de trabajo!

Nuestras copas se chocan y luego bebemos.

La noche transcurre sorprendentemente bien. Esta chica me da la suficiente confianza como para hacerme sentir a gusto. Hablamos de nuestra época de facultad, de nuestras familias e incluso de algunos viajes, porque todos no se pueden contar. También hablamos de los antiguos amores del pasado.

—¿En serio nunca has tenido novia? —Se ríe con gracia—. Eso sí que no me lo creo.

—¿Es qué no has visto las últimas noticias? —le pregunto mientras lleno su copa con lo último que nos queda—. Según los periodistas más inteligentes de este país, soy el soltero de oro más cotizado, pero una pena, porque también dicen que soy gay. ¡Cabrones!

Y Claudia no sabe si reír o no, se está aguantando las ganas, pero no puede por mucho más tiempo, hasta que, tapándose la boca con la servilleta a juego del mantel, se le escapa una carcajada. Luego pide perdón, pero no deja de reír y a mí no me molesta, pero me preocupa que piense que en esos comentarios haya algo de verdad.

—Perdóname, David, no quería reírme. Algo había escuchado y la verdad es que en un principio también opiné lo mismo, que era una pena que eso fuera cierto.

Y tengo que abrir tanto los ojos para asimilar lo que me acaba de confirmar que también me entra la risa.

—¿En serio? —le pregunto a punto de demostrarle lo mucho que me ponen cada una de sus curvas.

Me controlo…

—No, era broma… Sé que todo lo que se dice no es cierto, y también he aprendido en estos días que no todas las fuentes de información son fiables.

—Ya me estaba preparando para demostrarte la realidad de todo este asunto. —La miro fijamente y sin quitar la mirada de sus ojos me termino mi copa de vino—. Entonces me estabas diciendo que… —intento cambiar de tema porque me temo que llegue el momento en que no pueda controlar mis ganas y la bese.

—Nada, que hace un año más o menos nos presentamos a un tipo de concurso que en principio no iba a ser televisado aquí en España, nos apuntamos mi expareja, unos amigos y yo… La idea fue de mi ex, pero mi queridísima amiga Julia nos terminó de animar a todos —continúa contándome, concentrándose en sus recuerdos, y yo no puedo dejar de mirar esos labios mientras hablan.

—Tu compañera de piso, ¿no? —Ella afirma con la cabeza y yo escucho todo lo que me está diciendo, pero no puedo evitar imaginarme el sabor de sus labios, quiero comprobar a qué saben…

—Exacto. Ella fue la que lo organizó todo. Yo la verdad es que en un principio no estaba muy convencida con los intercambios de pareja. Pero bueno, al fin y al cabo, todos éramos amigos… ¿Qué podría pasarnos?

Claudia se detiene unos segundos para beber de su copa y me encanta que me mire a los ojos cuando habla. También noto cómo de vez en cuando se le desvía la mirada hacia mi boca o a la barba que llevo desde hace unos días y eso me confirma que también le llamo la atención…

—Pues lo que pasó fue lo último que me esperaba en mi vida. Las cámaras nos grababan la mayor parte del tiempo, lo que no sabíamos era dónde estaban situadas exactamente. Así que ya te puedes hacer una idea de lo que vino después…

—Cuernos por un tubo, ¿no?

—Así fue. Rara era la pareja que no se fue infiel… —Y al decir eso el brillo de sus ojos se apaga un poco más.

—¿Y tú lo fuiste? —me atrevo a preguntar.

—No, yo entré enamorada de pies a cabeza, o eso creía. Al contrario que yo, Óscar, mi ex, me los puso, pero bien puestos, y con una de mis mejores amigas.

—¿Con Julia?

—No, con otra que no merece la pena ni ser nombrada.

—¿Y sigues enamorada de tu ex? —Después de esta pregunta consigo que Claudia me mire fijamente de nuevo.

—No, y no quiero volver a estarlo. No quiero sentirme dependiente de alguien. —Y ese comentario, no sé por qué, me da una punzada al saber que no se quiere volver a enamorar. Trato de no prestarle demasiada atención a ese sentimiento que me ha provocado. Y la noche continúa especialmente bien…

36. MARÍA

Salimos de casa y nos dirigimos directamente a la heladería de Manuela. Ninguno de los dos hemos preguntado adónde ir, prácticamente hemos salido de casa de mi madre y nos hemos puesto a caminar en silencio.

Hemos ido a ese lugar que tanto tiempo hace que he dejado de visitar, porque, me sentara donde me sentara, siempre veía a Samuel por todas partes. Mi heladería favorita que, evidentemente, dejó de serlo cuando mi amigo desapareció de mi vida. Y, fíjate cómo son las cosas que, después de muchos años sin vernos, volvemos a visitar juntos ese local que en un pasado fue uno de nuestros refugios más preferidos.

Ahí me sentía como que todo lo malo que había pasado durante la mañana ya había terminado, entonces podía respirar tranquila, podía dejar de estar alerta y parar de mirar por encima de mi hombro atenta a que ningún objeto volador cayera sobre mi espalda.

Siempre, cuando salíamos del colegio y Samuel me notaba que había tenido un mal día que eso era día sí y día también, me hacía desviarme del camino a casa para invitarme a un cucurucho de dos bolas y entonces era cuando me hacía olvidar, solo por un momento, los insultos y el maltrato de ese día.

Llegamos en silencio y saludamos a la hija de Manuela, que, por cierto, ya es toda una mujer. Creo que ni siquiera nos reconoce después de todos los años que ha pasado sin vernos.

—¿Dónde quieres sentarte? —Samuel me pregunta, deteniéndose casi en la misma puerta del local y, mirando atento, busca una mesa libre.

—Me da igual, donde quieras —le digo sin más. Entonces le sigo el paso y nos sentamos al lado del ventanal grande. Un sitio al que antes le tenía pánico porque me daba miedo que los matones del instituto pudieran verme y volver a meterse conmigo.

—¿Quieres lo de siempre? —me pregunta con una sonrisa de medio lado, como si a él también le hubieran vuelto a azotar los recuerdos.

Asiento con la cabeza y dejo que ese pasado me atrofie la cabeza. Miro por la ventana mientras espero mi helado de dos bolas y veo a la gente pasar, pero sin fijarme en nadie en particular, y pienso en lo mucho que ha cambiado todo: las personas, yo, la situación, mi vida… Cierro los ojos y me siento aliviada de que todo hubiera pasado al fin, que todos esos años de maltrato hubieran puesto su punto final de una vez por todas.

Samuel me saca de mis pensamientos cuando llega con los dos helados.

—Aquí tienes… —Me ofrece mi cucurucho.

—Gracias.

—Por muchos años que pasen creo que este lugar siempre seguirá siendo el mismo… —me dice mirando también por la ventana.

—No, parece el mismo lugar, pero ya nada es como antes; al fin y al cabo, todo cambia. —Y mi respuesta sale sin pensar.

—Ahí tienes razón. El tiempo pasa y las personas cambiamos hasta tal punto que dejamos de reconocernos a nosotros mismos.

Al escuchar eso aparto los ojos de la ventana y lo fulmino con la mirada. No sé a qué ha venido ese comentario.

—Por supuesto que cambiamos; los hechos nos hacen cambiar, el mundo nos hace cambiar, todo nos obliga a dejar las cosas atrás… —Mis palabras salen atropelladas y más altas de lo normal.

—Pues ese cambio… te ha sentado de maravilla, María. —Sonríe de esa manera que deja sin aliento a cualquiera—. Estás… radiante, como jamás te imaginaba.

—Esa parte de mí siempre ha estado ahí, pero tú dejaste de verla. —Y entonces me callo de repente, porque no quiero soltar esa furia que siento por dentro desde hace tanto tiempo. Quiero comer mi helado e irme a mi casa.

—Lo sé, y te equivocas. Jamás dejé de verlo ni tampoco dejé de saber de ti en ningún momento.

Esa frase hace que mi corazón se descontrole, pero también consigue avivar esa rabia que siento por dentro de todos estos años que he pasado sin saber nada de él.

—Dejaste de contestar a las cartas y dejaste de llamar. Te distanciaste de la manera más miserable posible —le suelto todo eso que llevaba dentro desde que desapareció de mi vida, pero todas esas preguntas que aún no me atrevo a hacerle me taladran las sienes.

—Te vuelves a equivocar, no fui yo el que se alejó de ti… —Y esa frase hace que quiera pegarle una bofetada por mentiroso.

—¡Pero ¿cómo puedes decir eso?! Y encima con esa tranquilidad. —Subo el tono y estoy casi por levantarme y salir corriendo.

—Tus cartas no me llegaban porque había cambiado de destino. Como te conté en una de ellas, había entrado en un grupo de música, al principio muy poco conocido, pero en cuestión de meses saltamos a la fama. Primero solo tocábamos en garitos, pero, como en las películas, tuvimos la suerte de que un cazatalentos pasaba por allí y desde entonces todo cambió en cuestión de días.

—Samuel espera mi reacción y estudia la expresión de mi cara. Yo lo escucho atenta y me mantengo callada y, por el momento, tranquila. Él aprovecha para seguir contándome su versión.

»Todo pasó tan rápido que no me dio tiempo ni de avisarte, porque lo que ese hombre nos propuso fue un salto a la fama de la noche a la mañana, lo que conllevaba entrevistas de radio; luego asistimos a programas de televisión, hasta que, sin darnos cuenta, ya estábamos en una gira nacional. Entonces sabía lo que eso conllevaría, que tus cartas las dejaría de recibir porque ya no tendría un lugar fijo por mucho tiempo.

—Pero… eso no era excusa, podías haber llamado o escrito algún mensaje. Mi dirección fue la misma por mucho tiempo, y por aquél entonces seguía teniendo el mismo número de teléfono —le reprocho.

—Ahí tienes razón, no te escribí y un mensaje era demasiado frío para contarte tantas cosas. Pero sí te llamé y varias veces. Al ver que no contestabas a las llamadas, fui a visitarte a la residencia el único día que me dejaron libre. Y entonces la sorpresa me la llevé yo cuando te vi.

Frunzo el ceño porque esa parte no la sabía ni tampoco entiendo a lo que se refiere exactamente.

—Estabas en los jardines de la facultad con un grupo de gente y, cuanto más me iba acercando, más cuenta me daba de lo que estaba pasando: tú eras la única que no estabas charlando, tampoco reías como las demás chicas…

Intento recordar ese momento, pero no, no sé a lo que se refiere porque hace tiempo de la facultad.

—Estabas besándote con alguien al que no conocía.

Y entonces se me viene a la cabeza ese preciso momento, porque solo jugamos un par de veces a ese estúpido juego: *Verdad, beso o atrevimiento…* Una chorrada que nos hacía pasar el tiempo.

Me río en voz alta, me tapo la cara y sigo riéndome con ganas, veo la expresión de circunstancias que se le ha quedado a Samuel y la de preguntarse de qué carajo me estoy riendo. Entonces se lo explico todo, y este echa todo el aire de sus pulmones y se deja caer en el respaldo de su silla.

—Yo… creía que tú… estabas con alguien y que por eso ya no cogías mis llamadas.

Intento recordar exactamente ese periodo de tiempo y… ¡Lo tengo!

—Hubo una época en la que le tuve que dejar el móvil a Julia porque el suyo estaba en las últimas. En alguna ocasión me comentó algo de unas llamadas de un número desconocido, pero al utilizar ella mi móvil me imaginé que tendrían que ver con ella y no conmigo… por lo que ni siquiera le hice caso.

Y entonces… todas las piezas comienzan a encajar poco a poco.

—Cómo son las cosas, ¿eh? —le digo un poco más relajada—. Lo fácil que es alejarnos de una persona por una confusión y el trabajo que nos cuesta dejar el orgullo a un lado. —Él asiente dándome la razón.

—Le preguntaba a tu madre cada vez que venía a casa, pero siempre me desviaba el tema y nunca terminaba diciéndome nada en concreto. Entonces mi madre era la que me contaba todo sobre ti.

—Se lo tenía prohibido, lo siento.

—Bueno, y a todo esto, ¿cómo te va? —me pregunta con un tono relajado y tranquilo, y entonces yo le cuento y él me cuenta y nos ponemos al día de nuestras vidas, de nuestros trabajos, de todo ese tiempo que ya ha pasado.

Él es compositor y profesor de guitarra, piano y batería. Me cuenta que hace unos días se ha instalado en Madrid como profesor de conservatorio, que por el momento deja de viajar porque está cansado, quiere formar un hogar y… no sé si está casado o tiene pareja… La cara me cambia y él me lo nota, pero no me dice nada y yo tampoco le pregunto.

Los minutos pasan y no nos damos cuenta ni de la hora que es hasta que vemos por la ventana que la luz del día ha desaparecido por completo y que la noche ya ha entrado.

Toda la tarde metidos en nuestro lugar favorito me ha hecho volver a sentirme en esa burbuja en las que solo habitamos él y yo.

37. CLAUDIA

—¡Venga! ¡Roooonda de chupitos!

Julia grita sin cesar y cuando ve llegar al camarero con una bandeja llena de bebida comienza a aplaudir con alegría.

—Brindemos por… ¡¡el nuevo puesto de nuestra amiga!! —sigue gritando como si estuviéramos solos en el local.

Los cuatro chocamos nuestras copas y… para dentro, del tirón y sin pensármelo. La garganta me quema a la vez que el líquido baja por ella, los ojos casi se me salen de las órbitas y las lágrimas me ruedan por la cara a sus anchas, no las contengo porque no puedo.

Hoy es viernes y las que dicen ser mis amigas me han tendido una trampa.

Cuando ya estaba llegando a casa, este grupo de buena gente me han arrastrado hasta el pub más cercano. Ni siquiera me han dejado cambiarme de ropa. Así que aquí estoy, con mi camisa blanca de seda, un lazo negro atado al cuello y mi falda entubada a juego con ese lazo que me hace parecer más seria. Y la verdad es que aquí, así vestida, desentono con el entorno, por eso bebo, para hacer juego con el resto del mundo y porque necesito desinhibirme un rato de este mundo que me pone a prueba cada día de mi vida.

Víctor, después de unas cuantas rondas más de chupitos de tequila, ha desaparecido con una nueva chavala, una *topmodel polioperada*, cogido de la mano. Nada es de extrañar, lo raro sería que se pasara gran parte de la noche a nuestro lado. Aun así, pregunto a las chicas, porque lo he notado raro desde que llegamos.

—¿Y a este qué le pasa?

—¿A mi hermano? Pues que es un golfo, nada nuevo —Julia me contesta sin prestarme ninguna atención mientras mira a su alrededor, seguro que tanteando el mercado de esta noche. María, en cambio, le pega una colleja y yo no puedo evitar reírme cuando esta se rasca la cabeza.

—No hables así de tu hermano —María le regaña y se pone más sería de lo normal. Entonces esta nos presta más atención.

—Solo bromeaba, ¡bruta!, yo también lo he notado un poco apagado, pero creo saber a qué se puede deber.

—Esa chica lo ha dejado más que tocado… —María continúa hablando mientras le da otro sorbo a su copa.

—¡¡¿Qué chica?!! —gritamos Julia y yo como un dúo.

—Estamos hablando de la misma persona, ¿verdad? —María se muerde el labio sabiendo que ha hablado de más, que acaba de meter la pata hasta el fondo y ahora va a tener que desembuchar si no quiere someterse a una tortura mortal.

—Yo creía… que era… por la conversación que tuve la otra tarde con él, con el tema de mi padre… Ya sabéis. —Julia frunce el ceño y le cambia el tono—. Pero no tenía ni idea de que saliera con alguien.

—Pues no, y no se os ocurra decir nada, porque me mata —María nos advierte señalándonos a cada una con el dedo.

—¡Habla! —Julia gira el taburete de María hacia ella y se le acerca para hacer presión e intimidarla.

—Nada, pues no sé si os acordáis de que alguna que otra vez salía en conversación la camarera del restaurante donde comemos cada día.

Yo asiento, Julia vuelve a fruncir el ceño.

—¿La panchita? —pregunta extrañada.

—La argentina… —aclaro poniendo los ojos en blanco, porque, según Julia, todo el mundo que tenga la piel más tostada de la cuenta y tenga acento seductor es catalogado como «panchito».

María no hace caso al comentario y continúa hablando.

—Yo pensaba que no era nada importante, porque era el mismo jueguecito que se trae con todas, así que tampoco le di la suficiente importancia; hasta que un día llegó al trabajo con unas ojeras que le llegaban al suelo, con la mente en otro planeta y sin ganas de soltar ninguna de sus tonterías, y entonces fue cuando me preocupé. —María se calla, esperando que no preguntemos nada más.

—¿¿¿Y…??? —Pero Julia insiste con impaciencia. Aunque Víctor y ella estén todo el día como el perro y el gato, no pueden pasar el uno sin el otro, y menos que alguien le haga daño a su hermano, eso es superior a sus fuerzas.

—Pues que se han visto unas cuantas veces y ahora ella es la que pasa del culito de nuestro amigo. —María intenta dar por zanjada la conversación, conozco a mi amiga y sé que se siente como si estuviera traicionando a nuestro Víctor, así que evito hacer ninguna pregunta más por mi parte.

—No me puedo creer que eso esté pasando. —Julia se bebe su copa de un trago, luego levanta la mano con energía y grita—: ¡¡Ronda aquí, moreno!! —Y vuelve a nuestra conversación.

—Para que una chica pase de Víctor tiene que estar muy… cuerda —digo pensativa y tan extrañada como mis amigas.

Víctor, al igual que Julia, tiene unos rasgos tan atractivos que cuesta trabajo no mirarlos dos veces cuando pasa por tu lado. Y después está esa forma de seducir, que con solo sonreírte no puedes evitar que se te caiga la baba al suelo.

—Pues eso le está bien merecido —salta de pronto Julia; tanto yo como María la fusilamos con la mirada y luego nos miramos entre nosotras.

—Pero ¿por qué dices eso? —Ahora soy yo la que le pega un manotazo a esta, por bocazas.

—¡¡Auuuu!! —se queja—. Porque ya estoy harta de que juegue de esa manera con las chicas, he tenido millones de conversaciones con él y nunca llega a entender que lo que hace está mal y que romper corazones no es un juego; que son personas y que, aunque parezcan de plástico, también tienen sentimientos.

—Le dijo la sartén al cazo: «echa para allá que me tiznas» —suelta María con gracia cambiando el tono de voz, y yo no puedo evitar soltar una carcajada, porque pienso igual que ella.

La noche continúa a un ritmo acelerado, al igual que baja el contenido de nuestras copas.

Dejamos a un lado el tema de Víctor, pero no puedo evitar sentir pena por él, sé que lo está pasando mal y no me gusta. También sé que a Julia no le ha gustado saber que su hermano no está bien, por muy merecido que lo tenga.

María brinda una y otra vez por mí y más cuando le he contado lo de David. Y entonces Julia no para de repetir —más que nada porque ya está borracha— que me lo tire y que luego Dios dirá. Y yo… no hago más que reír, porque no he cenado nada y ya estoy más que perjudicada, no tanto como Julia, pero mi cabeza me da vueltas y la vista me empieza a jugar malas pasadas, porque me ha parecido ver a… No, no puede ser… Con tanto brindis y tanto alcohol rodando por nuestra mesa empiezo a imaginarme cosas imposibles. Esta es la tercera vez que nos invita el camarero y creo que Julia lo tiene ya en el bote.

Mañana me acordaré de ellas y querré matarlas, pero hoy… seguiré disfrutando de mis chicas como hacía tiempo que no disfrutaba, y ya las echaba de menos.

—¡Voy al baño! ¡Ahora vuelvo! —grito en balde para que me escuchen, pero las dos han dejado de prestarme atención desde hace rato para sacarle los colores a un grupito de chavales que tenemos a nuestro lado, bastante más pequeños que nosotras, pero que no han dejado de llamar nuestra atención desde que han llegado.

Me voy al baño con una sonrisa en los labios y pensando en lo cabronas que son… El pub está a rebosar de gente y yo me hago pis encima, pero aguanto como una campeona hasta que…

—¡OHHH! ¡Perdona! ¡Mierda! ¿Te he manchado mucho? —me disculpo como la gran patosa que soy porque acabo de derramar mi copa en la camiseta de…—. ¡¿Tú?! —Me quedo atónita cuando lo veo a… ¿él?

Pues no, no eran imaginaciones mías…

—Hola, Claudia. No te preocupes, no ha sido nada… Me alegro de verte. —Óscar, mi ex, me saluda con una gran sonrisa en los labios, me fijo en lo guapo que está el muy canalla y también en cómo me recorre con la mirada de arriba abajo, cosa que detecto y me repugna que haga.

—Hola, Óscar, lo siento por… por ponerte perdido —me disculpo como me educaron en casa, pero la verdad es que no lo siento para nada, al contrario, me alegro y, de haberlo sabido, le hubiese derramado la copa por lo alto de su bonito pelo, o no, mejor en toda la cara para borrarle esa estúpida sonrisa.

Pero directamente paso del tema, ni siquiera hago el amago de pararme ni un minuto más ni tampoco le pregunto cómo le va la vida, porque no me importa. Meses antes me hubiera puesto hasta nerviosa con su presencia, pero ahora ya paso de él y de todo lo que tenga que ver con su vida. Así que me despido tranquilamente y sigo mi camino hacia los baños, que por cierto ahora me hago más pis que antes.

—¡Ey! Espera… —Óscar me detiene agarrándome por el brazo y luego me mira de esa forma que antes me volvía loca. Ahora, en cambio, lo único que me provocan son ganas de vomitar—. Cuéntame cómo te va todo, llevo mil años sin verte, Claudia.

Lo miro con cara de asco, aunque, cuando me doy cuenta, la disimulo lo mejor que puedo por no darle ese gusto y le dedico la sonrisa más falsa del mundo entero. Respiro hondo aguantando las ganas de mandarlo a la mierda.

—Pues… la verdad es que me va todo… ¡genial! —Esa última palabra la digo con un tono alegre y efusivo. Le sonrío forzosamente y se hace ese silencio incómodo que detesto. Él espera, supongo que a que le resuma mi vida desde que me dejó por… ¡Qué asco me da recordarlo!—. Si no te importa, voy al baño. ¡Nos vemos! —Y, por fin, me escabullo entre la gente, dejándolo plantado en mitad de la pista con la camisa manchada. Cuando llego al baño y veo la cola que hay, me apoyo desesperadamente en la pared esperando mi turno y pienso en todo el tiempo que ha pasado desde que rompimos. Desde entonces no he intentado rehacer mi vida porque ese imbécil me rompió el corazón, se burló de mí, me faltó al respeto el muy miserable y gracias a él detesto a los hombres guapos porque se creen que se lo merecen todo.

Lo pasé realmente mal cuando descubrí todo el pastel. Para mí Óscar lo era todo: era mi amigo, mi compañero, mi amante… o por lo menos eso creía. Nos conocimos el último año de carrera, nos gustamos desde el primer momento en que nuestras miradas se cruzaron, empezamos a salir de fiesta en el mismo grupo y una cosa llevó a la otra y comenzamos a ser novios sin darnos cuenta.

Él me gustaba tanto, era tan exageradamente guapo, que me sentía hasta pequeña a su lado.

—Pensaba que te había tragado el váter. —Julia me agarra para bailar, pero yo no hago el amago ni de moverme, le quito la copa de las manos y le pego un trago.

—¿Qué te pasa? Estás más blanca que la pared. —María me agarra la cara para inspeccionarme mejor.

—Óscar… —digo con la mirada perdida entre la gente que no deja de moverse.

—¡¿El imbécil ese?! ¡¿Dónde está?! ¡Que lo mato! —Julia se altera y se pone a mirar hacia un lado y otro en busca de mi ex. Cierra los puños y se pone en posición de lucha. A mí me da la risa por su actitud.

Ella, mi defensora, la que cuando me enteré de que estaba saliendo con una de nuestras mejores examigas, amiga íntima por aquel entonces, Julia llenó el coche de Óscar de huevos podridos. La que se presentó en la casa de nuestra examiga sin avisar para decirle en toda su cara que para nosotras estaba muerta y enterrada para siempre, y para poner al tanto a sus padres y explicarles por qué dejábamos de ser sus amigas. La que cuando pasó todo aquello me propuso cambiarnos de piso para dejar el pasado atrás y centrarnos en un nuevo presente. Las dos juntas, cogidas de la mano de nuestra María y, por supuesto, también de Víctor.

Al principio, ese inesperado encuentro con Óscar me ha cortado el rollo, de pronto me ha dado un bajón que hasta la borrachera que llevo encima se me ha pasado, pero al cabo de un rato la adrenalina comienza a subir de nuevo por mis venas, porque esas dos personas que tengo a mi lado saben hacer que me olvide de esos incómodos minutos que al poco dejan de tener importancia para mí, lo que me lleva a darme cuenta de que esa parte de mí ya pertenece a un pasado al que no le debo nada.

Bailamos gran parte de la noche. Víctor, por fin, se digna a aparecer, lo extraño es que lo haga solo, porque, cuando caza a alguien, es para estar toda la noche con la misma *barbie*.

—¿Y tu ligue, hermanito? —Julia le coge para bailar.

—Ni idea… —Víctor se encoge de hombros mientras le quita la copa de las manos y se la bebe de un trago.

No soy partidaria de que mi amigo utilice de esa forma a las mujeres, principalmente porque yo soy mujer y no me gustaría que me tratasen como un trozo de carne. Pero entiendo su actitud, a él en su día también le rompieron el corazón y al igual que yo se prometió a sí mismo que jamás se permitiría volver a enamorarse.

La noche transcurre con eso que se nos da tan bien: risas, muchas risas, fotos de nosotros haciendo el tonto, alcohol y bailar sin parar, bueno, y soltar alguna que otra chorrada para acompañar al ritmo de la noche. Los chicos se esfuman de nuestro alrededor cuando aparece nuestro atractivo y caramelito Víctor y yo lo agradezco porque odio a los babosos; en cambio, a Julia no le ha sentado tan bien, pero por esta noche deja al sexo opuesto.

Julia, entre risas y risas, me vuelve a sacar el tema del *reality* y esta vez lo hace delante de nuestros amigos para tener su apoyo incondicional. De nada le sirve, porque ellos, al igual que yo, la ignoramos con todo nuestro descaro. La tía nos amenaza con quitarle el micrófono al DJ si no la escuchamos y gritarlo a los cuatro vientos, y no nos queda más remedio que hacerlo.

38. JULIA

—¡Vamos a ver! Yo solo digo que tiene que ser una experiencia única y chulísima. —Me subo en uno de los taburetes del pub para que me escuchen mejor mis amigos y casi todos los allí presentes.

—A ver, no digo que no lo sea, pero, si quiero experiencias, me voy a la selva, al Caribe o a conocer la cultura asiática. —Mi querida Claudia se encara conmigo mientras me cruzo de brazos para no reírme, me encanta sacarle ese geniecillo que tiene escondido.

—¡Pero es diferente, cabezona! Y sabes que tengo razón, aunque jamás me la des.

Seguimos discutiendo un rato más.

—¡Parad ya las dos! Que ahora sí que estáis para un *reality*. —María pone fin a la discusión interponiéndose en mitad de nosotras dos, que ya habíamos empezado a darnos manotazos y la gente nos miraba.

—Julia, deja de agobiar ya a Claudia con tus locuras, y tú, Clau, deja de seguirle el juego a Julia, parece mentira que no la conozcas.

Víctor, mientras tanto, mira para un lado y otro como si de un partido de tenis se tratara. Le hace gracia el panorama que las tres estamos montando desde que se nos ha unido también María.

—Podría estar bien eso de la isla. Tiene que ser divertido. Yo, si no tuviera el trabajo, me metería de cabeza.

Claudia y María fulminan a mi hermano con la mirada y este levanta las dos manos como si lo estuvieran apuntando con un arma.

—Gracias por el apoyo, hermano. Yo solo digo que nos vendría bien a las dos probar algo diferente. ¡Todos saldríamos ganando! —Aprovecho la intervención de Víctor y continúo con mi discurso de convencimiento, manteniéndome firme en mi posición.

—¡Ya, Julia! No insistas más. —María me corta de inmediato.

—Pero…

—¡Pero nada! No puedes obligar a nuestra amiga a hacer algo que no quiere. —María sigue viéndolo como una idea disparatada, pero yo estoy segura de que algo así es lo que le vendría bien a Claudia para devolverle esa parte que hace tiempo dejó enterrada.

—No es obligarla, solo es una proposición.

—Con coacción… —termina diciendo Claudia.

Por esa noche la dejo ganar, pero ya tengo planeado todo y, si no es el *reality*, va a ser otra cosa… Mi mente no deja de buscar alguna idea que pueda servir para cambiarle esos ánimos amargos que la envuelven de pies a cabeza.

39. VÍCTOR

Miro el móvil distraído, tengo *whatsapps* sin abrir y de teléfonos que ni siquiera tengo grabados. No me apetece leerlos ni quiero saber nada de nadie en estos momentos. También tengo unos cuantos mensajes de ella, pero tampoco los abro, no quiero excusas. Me siento traicionado y, la verdad, si lo pienso con la mente fría esta chica y yo tampoco teníamos nada serio, solo nos acostábamos. Pero yo no repito a no ser que despierte mi interés. Y Martina lo ha despertado desde el momento uno, no debería haber omitido algo así.

—Bombón…, ¿nos vamos a comer o te como yo a ti?

María aparece enfrente de mi mesa con su bolso de Chanel colgado y una sonrisa en los labios pintados de rojo pasión a juego con sus zapatos.

—¿Y esa cara? —le pregunto contagiándome de su sonrisa. Veo a mi amiga feliz y eso me gusta.

—Esta noche te contaré. He escrito al grupo de WhatsApp para tomar unos vinos después del curro, pero tú has sido el único que no ha contestado. Bueno, Claudia tiene planes con otros compañeros, pero dice que luego se pasa sin falta.

—Guay. Necesito unas copas urgentemente… —le digo sin ánimos de seguir con la conversación.

—¿Y eso? —me pregunta con cara preocupada.

—No es nada que no se solucione con una buena borrachera. —Me levanto de un salto y la cojo de los hombros, dando por terminado el tema—. Hoy te voy a llevar a un sitio diferente para comer, ¿qué te parece?

—Que eres el mejor amigo del mundo por invitarme a comer…

—No he dicho que te vaya a invitar, princesa.

—Sí, sí lo has dicho…

Le pego un manotazo en el culo y le beso las sienes. Hoy la llevo a un restaurante nuevo, lejos del sitio donde siempre vamos. No puedo ver a Martina y menos hacer que entre nosotros no ha pasado nada. Aún sigo demasiado cabreado para hacer como si nada.

La tarde transcurre un poco menos pesada, me paso parte de ella trabajando con mi equipo de *marketing* para sacar las imágenes de esta semana. Silvia, mi compañera y la que me tiré nada más entrar aquí, se me insinúa constantemente; desde esa noche loca me prometí que sería la primera y la última vez que me follaría a alguien del trabajo… y así ha sido.

Estamos trabajando sobre la mesa de imágenes y cada vez que la situación se lo permite alguna parte de su cuerpo se roza sin querer, pero queriendo, conmigo. Y, como siga así, voy a terminar por subirla encima de la mesa y darle lo que me está pidiendo a gritos, porque, aparte de estar muy buena, necesito quitarme de una vez por todas a la argentina de la cabeza. Pero no, mejor no, porque después a la que me tendría que quitar de encima sería a Silvia, la cual está dentro de mi equipo de trabajo y pasamos más de ocho horas diarias trabajando codo con codo. Así que hago como que esas cosas no van conmigo y me obligo a pensar con la cabeza y no con lo que ya empiezo a notar abajo.

Cuando terminamos recojo a mi amiga en su puesto para irnos juntos al bar, pero, antes de llegar a su mesa, otro mensaje me llega y esta vez sí lo leo porque me salta la notificación en la pantalla: «Me gustaría hablar contigo… y explicarte bien las cosas, por favor».

40. NOSOTROS

—¿Tú no estás bebiendo demasiado rápido?

Julia le quita la copa de las manos a su hermano.

—Necesito pasármelo bien, ¿dónde está el problema? —y lo dice con tanta amargura que todas se dan cuenta de que a Víctor le pasa algo.

—¿Y no sería mejor contarnos lo que te pasa en vez de emborracharte como un cerdo? —Julia le vuelve a atacar para que hable, pero Víctor ni siquiera hace el amago de contestar.

—Bombón, las cosas no se solucionan pillando un coma etílico. —María se cambia de sitio y se sienta a su lado.

—¿Se puede saber qué os pasa a todas hoy conmigo? —Víctor se empieza a mosquear, lo último que le apetece es que le interroguen. No quiere hablar del tema ni contarle a nadie lo de Martina, no le apetece seguir sintiendo esa rabia que lleva días soportando.

—¿Y Clau dónde está? —cambia descaradamente de tema, y funciona para que Julia y su mejor amiga lo dejen tranquilo, al menos, por unos minutos.

—Eso digo yo, ¿dónde está? —A Julia le extraña que su amiga no le haya contado nada de a dónde iba.

—Esta noche ha salido con la gente de su planta —María aclara mientras mira su móvil distraída.

—Qué pedazo de traidora… —Julia, inmediatamente, coge su móvil para decírselo por WhatsApp y luego llama al camarero.

—Traidora no, sociabilizándose como una persona normal, que es otra cosa muy diferente. —María la defiende.

—Pues lo que debería es follar más… —salta Julia sin venir a cuento. María levanta la mirada de su móvil para mirar a su amiga y esta niega con la cabeza porque sabe que ese comentario está fuera de lugar.

—Yo pienso igual —A Víctor se le empiezan a notar ya las copas que se ha ido bebiendo como si fueran agua.

—¿Vosotros es que aún no sabéis que la solución de las cosas no está solo en meter y sacar? Y menos con Claudia. Después de todo lo que ha vivido, ese tema es más que secundario en su vida.

Los dos hermanos se miran extrañados al escuchar a su amiga.

—No —contestan al unísono y luego se ríen—. Ya, pero de eso ha pasado una eternidad y de ese tema está recuperada al cien por cien, si no, no hubiera empezado algo con el imbécil de Óscar, así que, donde haya una buena tranca que sepa moverse bien, que se quite lo *bailao*. —Julia le echa el brazo por encima a su hermano.

—Así es… y donde haya unos buenos melones, que se hunda el mundo si quiere, que yo seré feliz.

—No tenéis remedio, pedazo de superficiales… —María vuelve a atender los mensajes que le llegan continuamente a su móvil sin hacer demasiado caso a las burradas de los hermanos, que son tal para cual.

Claudia llega al local con la cara como un tomate, ha tenido que venir corriendo porque creía que no llegaba a tiempo, ya que Julia le ha escrito para decirle que, aparte de ser una pedazo de traidora, se marcharían en quince minutos y ella le ha creído.

Se topa de frente al camarero mientras se dirige a la mesa donde se encuentran sus amigos.

—Una copa de vino, por favor —aprovecha para pedirle.

—¡¡Olé esa redactora guapa!! —A María le sale su acento sevillano y luego abraza a su amiga en cuanto esta llega a la mesa.

—Traidoraaaaa, ya era hora… —Julia le ataca con interminables besos por toda la cara.

—¿Ya estás borracha, cabrona? —Claudia arremete contra su amiga.

—Cómo me pone que me digas tacos.

Claudia se ríe porque sabe que si Julia no soltara ese tipo de comentarios por su boca bonita no sería ella.

—No le hagas caso a mi hermana, está celosa de que te hayas echado nuevos amigos.

Ignora el comentario de su amigo y se hace un hueco en la mesa entre Julia y María y, por fin, puede respirar tranquila.

—Bueno, ya que estamos todos, podemos empezar a contar, ¿no? —Julia pega saltitos de emoción en su silla por lo que se trae entre manos desde hace ya unas semanas—. Como ya os comenté por WhatsApp, Dani me ofreció ser la imagen de su última campaña de ropa; os acordáis, ¿no? —Todos asienten.

—Y… —Se calla de pronto para dar más emoción a la situación.

—¿Yyyyy…? —Víctor la imita y todos se ríen—. ¿Quieres ya terminar de contarnos?

Julia lo ignora.

—Y… han seleccionado a Dani para la semana de la moda en Italia.

—Pero eso es estupendo, ¿no?, lo que no entiendo es dónde está la emoción. Aunque yo me alegro por ella, que conste. —Claudia pide mientras tanto otra copa.

—Nooo, espera, porque ahora viene lo mejor. —Julia exige un poco de atención—. Daniela me ha pedido que vaya con ella y su equipo porque seré yo la que pasee con su ropa por las pasarelas de Italia.

—Eso sí es una pedazo de noticia, amiga. —María casi salta por encima de Víctor para abrazarla.

Claudia por el otro lado se abalanza también para darle la enhorabuena, y su hermano Víctor, feliz por ello, le pide que lo lleve con ella. Luego todos brindan por el éxito de esta. Julia se limpia las lágrimas exageradamente por la emoción que siente y por compartir esa gran noticia con sus amigos.

—Bueno, ahora es mi turno. —María se hace hueco en la mesa y apoya los codos sobre ella—. Me ha pasado algo que no sé por dónde empezar a contaros.

—¡Te has tirado por fin al buenorro de tu psicólogo! —Julia grita por el morbo que le da pensar que eso sea cierto y que su amiga, al fin, haya decidido lanzarse de cabeza a la piscina.

—¡Ya estamos! Que lo primero para ti, en tu lista de la vida, siempre sea tirarse a alguien, no tiene por qué ser lo fundamental para los demás, pesada. —Claudia se enfrenta a Julia.

—Pues tú lo necesitas como el comer… —Julia ataca de nuevo.

—No necesito que nadie me la meta para ser feliz, bonita.

—Vale, vale, vaaaale, chicas. Dejad de discutir, por favor. —María pone orden en la mesa.

Sus amigas se callan de golpe y dejan hablar a María.

—Bueno, como os decía… Hace unas semanas me encontré a alguien que llevaba tiempo sin ver.

—Samuel… —Víctor corta a María.

—Así es… —Y esta continúa con una enorme sonrisa en los labios, pero todos se quedan mudos, todos menos Julia, que pone cara de bizca y no puede aguantarse una de las suyas.

—¿Te has tirado a Samuel? —pregunta sorprendida.

—Madre mía, Julia, tú tienes un grave problema con el sexo, háztelo mirar, por Dios. —Claudia vuelve a saltarle a su compañera mientras se burla de esta.

—Sí, amiga, háztelo ver, por favor. Toma el teléfono de mi psicólogo. —María le pasa la tarjeta del Sr. Sánchez en plan broma.

—Hermanita, creo que tu mente es más sucia que la mía.

Julia lo fulmina con la mirada y se cruza de manos; María continúa contando:

—No, no me lo he tirado, pero sí hemos quedado varias veces y ha sido como… ufff… un chute de adrenalina.

Los tres la escuchan atentamente y ella les cuenta con todo lujo de detalles cómo fue el primer encuentro por casualidad en casa de su madre, lo que provocó en ella, la sensación que le volvió a inducir después de tantos años sin verse. A María se le ve tan emocionada que todos se alegran por ella, todos menos Víctor.

—Que rápido lo has perdonado. —Víctor habla despacio para que no se le trabe la lengua por lo que ya lleva ingerido de alcohol.

Se hace el silencio en la mesa. Claudia estudia la expresión de su amiga y Julia mira a su hermano fijamente, intentando comprender qué carajo le ha pasado a este.

—Más bien hemos aclarado malentendidos. —María no tiene en cuenta la actitud de su amigo y prosigue contando alegremente esas quedadas.

—Pues ya ha tenido que ser grande el malentendido como para tiraros diez años sin hablaros, y manda huevos que por su culpa lleves en terapia no sé cuántos años de tu vida. —María calla de pronto y su expresión se va apagando poco a poco—. Para que con solo comerte el oído ya lo hayas perdonado ya merecerá la pena ese tío…

Que Víctor suelte todo eso hace que nadie entienda esa actitud, y menos María, que pierde la sonrisa que antes iluminaba su cara.

—Gracias por recordarme mi trauma del pasado. Y no, mi terapia no tiene nada que ver con la pérdida de un amigo, sino con esta mierda de sociedad que nos rodea, con el maldito acoso escolar que sufrí durante años, que provocó mil inseguridades en mí hasta tal punto de querer suicidarme…, pero una vez más, gracias, amigo, por recordarme toda esa mierda.

María se levanta, coge su bolso y su móvil de encima de la mesa y se marcha sin decir nada más.

—¡¿Pero se puede saber qué mierda te pasa a ti esta noche?! ¡Joder! —Julia le grita enfadada a su hermano y luego corre tras su amiga para alcanzarla.

Claudia se queda sentada en su sitio sin saber qué decir ni qué hacer, no entiende esa actitud y Víctor se disculpa para ir al baño. Se levanta torpemente y, en vez del ir al baño, se dirige a la barra; se acaba de sentir como una auténtica mierda, entonces se apoya con los brazos en esta y se da cuenta de que un grupo de chicas más jóvenes que él no le quitan ojo… De haber estado de mejor humor seguro que también se hubiera fijado en ellas y a lo mejor hasta las hubiera provocado con la mirada hasta conseguir que la más atrevida de ellas se le hubiera acercado, porque hace tiempo que no mendiga acostarse con nadie… No lo necesita.

Claudia se ha quedado esperándolo sentada en la mesa, pero él necesita un poco de tiempo para estar solo y respirar sin que nadie le acribille con preguntas que no le apetece contestar. Se da la vuelta en la barra y se apoya en ella de espaldas, observando a la gente de su alrededor. Mira por encima de su hombro al grupito de chicas que siguen mirándolo y cuchicheando descaradamente y ve que una de ellas se le acerca, pero no se percata de quién es hasta que la tiene enfrente de su cara.

41. CLAUDIA

Mi nuevo puesto cada vez me gustaba más, aún no me creía que hubiera encontrado ya mi lugar en la empresa. Me parecía algo surreal, como si nada de esto tuviera que ver conmigo… Hacía tanto que no me pasaba algo bueno que parecía como si estuviera viviendo la vida de otra persona y no la mía.

Los días se me pasaban como un visto y no visto. Ya no redactaba informes que nadie leía, ni nada de eso de repartir cafés a los supervisores; y, lo mejor de todo: ya no tenía que verle la cara al señor don Pera, asunto que se me había olvidado por completo.

Beatriz aún no me había determinado exactamente mis funciones, aún seguía viendo el funcionamiento de todo el Departamento de Noticias. Había días que tocaba el tema de investigación para saber qué fuentes eran más fiables o cuáles debía descartar directamente y ni siquiera perder el tiempo. Pasé otros cuantos días en corrección, aquello me gustaba, pero también era un poco aburrido ya que lo que había escrito un profesional solía estar perfecto, había poco que corregir. También estuve viendo el tema de edición, eso algo menos, pero me gustó mucho saber dónde iban a parar todos aquellos artículos que eran elegidos para el contenido de la revista.

Con quien más tiempo pasaba era con Beatriz. Le ayudaba a ordenar los artículos de mayor a menor importancia, a descartar los que no tenían enganche y luego estaban los que se dejaban solo y exclusivamente para relleno. Después de que pasaran por manos de la jefa de departamento, es decir, por Beatriz, se daba la orden de mandarlos a edición, pero no sin que antes pasaran por los ojos de nuestro jefe.

Me gustaba la confiaba que Beatriz había depositado en mí, eso me hacía sentir bien conmigo misma y con el trabajo que realizaba, pero lo que más me gustó fue la llamada que acababa de recibir:

—Buenos días, Claudia.

—Hola, Beatriz, ¿qué necesitas? —pregunto desde mi mesa prestándole toda la atención del mundo.

—Pues te acabo de enviar un correo con toda la información que Isabel ha ido investigando, ella se ha tenido que ir a cubrir una noticia de la fuente más fiable que tenemos. Necesito urgentemente que redactes el artículo y me lo pases antes de media mañana.

Al escuchar esa última frase el corazón me pega un vuelco, las manos empiezan a sudar por los nervios y mi subconsciente comienza a cantar: «¡Aaaleluyaaaa! ¡Aaaleluyaaaa!».

Enseguida me pongo manos a la obra, aunque no sepa seguro si Beatriz lo elegirá entre los demás artículos, si lo dejará para relleno o si ni siquiera le prestará la menor atención. Pero el simple hecho de que me haya pedido que lo redacte, que luego ella lo vaya a leer y que lo tenga en cuenta para decidir entre los mejores es un grandísimo paso, y, por supuesto, estoy segura de que va a ser el comienzo de algo.

Por eso me propongo dar el cien por cien de mí, conecto los cascos a mi móvil, busco la aplicación de Spotify y le doy a «reproducir» la lista de «mis favoritos». Dicen que la música amansa a las fieras… a mí me ayuda a concentrarme.

Cuando termino, lo releo unas diez veces por lo menos, no me puedo permitir que le falte una coma ni que le sobre ningún punto. Cuando me aseguro de que el artículo está más que perfecto, le doy a enviar.

Espero impaciente a que me conteste, me muerdo las uñas, taconeo debajo de la mesa, miro el reloj de la pantalla de mi ordenador, no han pasado ni tres minutos, la música sigue alta en mis oídos, pero solo la escucho yo.

—Buenas tardes, Claudia.

Evidentemente no lo escucho, sigo mirando fijamente la pantalla de mi ordenador, dándole sin cesar al botón de «enviar y recibir» de mi correo, esperando una respuesta que no llega.

Un perfume que me resulta muy familiar desde hace pocos días saluda mis fosas nasales, inspiro exageradamente y cierro los ojos para saborearlo mejor. Cuando los abro, con lo primero que me encuentro es con esa figura extraordinaria. Parpadeo varias veces antes de poder moverme.

¡Mierda! Me incorporo rápidamente en mi silla, me quito de un tirón los dos cascos a la vez y, cuando me doy cuenta de que parezco tonta del culo, le saludo torpemente. Se me cae el bolígrafo de las manos, me agacho a cogerlo y me doy en toda la cabeza con la mesa. Maldigo para mis adentros.

—¡Auuuhh! —no puedo evitar quejarme porque un dolor rápido y profundo se me reparte por toda la cabeza.

—¿Estás bien? ¿Te has hecho daño? —David viene a socorrerme.

Me sobresalto al sentirlo cerca de mí y me vuelvo a dar otra vez en la cabeza por las prisas de levantarme. Esta vez me muerdo la lengua para no variar y controlo mi carácter para no soltar tacos y cagarme en el primero que pase por mi lado.

Me incómoda que invadan mi espacio personal. No soporto que la gente que no es de mi confianza se acerque tanto a mí y, aunque la otra noche hubiésemos cenado, no deja de ser mi jefe, y eso no le da ningún derecho a tomarse esas confianzas.

—Sí, sí. Hoy es que me he levantado del lado que no es —le digo excusando mi torpeza irremediable.

Mi jefe me da el bolígrafo que se me ha caído con una sonrisa que haría suspirar a cualquiera, nuestras miradas se cruzan y al verlo tan de cerca me puedo fijar bien en el color de sus ojos. Un color precioso, de un azul tan intenso que se convierte en gris claro. Vuelvo a parpadear varias veces seguidas para recomponerme rápidamente.

—Eso tiene solución con un buen café —me dice mientras nos incorporamos de debajo de la mesa. Yo me aliso la blusa y luego me peino un poco el pelo con la mano.

—No, créeme, a estas alturas lo mío ya no tiene solución —le digo con total sinceridad. David se ríe, se le achican los ojos y eso le hace parecer un poco menos superficial, algo más normal, y menos como el famoso Christian Grey de la empresa, por el cual todas babean.

—Si te apetece, te puedo invitar a…

Y antes de que termine la frase, el teléfono fijo de mi mesa lo interrumpe.

Salvada por la campana, ¡gracias a Dios!, porque esa invitación me incomoda un poco. Bueno, más bien me incomoda estar a solas con él. Miro el teléfono y me excuso para cogerlo. Él me da permiso con un gesto de cabeza, pero no se va de mi lado.

—Por favor, ven a mi despacho. —Beatriz no me deja que le dé ninguna respuesta y me cuelga dejándome con la palabra en la boca.

Cuelgo el teléfono.

—¿Quién era? —David pregunta de una forma autoritaria.

—Beatriz, quiere verme… —le digo un poco apurada porque quiero ir corriendo a su despacho para ver si lo que me tiene que decir está relacionado con el artículo que acabo de escribir, si está bien o de lo contrario es un horror.

—Entiendo… ¿Estás libre para comer? —me pregunta insistente. Lo que no sé es si esa reunión es de tipo laboral o informal. En ese caso… «¿Debería preocuparme?», me pregunto mentalmente, intentando disimular mi cara de mentirosa por la excusa que se me acaba de venir a la mente.

—Pues…, lo siento, David, es que ya había quedado para comer —me excuso y ahora es su cara la que se queda fuera de lugar. Alza las cejas y luego frunce el entrecejo, porque seguro que ha pillado mi mentirijilla.

—Está bien, no te preocupes. Te veo entonces este viernes en las copas… —Y da por hecho que voy a ir sin ni siquiera saber a lo que se está refiriendo.

—¿Este viernes…? —pregunto extrañada—. ¿Qué hay este viernes?

—¿Beatriz no te ha dicho nada? —Niego con la cabeza—. Bueno, supongo que te lo explicará más adelante… Los viernes el equipo de redacción siempre queda para tomar unas copas aquí al lado…, para celebrar que termina la semana.

Y después de decirme eso, aparece ese silencio incómodo. El teléfono de mi mesa vuelve a sonar.

—¿Sí?

—Claudia, te estoy esperando… ¡¿Qué haces?!—me pregunta en un tono exasperado.

—Disculpa, Beatriz, estoy con…

David rápidamente le da al botón de manos libres.

—Beatriz, está conmigo, ahora va. —Este se manifiesta de una manera seria, pero respetable.

Entonces se hace el silencio a través de la línea telefónica.

—Entendido —contesta mi supervisora después de unos segundos de silencio. Y cuelga…

David se apoya con la cadera en mi mesa cruzándose de brazos y lo hace de una manera tan sexy que tengo que pensar en otra tema para no imaginarme cosas donde no las hay.

—¿Vendrás entonces este viernes? —me insiste de nuevo y ese interés en mí me hace preguntarme si lo que está haciendo es ligar conmigo o todo es producto de mi imaginación. Pero no, no pienso ir por ese camino, así que borro todo pensamiento fuera de lugar de mi cabeza.

—Pues contad conmigo... —le indico de una manera como si no fuera yo la que hablara, sino un subconsciente hipnotizado por esa sonrisa perfecta de dientes alineados y tan blancos como los anuncios de dentífrico.

42. DAVID

«Tengo ganas de ti...».

Es lo último que leí en las notificaciones de mi móvil. Ni siquiera abrí su *whatsapp*, pero fui, y ya ves si fui...

—Hombreeee, el jefe por aquí. ¡¡Qué sorpresa!! —grita Jorge, uno de los redactores de la revista; lo hace tan cerca de mi oído que por poco me deja sordo.

Todos me saludan al llegar al pub y luego me dirijo directo a la barra a por una copa bien cargada, porque lo necesito.

—Qué bien que hayas venido... —Beatriz se me acerca muy melosa y luego me susurra en el oído algo más que, por suerte, nadie, aparte de mí, puede oír.

No le digo nada, le sonrío y espero que eso le valga como respuesta de que no me apetece hablar con ella. Piensa que he venido por sus *whatsapps* subidos de tono y por la foto que me ha enviado hace unas horas de sus nalgas, pero se equivoca... No he venido por eso, tampoco he venido por ella ni para celebrar que es viernes. Lo he hecho por Claudia, porque cualquier excusa es buena para verla, aunque solo sea a unos metros de mí.

Desde la otra noche no dejo de pensar en ella. No pasó nada, ni siquiera un acercamiento tonto, tampoco hubo besos, pero sí nos regalamos muchas miradas cómplices. Estuve tan a gusto, tan tranquilo y con esa especie de cosquillas constantes en el estómago que no quería que la noche terminara. Me apetecía invitarla a mi cama y conocer más profundamente su cuerpo, pero, evidentemente, me contuve con todas mis ganas y rehusé de esa petición… de momento.

Quería haberla besado cuando la dejé en la puerta de casa. La situación lo pedía a gritos y esos segundos que nos quedamos los dos en silencio dentro de mi coche eran perfectos para desearle las buenas noches de una manera más especial. Pero opté por contenerme, acercar mis dedos a su cara y desearle una feliz noche de una forma cordial. Cuando sentí su piel en mis dedos noté cómo se tensaba a mi lado y tan solo me contestó con esa sonrisa tan suya, y yo, por lo tanto, tuve que quitar la mirada de su boca, porque un segundo más mirándola tan cerca… y la hubiese devorado.

Y ahora no puedo dejar de mirar a esa chica que cada día tengo más metida en la cabeza. Habla sin cesar con Hugo, uno de los mejores editores que tenemos en la empresa y el guaperas de turno. Ella se ríe de algo que él le está contado y me da rabia no poder escuchar lo que le ha dicho al oído. La música está tan alta que apenas oigo lo que me cuenta Isabel, hago como que le presto atención, pero en realidad no la escucho y creo que se da cuenta, porque enseguida se marcha a hablar con el resto del grupo. Sigo eclipsado, mirando a esa chica de pequitas y pelo revuelto que no deja de sonreír porque sí.

—¿Tanto te gusta? —Beatriz de pronto se interpone entre mi objetivo visual y yo.

La miro con una ceja arqueada, bebo de mi copa y no le contesto.

—¿Por qué no nos vamos de aquí…? —La proposición desesperada de Beatriz me agobia y le sujeto la mano, que sube por mi pecho descaradamente, antes de que alguno de los allí presentes se dé cuenta, pero tarde. Cuando levanto la vista, nuestras miradas se vuelven a cruzar, entonces se la mantengo hasta que Beatriz vuelve a llamar mi atención de nuevo. Claudia nos mira y se me ocurre la idea de comprobar algo.

—Hoy no, estoy cansado —le contesto en un tono más relajado y un poco más cariñoso.

Beatriz me sonríe paciente, como siempre, y yo le pongo un mechón de pelo por detrás de su oreja de una forma más cercana. Cuando vuelvo a levantar la vista, veo que Claudia sigue mirando hacia nuestra dirección y quiero comprobar si se está poniendo celosa o no, hasta que Hugo vuelve a llamar su atención con alguna otra gracia. Y entonces soy yo el que me pongo que me subo por las paredes de los celos, me da rabia no poder acercarme a ella, pero lo que más me aturde es pensar que otro le pueda llegar a gustar.

—Voy a pedir otra, ¿quieres? —le pregunto a Bea un poco más distante. Esta niega con la cabeza y, al fin, me deja solo.

Le pregunto al camarero si sabe lo que está bebiendo ella, señalando con la cabeza en dirección a Claudia y Hugo.

—Creo que *gin-tonic* —grita para que le oiga y entonces le indico con los dedos para que ponga dos copas.

Cuando las sirve me voy directo hacia ellos.

—Toma, invita la casa. —Se la acerco con la mano metiéndome en mitad de una conversación ajena, pero me da lo mismo—. Hugo, la tuya está en la barra, pide lo que quieras, que esta noche las copas están pagadas.

Y, al decir eso, sonríe de una manera exagerada.

—¡Tú sí que sabes, jefe! —Que me llamen así lo odio, pero por lo menos me lo he quitado de en medio.

Por fin consigo lo que quería, quedarme a solas con Claudia. Estoy enfrente de ella y compruebo que, aunque lleve unos tacones de vértigo, aún le sigo sacando una cabeza, y eso me encanta. Me gustaría decirle lo guapa que está esta noche, bueno, en general siempre está perfecta, pero le diría tantas cosas que creo que hasta la asustaría.

—Gracias por la copa. —Me sonríe y se me van los ojos hacia su boca, me muerdo el labio de abajo para controlar mis ganas de tocarla—. Y gracias por la cena de la otra noche, estaba todo buenísimo —me dice de una manera tan dulce y educada que, aunque somos de la misma edad, parece bastante más joven que yo.

—Creo que esta es la décima vez que me las das, la próxima vez te voy a dejar que pagues tú, ¿eh? —bromeo.

—Me parece lo justo, peeero… creo que te tendrás que adaptar a algo un poco más humilde, como por ejemplo un Mcdonald's o Burger King.

Me río… Y la verdad es que me da lo mismo el lugar, como si me quiere llevar a comer un bocadillo tirado en la acera al lado de un mendigo; no me importaría con tal de verle las pecas así de cerca…

—Me encanta la comida basura —le contesto con entusiasmo sin dejar de mirar esos ojos rasgados y grandes. Ella me mantiene la mirada y esa intensidad me anima a dar el siguiente paso.

—Perfecto, porque es lo único que me puedo permitir en estos momentos…

—Pues…, ¿qué te parece este sábado? —Quiero concretar un día ya para saber cuándo la podré tener de nuevo solo para mí.

—Este sábado…

«No, por favor, Claudia, otra excusa no… Vas a hacer que me sienta como un maldito acosador…», pienso, intentando disimular mi expresión de desesperado por volver a quedar con ella.

—¿Qué pasa este sábado? —La inoportuna de Beatriz se mete en medio de los dos y a mí me entran unas ganas locas de mandarla a paseo. Empiezo a arrepentirme de haberme enrollado con una trabajadora de la empresa. Ha sido con la única, pero creo que me va a costar caro mi arrebato. La fulmino con la mirada y esta lo capta al verme la cara.

—Que salgo de marcha con mis amigos a darlo todo —salta de pronto Claudia. Y a mí me desconcierta su repuesta, pero a Beatriz parece animarle a seguir brindando por no sé qué, porque cada vez se le entiende menos por la borrachera que lleva encima.

—Venga, ya está bien por esta noche. —Le quito la copa de la mano y la suelto en la primera mesa que veo—. Te pido un taxi. Vamos —sentencio y la cojo del brazo, porque cada vez se tambalea más y temo que se caiga y la líe más todavía. La arrastro conmigo con cuidado de que no pierda el equilibrio y me dirijo hacia la puerta; antes me vuelvo hacia Claudia, pero esta me corta:

—Muchas gracias, muy considerado por tu parte. —A Bea se le juntan las palabras y apenas se le entiende, y tampoco le presto la atención que ella quiere.

—Espera unos minutos, que ahora vuelvo —le pido a Claudia.

—No, no te preocupes. Yo también me marcho ya, me esperan para cenar y, como llegue tarde, me matan —se despide de mí y de Bea a toda prisa y yo me muero de la rabia porque quiero más y no sé cómo hacerlo y esto me cabrea demasiado. Todo me frustra, que Beatriz se haya metido por medio, que Claudia me haya pegado otro corte, que la esperen para cenar y que no sepa con quién…

—Oh, oh, creo que te acabas de quedar sin tu polvo del viernes. —Y qué casualidad que ahora a Bea sí que se le entiende correctamente. Entonces me dan ganas de matarla, porque acabo de darme cuenta de que lo que acaba de hacer es puro paripé.

No le digo nada, simplemente la dejo allí plantada y me marcho tan cabreado que no me despido de nadie.

43. MARÍA

A lo mejor hasta puede que, al fin y al cabo, Víctor tenga razón y todo este tiempo me haya estado engañando a mí misma. He querido culpar a mi pasado y he querido hacer de esos años de mierda un trauma cuando en realidad lo que de verdad me pasaba era otra cosa en la que no me permitía ni siquiera pararme a pensar porque me hacía daño.

Hoy he venido antes al trabajo por no compartir coche con Víctor, porque no me apetece hablar con él después de la discusión de la otra noche.

«¿Te apetecen unas cañas después del curro?».

Sonrío al leer el mensaje de Samuel, pero esa sonrisa se esfuma de mi cara cuando veo que mi mesa ya no es la que era. Han añadido otra más haciendo esquina en forma de ele, en la cual han instalado otro equipo informático y lo esencial para que alguien, aparte de mí, pueda trabajar.

Doy la vuelta a la mesa aún con el bolso colgado, investigando qué es lo que ha pasado aquí. No me ando con más rodeos y voy directamente al despacho del señor don Pera para que alguien me dé alguna explicación. Pero, mira por dónde, no está, y, cuando vuelvo a mi lugar de trabajo, me encuentro con una persona de cara familiar sentada en mi silla. Eso acrecienta mi furia, pero más aumenta mi cabreo cuando veo que quien está sentado en mi sitio es… el impresentable del otro día.

—¿Tú? —No puede ser.

Él se queda tan sorprendido como yo al verme.

—Perdona, pero ese es mi sitio —le digo con autoridad.

—Yo… Lo siento… —Se pone nervioso, por lo que eso me sorprende al no ver de nuevo su actitud de prepotente engreído—. El señor Ignacio me dijo que me pusiera en este sitio —se justifica rápidamente.

—Pues no, ese es mi lugar. El tuyo supongo que será ese… —le señalo con la cabeza la silla de al lado.

Suelto mi bolso de mala manera en el cajón de mi mesa y pego un portazo más fuerte de lo normal.

—Me ha dicho Ignacio que… tú me pondrías al día de todo.

—Ya, pues el señor don Pera no me ha dicho una mierda —contesto tal cual me sale porque estoy muy cabreada, odio que no me consulten las cosas…, y más odio estos cambios repentinos.

—¿El señor qué? —pregunta con cara de circunstancias.

—El imbécil que te ha contratado —le aclaro.

Y, después de decir eso, el chaval intenta aguantar una carcajada sin éxito y luego se disculpa.

—Perdona, aún no me he presentado. Mi nombre es Robert, y sí, yo también he notado su forma de pera.

Entonces ahora soy yo la que me río.

—Bien, veo que ya os conocéis. —La voz de mi jefe aparece tras de mí, abro mucho los ojos porque ha estado a punto de pillarme. Me giro lentamente para mirarlo.

—Sí, nos acabamos de conocer y ha sido toda una sorpresa, Ignacio —contesto con una sonrisa forzada.

—Me alegro, porque desde ahora en adelante será tu sombra, te ayudará en todo lo que haga falta y con el tiempo seréis un equipo.

—Gracias, la verdad es que no tenía ni idea de que estuvierais buscando a más gente.

—Ni yo. —Al jefe se le cambia la cara y parece como si estuviera oliendo a caca de vaca—. Pero el señor David ha querido descongestionar a los responsables de departamentos… Así que, a trabajar.

Eso sí que es una sorpresa…

Cuando se va, me intento organizar y luego empiezo a explicarle por encima en lo que consiste nuestro puesto de trabajo. Lo veo coger apuntes de todo lo que digo, me escucha siempre atento a lo que le cuento y la imagen de chulo prepotente se me esfuma al momento, aunque a veces me da la impresión de que se muere por soltar una de las suyas.

La mañana pasa rápido y, por fin, me quedo tranquila cuando le mando trabajo a mi ayudante y este deja de apuntar hasta las veces que pestañeo.

—¡Hola, preciosa!

Víctor viene por detrás y me asusta. Pego un pequeño grito y me olvido hasta de quién tengo al lado.

—¿Eres imbécil o qué pasa? —le digo de pronto.

—Sí, soy el imbécil más grande de todo el planeta. —Y mi amigo me sorprende de nuevo, pero esta vez con sus palabras.

—Si vienes a hacerme la pelota, ya puedes irte por donde has vendido —le espeto sin mirarlo y pulsando rápidamente las teclas de mi ordenador sin importarme que mi nuevo compañero nos escuche y vea nuestra discusión de amantes frustrados.

—Sabes de sobra que no sé hacer eso.

Entonces dejo de trabajar y lo miro con una ceja levantada.

—Tú mejor que nadie sabe hacerme la pelota muy bien, espabilado… —Mi respuesta le provoca una pequeña sonrisa a Víctor, pero trata de disimularlo.

—Quería invitarte a comer.

No le contesto.

—Donde tú quieras —insiste.

—¿Al sitio de siempre? Porque tengo mucho lío y no puedo entretenerme —le digo de mala gana.

A mi amigo le cambia la expresión… y sé a lo que se puede deber.

—Donde tú quieras —me repite con una sonrisa tan bonita que tengo que disimular la mía.

44. JULIA

Cuando llego a la cafetería donde me ha citado Daniela me doy cuenta de que aún no ha llegado nadie del equipo, así que me pido la primera cervecita de la tarde para ir haciendo tiempo.

Agus es el primero en aparecer por la puerta cargado con todos los bártulos para esta nueva sesión de fotos. Nos saludamos con dos besos y un «¿qué tal estás?».

—Vaya, empezamos bien la tarde. —Mira mi cerveza y se pide otra para él—. Te acompaño, ya que creo que será la única manera que tenga de tomarme algo contigo.

No me espero su indirecta, pero le sonrío y luego le vacilo porque a ese juego no me gana nadie.

—Pues aprovéchala bien…, porque no habrá una segunda vez —le digo alzando mi jarra y guiñándole un ojo.

No me contesta, simplemente me mira con una sonrisa irresistible.

Agus lleva tiempo queriendo quedar conmigo, al principio ni siquiera le contestaba a su petición de tomar solo unas cañas, luego con el transcurso de los días nuestras conversaciones vía WhatsApp se habían ido haciendo cada vez más frecuentes, hasta casi hacerlas diarias.

Tenemos un rollo guay de tira y afloja, hay como una especie de conexión que me da esa confianza que necesito y en la que nunca dejo de ser yo, y eso me gusta, pero nada más. No soy el segundo plato de nadie, eso lo tengo tan claro como que me llamo Julia y creo que él también lo ha pillado a la primera.

—¿Por qué tanto empeño en quedar conmigo? Ya sé que tu novia es una aburrida y que yo soy una tía superguay, pero aun así no lo entiendo. —Siempre digo lo que pienso, por lo que con Agus tampoco va a ser menos.

—Pues tú misma te has contestado. Por eso mismo y porque me caes bien. —Bebe de su vaso—. Ah, y mi novia no tengo ni idea de cómo es, porque resulta que no tengo.

—Gracias, tú a mí también me caes bien —le digo chocando mi cerveza contra la suya. Y hago como que eso último que ha dicho no lo he escuchado.

«Chicos, perdonadmeeee. Nos ha ocurrido un pequeño percance a Alicia y a mí con la ropa de la sesión». Daniela nos habla por el grupo.

«Entonces, ¿no hay sesión?», contesto rápidamente.

«Síííí hay, a los que estéis en la cafetería ni os se ocurra mover un pie de ahí, simplemente se retrasa». Daniela.

Ambos contestamos con un «ok».

Entonces nos pedimos otra ronda y otra más y a la tercera ya no aguanto más y tengo que preguntar.

—Bueno, me vas a contar qué te ha pasado con tu amor.

Agus se acerca un poco más a mí, apoyando los codos sobre la mesa.

—La verdad es que nunca hemos estado juntos... si te refieres a Lidia.

—¿Y me puedes decir cómo es eso? —digo intrigada.

—Porque no puedo salir con mi prima.

Después de escuchar eso, no sé si reír o llorar o pegarle por todo este tiempo que me ha estado haciendo creer que estaban juntos. Me decido por lo primero, una enorme carcajada sale de mis adentros.

—Pero… yo pensaba que… tú y ella —le digo tan confundida que me siento bastante absurda.

—Lo sé, pero tampoco me habías preguntado si estábamos juntos o, simplemente, si tenía o no novia. —Se encoge de hombros.

Me río de nuevo.

—Bueno, suelo ser así, a veces doy las cosas por hecho y pasa lo que pasa.

—Entonces por eso no querías quedar conmigo, ¿no? Porque pensabas que tenía novia…

Le guiño un ojo, pero no le contesto.

—O también puede ser porque no te gusto nada de nada, tengo una cara más fea que la de un ogro y no sabes cómo decírmelo. —Otra carcajada sale de mi garganta.

—Entonces ahí sí tendríamos un problema… —me dice con gracia.

Me mira con cara de niño bueno. Sé lo que está tratando de hacer, sé que me está sacando información sobre lo que pienso de él, está intentando provocarme, siempre lo hace y, aunque lo disimulo, me gusta…, ¡me encanta!

Bebo de mi jarra de cerveza, después me mojo los labios sin dejar de mirarlo y me imagino lo que sería pasar una noche con el que tengo sentado frente a mí y sé que tiene que ser una auténtica gozada. Además que, desde que lo vi, me llamó tanto la atención que en muchas ocasiones pienso en él sin venir a cuento. Y eso me resulta extraño, porque desde lo de Izan jamás he vuelto a sentir nada por nadie.

Y sí, admito que la otra noche me toqué pensando en él.

—Entonces… ¿qué? ¿Te gusto o no te gusto? —Su pregunta me saca de mis pensamientos y me sorprende que sea tan directo.

—¿Y eso para qué necesitas saberlo? —le digo tratando de evitar tener que contestar a esa pregunta.

—No me contestes con otra pregunta, eso no se hace. —Me tira una aceituna a la cara.

—No me gusta… —Su expresión cambia y se pone serio—, que me tires cosas.

Agus se ríe con mi juego de palabras.

—Cómo te gusta jugar con las emociones de las personas, ¿eh? —me dice, acercándose un poco más a mí.

—Me gusta jugar…, pero no precisamente con las emociones… —Agus arquea las cejas y una sonrisa pícara sale de su cara y yo muero por devorarla.

—Y ahora que ya sabes que no tengo novia, ¿vas a quedar conmigo para tomar algo? —Al decir esto, Dani y Alicia aparecen por la puerta.

Así que es mi oportunidad para salir del paso y dejar su pregunta sin contestar.

Claro que me apetece quedar con Agus, me lo he imaginado millones de veces y me daba rabia que estuviera con alguien y no poder tener nada más con él, solo unas simples conversaciones de WhatsApp. Pero en parte también lo agradecía, porque a Agus no solo me lo imaginaba metido en mi cama. Con él me apetecen más cosas y eso es desconocido para mí y me da pánico que alguien vuelva a controlar mis sentimientos. Por eso, cuanto más al margen lo mantenga, menos posibilidades tendrá de gustarme más.

Las chicas se acercan hasta nuestra mesa y nos saludan con cara cansada porque llevan toda la tarde preparando las prendas para que la sesión salga perfecta. Dani coge mi cerveza y se la bebe de un trago, luego coge la de mi compañero y hace exactamente lo mismo.

—¡Listo! Ya podemos empezar la sesión, que vamos tarde.

Esta sí que no tiene remedio, pero me encantan sus prontos, me recuerdan a alguien… Me río, nos levantamos de la mesa y le echo el brazo por encima de los hombros a la que desde hace semanas se ha convertido en una amiga más. Nos dirigimos a los jardines del Palacio Real.

No sé cómo lo ha conseguido la tía, pero podemos entrar para echarnos las fotos dentro de las habitaciones de lo que es la zona de visitantes.

En todo momento un vigilante se mantiene a nuestro lado, supongo que para que no rompamos nada, porque no creo que sea por robar; veo difícil meter un cuadro de esos en el bolso sin que nadie lo vea.

La tarde la pasamos guay, hay gente circulando por las habitaciones, pero no nos importa, todo queda más original y natural.

Me cambio más de diez veces de ropa, al principio intento que no se vea nada. Al final opto por hacerlo ahí delante cuando veo que no hay ningún visitante cerca.

La mirada de Agus no deja de cruzarse con la mía e incluso cuando me cambio de ropa lo he pillado con la vista clavada en mí. A veces disimula tocando algo de su cámara, otras, en cambio, me la mantiene hasta el final y, cuando eso pasa, un escalofrío circula por mi espalda a sus anchas.

La sesión de fotos se hace muy divertida, aparte del sitio donde nos encontramos, la gente nos mira como si fuésemos parte del museo, y Agus no para de soltar tonterías para que le sonría a él o a la máquina de fotos. Hasta ha habido un momento en que me he olvidado de las fotos para posar solo para él… y luego ha estado la parte en la que nos hemos escapado del vigilante para echarnos una foto en el trono real. Ahí nos la hemos jugado mucho, porque casi nos echan, pero esa foto queda de portada.

Cada diez fotos que Agus me tiraba, Dani tenía que parar a verlas y, cuando las miraba al detalle, cambiaba algo que no se había visto lo suficiente o que ella creía que no se había apreciado. Luego repetíamos con otras diez y, cuando las revisaba y comprobaba que habían salido como ella esperaba, saltaba de alegría, besaba a Agus y terminaba en mis brazos loca de contenta.

—Bueno, creo que tenemos más que suficientes para esta tirada. —Dani da por finalizada la sesión y yo lo agradezco. Jamás pensaba que sería tan cansado eso de cambiarse de ropa.

—Mañana podríamos quedar para ver las que descartamos o las que quieres. —Agus se dirige solo a ella, y yo, mientras ellos hablan y Alicia recoge, me quito el último modelito.

—Sí, que se venga también Julia y nos ayude a escoger… —Me volteo para atrás y los veo a los dos organizándome la agenda de mañana.

—¡¡Ehh!! Estoy aquí, chicos, y no me necesitáis para elegir las fotos, confío en vuestra profesionalidad.

Agus se acerca hasta mí mientras las chicas siguen recogiendo.

—Vente mañana —me lo dice casi en un susurro para que nadie más lo escuche y eso me parece de lo más sexy.

—Pero si eso lo podéis hacer vosotros sin mí —le digo terminándome de abrochar el vaquero.

—Quiero volver a verte.

Y entonces me callo, no digo nada, porque es de las pocas veces que me quedo sin saber qué decir…

—No, no sé si estoy libre.

¿Nerviosa? ¿Yo? Intento no volver a tartamudear.

—Bueno, id hablando por el grupo y luego os pillo… —digo intentando cortar la conversación ahí.

Me sonríe de una manera tan provocativa que me entran ganas de cogerlo del cabello y besarlo hasta desgastar sus labios, pero no, me echo las ganas al bolso y el candado ahí abajo, por si las moscas.

Nosotros al Descubierto

Pensar en estar a solas con Agus me pone nerviosa. Eso de que pueda pasar algo entre nosotros, porque pasará, va a ser difícil de evitar si quedamos él y yo…

45. CLAUDIA

Doy un par de golpes a la puerta de mi supervisora y al no obtener respuesta la abro muy despacio.

—Permiso, Beatriz, ¿puedo pasar…? —pregunto asomando solo la cabeza.

La veo con la mirada perdida entre los documentos que están encima de su mesa. Está más seria de lo normal y es raro en ella, ya que siempre recibe a todo el mundo con una amplia sonrisa entre los labios.

—Pasa… —me dice secamente al cabo de unos segundos sin levantar la mirada del papeleo.

Me siento enfrente, al igual que hago siempre cuando tengo que ver algo con ella. Sigue concentrada sin decir nada hasta que termina lo que está haciendo, y yo mientras tanto voy imaginando que seguro que me ha llamado para decirme lo pésimo que es mi artículo. Seguro que no le ha gustado nada de lo que he escrito. No puedo evitar ponerme en el peor de los casos. Los nervios me consumen por dentro solo de pensar que he hecho algo mal. Aparece ese nudo en la garganta que me impide hablar y las gotas de sudor brotan por las palmas de mis manos como cuando hay algo que me aturde porque no soy yo la que puede controlar la situación.

—¿Qué quería el señor? —De pronto rompe ese largo silencio con una pregunta con la que no entiendo muy bien a lo que se quiere referir.

Pienso durante un corto período de tiempo mi respuesta.

—Nada… Solo me preguntaba cómo me iba en mi nuevo puesto de trabajo.

Beatriz me mira fijamente a los ojos tratando de leer más allá de mi respuesta. Intento disimular el nerviosismo que la situación me provoca. Le mantengo la mirada y, al ver que no digo nada más, cambia de repente su gesto y sonríe. Esa actitud suya me dice algo que antes no me imaginaba, ella misma se delata. Soy esa clase de persona que tarda en calar a la gente, pero que, una vez que lo hace, ya no se le escapa ni una. Y me acabo de dar cuenta de que mi supervisora está celosa. Pero… ¿de mí? O a lo mejor teme que David la regañe por algo… No sé, pero algo en todo esto no me termina de cuadrar del todo.

—Bien, pues quería comentarte sobre el artículo que me has enviado… —Busca entre sus papeles hasta que encuentra lo que quiere—. Antes de nada, me gustaría que corrigieras algunas erratas, pero es poca cosa. Por lo demás, decirte que está bastante bien, y también quería darte la noticia en persona de que tu artículo será publicado en la revista de la semana que viene.

Al escuchar eso, mi mundo se para alrededor de esta habitación, mis pulmones dejan de coger aire, mi corazón para de latir y solo llego a escuchar un leve sonido de mi respiración agitada por la emoción.

—¿Me estás hablando en serio? —reacciono pegando un salto en la silla. Siento cómo la adrenalina comienza a subir dentro de mí y cómo un cosquilleo recorre todo mi cuerpo como hacía tiempo que no lo hacía. Un sentimiento de alegría, ilusión y satisfacción me invade de pies a cabeza.

Dejo de dar saltos de alegría porque empiezo a sentirme un poco ridícula al darme cuenta de lo que estoy haciendo.

—¡Muchísimas gracias, Beatriz! —le digo con una ilusión que no me cabe ni en el pecho.

—Has hecho un buen trabajo, Claudia. Te he enviado al correo algunos artículos… Quiero que los corrijas y luego se los pases a Anabel para que los envíe a edición.

Asiento con una sonrisa que cubre toda mi cara y salgo de su despacho conteniendo las ganas de ir dando volteretas en el aire, porque me anima esa confianza que Beatriz ha depositado en mí. Que publique mi artículo es una pasada, pero que encima me haga responsable de la corrección de los artículos y que pasen a publicación directamente es lo más satisfactorio que me podría pasar en estos momentos de mi lamentable vida.

Me pongo enseguida manos a la obra y el día se me pasa en un abrir y cerrar de ojos, ni siquiera me da tiempo a mirar ni una sola vez el reloj. Llevo con ganas de ir al baño no sé cuánto tiempo, pero con tal de no interrumpirme a mí misma he aguantado tanto que ya no puedo más. Salgo corriendo con los tacones repiqueteando por el parqué sin importarme que lo más seguro pueda ser que aterrice de boca contra el suelo.

Cuando por fin salgo del baño, tengo la sensación de llevar tres kilos menos en el cuerpo. Me vuelvo a mi sitio, pero esta vez con más cautela, no quiero tentar más a la suerte y romperme los dientes.

Al llegar a mi mesa, enseguida me doy cuenta de que alguien ha estado sentado en mi silla. Miro más detenidamente y veo una nota encima de mi teclado. La cojo con cuidado, como si esa nota fuera veneno en vez de un simple papel. Está bien cerrada, así que de Bea no ha podido ser, porque ella solo utiliza el correo para darme nuevas indicaciones. La huelo por si está perfumada, pero no, solo huele a tinta de impresora y a papel reciclado. La abro con cuidado y leo atentamente lo que está escrito a ordenador:

«Tus días en esta empresa están contados, zorra. Si no te vas tú por las buenas, seré yo el que lo haga por las malas…».

46. NOSOTROS

—¿Daniela?

—¿Víctor?

—No me lo puedo creer… ¿Qué haces aquí? —Víctor se incorpora rápidamente y se le ilumina la cara. No puede creer que después de tantos años…

—Vivo por esta zona desde hace bastante tiempo… Bueno, no sé si sabes que al terminar el instituto me marché a Barcelona con mis padres, a mi madre le cambiaron de destino y nos tuvimos que mudar.

—Algo me habían contado… Llevo años sin saber de ti. —La mira de arriba abajo y se da cuenta de lo mucho que ha cambiado—. ¿Trabajas aquí en Madrid?

—Así es… —Daniela asiente feliz y Víctor sigue alucinando con esa inesperada coincidencia.

—¿Hasta cuándo te quedas?

—Pues de momento no tengo pensado moverme de aquí, trabajo unas horas en una empresa de eventos para poder mantenerme, y en mi tiempo libre me dedico a lo mío. Así que de momento no creo que me marche.

Víctor no sabe qué decir porque se ha quedado hipnotizado mirando esa cara que lo transporta a un pasado del cual no está orgulloso, pero esa niña dulce e inocente fue la primera persona que le hizo sentir algo.

—Has cambiado… —dice al fin.

—¿Para bien o para mal? —pregunta ella con cara angelical, pero con una mirada profunda.

—Para mejor que bien… —Daniela ríe al escuchar el halago y a Víctor se le vuelve a iluminar la cara como a un tonto que acaba de ver un espejismo.

—Tú también has cambiado… —Le mira fijamente todos los rasgos de la cara, baja por su cuerpo sin importarle lo que piense él, porque Daniela también está alucinando de este encuentro tan súbito—. Estás diferente… No te imaginaba tan así…

—¿Pensabas que me había convertido en un macarra en paro o qué? —Ellos ríen.

—No, bueno, sí. La verdad es que te volviste el macarra al que todos respetaban. El temible «Snake».

Víctor ríe… Y entonces se da cuenta de todo el tiempo que ha pasado y de lo mucho que él ha cambiado.

—Madre mía, no me recuerdes ese nombre, por favor, que ya se me había olvidado esa parte terrorífica de mi pasado.

—¿Aún sigues llevando ese tatuaje? —Ella lo mira con gracia y a él esa mirada le hace cosquillas en el estómago.

—Si te refieres a la serpiente que me recorría la mitad del cuerpo…, en cuanto gané mi primer sueldo, fue lo primero que hice, deshacerme de él inmediatamente.

Ella se ríe y sus amigas la llaman porque se marchan. Se despiden y no quedan en nada. Él se ha quedado tan embobado que hasta se le ha olvidado pedirle alguna forma para contactar… Cuando se da cuenta, maldice para sus adentros.

De pronto cae en la cuenta de que su amiga aún lo está esperando en la mesa y entonces el amargo recuerdo de Martina vuelve a recaer sobre sus hombros.

Claudia está en silencio, no sabe si hablar o callar. Mira la cara de su amigo que, por fin, ha vuelto y estudia su expresión. Está dolido, le da pena verlo así, tan decaído. Sabe que está arrepentido de todo lo que le ha dicho a María, la quiere y no quiere que nadie le haga daño. Sabe que algo le pasa, aparte de estar borracho; algo le preocupa.

—¿Quieres hablar…? —Claudia le pregunta con tranquilidad y tanteando el terreno, pero Víctor niega con la cabeza.

Claudia decide acercarse un poco más, así que se sienta en el lugar que María ha dejado libre. Este la mira y se muerde el labio, está a punto de llorar. Su amiga se da cuenta de ello y lo abraza. Ver así a Víctor le parte el corazón porque no está acostumbrada a verlo sin esa coraza de chico duro y rompecorazones.

—No te preocupes por nada, ¿vale? Seguro que cuando le expliques tus motivos de haberte puesto así ella lo entenderá y te perdonará porque no has querido hacerle daño adrede, eso lo sabemos de sobra. —Víctor asiente despacio con la cabeza mientras se aleja de ese cálido abrazo que tanto necesitaba.

—Clau, llevo días que no me siento bien… —dice, dudoso, no sabe si abrirse o no, pero ese no es el problema. Su debate interno está en si de verdad quiere reconocer sus sentimientos o prefiere seguir ocultándolos.

—Lo sé, mi niño… Todas te lo hemos notado y por eso… esperábamos que esta noche nos lo contaras. —Él agacha la mirada y frunce el ceño, y Claudia le da un beso en su pelo—. Ehhh, no pasa nada, ¿vale? Cuando estés preparado, nosotras siempre vamos a estar aquí para lo bueno y lo malo, para la pobreza y la riqueza…

—Hasta que la muerte nos separe… —termina diciendo Víctor con media sonrisa que ha conseguido sacarle su amiga. Pero, aunque ese pequeño gesto aún no le ha hecho llegar el brillo a sus ojos, a ella le encanta que, pese a que está hecho polvo, sea capaz de dedicar una hermosa sonrisa.

—¡Amén! —sentencia Claudia con algo de humor, y entonces los dos ríen.

—Siento impotencia… Jamás he sentido tanta frustración junta. —Víctor empieza a desahogarse.

—Pero frustración… ¿hacia qué? —Claudia intenta entenderlo con todas sus fuerzas, pero necesita que se abra más a ella para comprender ese malestar que tanto le atormenta.

—Por no saber cómo actuar ni cómo hacer las cosas bien…

—Pero si tú siempre has sido de ideas claras, tienes salidas para todo.

—Pues se ve que para la mierda de situación en la que me he metido me he quedado sin recursos. —Su amiga no le dice nada más y espera en silencio a que le siga contando—. He estado saliendo con una chica. —Víctor vuelve a beber otro trago de su copa y Claudia lo detiene porque ya va bien servido por esta noche.

—¿«Has estado» quiere decir qué ya no estás? —Él asiente lentamente con la cabeza—. Y entonces… te has enamorado. —Ella afirma lo que él aún no es capaz de reconocer.

Víctor se encoge de hombros.

—Es una situación un poco complicada, Clau.

—Nadie dijo que el amor fuera fácil…

—Ni siquiera sé si a eso se le puede llamar amor. —Víctor habla desganado y con la mirada perdida en su copa. Se atusa el pelo y ese gesto solo quiere decir que está preocupado.

—Entonces, ¿por qué estás ahogando tus penas en el alcohol si no es amor?

Se vuelve a hacer el silencio en la mesa.

—Porque está casada… —suelta de pronto. Entonces Claudia abre mucho los ojos por la sorpresa y se tapa la boca con ambas manos para ahogar un grito que se pierde en su garganta y que por lo tanto no lo llega a escuchar nadie.

—¡Vaya putada! Pero Víctor, no sigas adelante con eso. No te metas en medio de una relación.

A Claudia le vienen a la mente los amargos recuerdos de la ruptura con su ex. Fue tan dolorosa que aún le cuesta perdonar a aquellos que tanto daño le hicieron en su día y que aún ni siquiera le han pedido perdón. No quiere que su amigo sea el culpable de tanto dolor.

Víctor coge con fuerza su vaso porque recordar esa noche en la que supo toda la verdad le hace sentir impotente y defraudado.

—No tenía ni puta idea de que estaba casada hasta la otra noche, por eso estoy así, porque no he querido saber nada más de ella. —Víctor deja su vaso en el mismo lugar, esta vez no bebe, solo mira al frente—. ¿Tú sabes cómo me he llegado a sentir?

—Créeme, te entiendo mejor que nadie… Engañada, decepcionada y traicionada es como yo me sentí cuando vi esas imágenes.

Su amigo la coge de la mano para consolarla porque, aunque ella crea que ha superado esa parte de su pasado, aún le duele como si le clavaran pequeñas cuchillas en su corazón.

—Me ha hecho sentir que valgo menos que una mierda. —Su amiga intenta hablar, pero Víctor le para los pies antes de que pueda decir nada—. Ya, ya sé lo que me vas a decir; que yo utilizo constantemente a las chicas para acostarme con ellas y punto. Pero lo mío es muy diferente, y que conste que no estoy justificando mis comportamientos, pero yo no le miento a nadie ni le prometo el cielo y las estrellas. Voy con la verdad por delante y directo al grano.

Víctor se detiene un momento, mira al suelo y se moja los labios, pensativo, luego mira a su amiga.

—A lo mejor merezco lo que me está pasando…

Hacía tanto tiempo que no lo veía así que le da pena, Claudia sabe perfectamente que no merece nada de eso.

—No digas eso, tú no mereces que te lo hagan pasar mal porque no eres mala persona, y sí, es verdad que eres un picaflor, pero tú no eres el que está casado, no le has faltado el respeto a nadie porque ni siquiera lo sabías.

—Yo no hago ilusiones ni trato de enamorar a nadie, ni tampoco miento para llevarme a nadie a la cama, no utilizo…, porque los dos lo pasamos bien.

Claudia le acaricia el pelo para consolarle y este sigue hablando:

—Pero con Martina todo era tan diferente… Desde la primera jodida mirada. Hemos salido, nos hemos reído, nos hemos follado una y otra vez hasta quedar saciados. Había una cierta complicidad entre nosotros que jamás había sentido con el sexo opuesto. Planeábamos hasta un maldito viaje juntos. He sido capaz de sincerarme con una persona, por Dios, cuando yo era incapaz de sacar mis sentimientos a la luz.

Entonces Víctor no aguanta más y las lágrimas le empiezan a recorrer la cara. Se abraza a su amiga y llora como hacía tiempo. La última vez que lloró así fue por culpa de su padre y de eso hace ya un montón de años.

—Ya está, mi niño… ¿Y desde cuándo la gente es legal? —Claudia coge la cara de su amigo entre sus manos y le seca las lágrimas con los dedos; lo obliga a mirarla—. Ahora da igual cómo te sientas. Con los días este sentimiento se te pasará, te lo digo yo… Hoy llora todo lo que tengas que llorar, desahógate hasta quedarte sin lágrimas, pero mañana hazte la pregunta correcta, Víctor…

Y este la escucha con atención.

—¿Qué es lo que debes hacer para que tu conciencia esté tranquila?

Su amigo sabe, perfectamente, lo que tiene que hacer, de lo que no está tan seguro es de si será capaz de hacerlo o no.

—Gracias, preciosa. —Una pequeña sonrisa aparece en su bonita cara y luego la abraza durante largos segundos—. Gracias por escucharme y por hacerme entender esta situación un poco mejor.

—Sabes que me tienes para siempre, no solo para aguantar tus burradas.

Su amigo le vuelve a sonreír y luego la besa con cariño en la mejilla.

—¿Crees que María me perdonará? —reacciona al cabo de unos minutos.

—Aunque hayas sido un bocazas y te hayas pasado tres pueblos, estoy casi segura de que te perdonará… Yo, si hubiese sido ella, te hubiese dado un buen *mamporrazo* antes de salir corriendo.

Víctor vuelve a sonreír, la abraza de nuevo y le da las gracias por haberle hecho sentir un poco mejor.

47. VÍCTOR

Vamos en silencio hacia el restaurante de todos los días. María se ha empeñado en ir a ese y como aún sigue enfadada conmigo no me he atrevido ni a rechistar.

A ella no le apetece hablar y yo voy en mi mundo pensando en cómo reaccionaré cuando vea a la jodida Martina.

Con lo primero que me encuentro al entrar al restaurante es con una mirada intensa y penetrante, de esas que te queman hasta por dentro. Trato de esquivarla, pero no puedo.

No saludo al entrar, simplemente sigo a mi amiga hasta nuestra mesa de siempre.

—¿Qué te apetece? —María me despierta de mis pensamientos.

—Que nos sirva otra camarera… —le contesto y esta frunce el ceño porque no entiende nada. En su momento le conté algo de todo esto, pero no tiene ni idea de lo que ha ocurrido después.

Entonces decido contárselo todo. Al rato de estar sentados en la mesa del restaurante, nos interrumpe Martina para preguntarnos por la bebida. Esta vez no la miro. Tengo la mirada fija en las páginas de la carta y le contesto como si fuera cualquier otra camarera. Sin prestarle demasiada atención a su presencia, sigo leyendo la carta.

Me doy cuenta de que María tarda en pedir y, cuando levanto la vista del papel, veo que la está fulminando con la mirada. Le pego una patada por debajo de la mesa y esta capta la indirecta.

Cuando nos volvemos a quedar a solas, retomo la conversación y le sigo contando todas las veces que nos hemos visto, adónde hemos ido, lo que hemos comido, le hablo de nuestras llamadas a escondidas y del viaje que queríamos hacer a las islas Maldivas.

—Pero, vamos a ver, ¿tú no sospechabas nada cuando salíais solo por el barrio de Chueca? —me pregunta, intentando encajar las piezas de aquel puzle.

—No, porque salíamos por los garitos donde trabajan sus colegas. ¿Quién iba a pensar que era porque no quería que la vieran conmigo?

—Pero… ¿y las llamadas? Su marido ha tenido que coincidir en alguna de esas veces que tú la has llamado.

—Siempre me llamaba ella.

Mi amiga se masajea la frente pensativa.

—Qué hija de puta, ¿no? —dice por fin.

No le contesto a esa pregunta, pero sí, también lo pienso.

Le explico la última conversación que tuvimos Martina y yo, describiendo cada una de sus palabras: «todo era un maldito juego», y María poco a poco va enfureciéndose cuanto más va sabiendo.

—No me puedo creer que haya gente con la conciencia tan jodidamente sucia y que la peor de las acciones no le provoque ningún tipo de remordimiento. —María se bebe de un trago su copa y la suelta en la mesa con fuerza dando un golpe en seco—. Y ya por curiosidad… ¿No le has pedido ninguna maldita explicación más aparte de lo que te ha contado?

Niego con la cabeza.

—Ha querido dármelas, pero ha tenido tiempo para hacerlo, demasiado es que me haya tomado por un gilipollas como para encima escucharla. No deja de enviarme mensajes de que quiere hablar conmigo, pero paso, no quiero oír más mentiras. —Lo digo tratando de convencerme más a mí mismo que a mi amiga.

—Ya, y haces muy bien, pero por lo menos deberías escucharla para entender esta mierda de situación y después ya la mandas al carajo, pero, si fuera tú, exigiría una explicación. —María de pronto se calla y se queda pensativa, y entonces su cara es tan expresiva que puedo ver hasta lo que piensa su cabecita—. Aunque yo soy la menos indicada para darte un consejo de este tipo después de lo que me pasó…

Mi amiga se pone más triste de lo normal, entonces yo le cojo la mano con fuerza por encima de la mesa.

—No digas eso, tú eres la más indicada para decirme todo lo que piensas. —María se mantiene callada—. Perdóname, princesa. Perdóname por lo de la otra noche. No tenía derecho a hablarte de esa manera, estaba borracho y cabreado conmigo mismo y lo pagué contigo, porque me daba rabia que después del daño que te hizo durante tanto tiempo lo perdonaras con esa facilidad.

—No tengo nada que perdonarte, pero como vuelvas a hablarme de esa manera la próxima vez te zurraré con todas mis fuerzas. —Sonrío por sus amenazas—. En todo lo que me dijiste… había algo de razón. —Mi amiga juega con el líquido de su copa—. Todos estos años me he estado engañado a mí misma y le he echado toda la culpa al acoso que sufrí en vez de reconocer que echaba de menos a Samuel y que estaba consumida por la rabia porque no podía llegar a entender su actitud.

Me levanto de mi silla y me dirijo hacia María para darle un abrazo de esos que duran una eternidad. Ni siquiera me doy cuenta de que Martina nos ha puesto los platos de comida.

—Pero ¿sabes qué? Que todo esto que te está pasando es como el comienzo de una nueva etapa de tu vida, como una segunda oportunidad. Y las oportunidades están para aprovecharlas. —Y al decirle esto mi princesa sonríe de nuevo.

—Así lo siento, aunque a veces tengo miedo de volver a sentirme como todos estos años atrás. Pero es lo que quiero, recuperar el tiempo perdido.

Le noto ese brillo de nuevo en los ojos y esa felicidad llega hasta mí. Y me gusta.

—Y tú… ¿qué piensas hacer con toda esta mierda?

—Pues… ni puta idea. Sé que lo mejor sería pasar de todo esto y seguir con mi vida sin complicármela. Pero está esa maldita parte de mí que no deja de pensar en ella.

—¿Sabes? No te pares a pensar en lo que está bien ni en lo que está mal. Simplemente, guíate por tus emociones y, si te equivocas, lo sobrellevarás de otra manera, pero seguro que no te arrepentirás de tus actos, porque será el corazón el que se equivoque y no tu mente.

Y durante unos minutos me quedo pensando en la reflexión de mi amiga. Aunque aún sigo más cabreado que una mona y ni siquiera sé lo que me pedirán mis pensamientos, pero por lo menos esas palabras me hacen sentir más aliviado y liberado de ese peso de no saber si hacer las cosas bien o no.

48. CLAUDIA

Tiro la nota como si me quemara y la escondo en el primer cajón de la mesa.

María y Víctor me sorprenden en mi planta y del susto que me pegan por poco me caigo de la silla. Ellos ríen con ganas mientras yo intento reponerme del casi infarto que me está a punto de dar. Cierro rápidamente el cajón para que nadie vea nada y luego pienso que el único que ha podido hacer una cosa así ha tenido que ser la persona con el cuerpo más amorfo de toda la empresa, así que en ese momento no hago caso a sus amenazas. No después de la noticia que me acaban de dar esta tarde. No hay nada ni nadie que estropee mi momento.

—¡¡¡Chist!!! Bajad la voz, por favor, que me van a echar por vuestra culpa —les regaño por la escandalera que se traen los dos.

—Pero si ya no queda nadie, tontorrona, se han ido todos a comer —me dice mi amiga mientras me da un beso—. Eres tú la única que no se ha dado cuenta de la hora que es… ¡Voy al baño! —dice de pronto—. En cuanto venga, nos vamos u os arriesgaréis a que os coma, porque estoy muerta del hambre —

nos amenaza mientras se marcha con un contoneo exagerado de cintura porque sabe que la estamos mirando.

Víctor, como siempre, apoya su perfecto culo en mi mesa, impidiendo así que continúe con el trabajo.

—¿Se puede saber con quién has follado tú? —me dice al cabo de un rato como el que pregunta la hora.

Se me escapa una carcajada por la forma en la que me lo pregunta, dejo de recoger mi mesa y me recuesto en el respaldo de mi silla mirándolo fijamente a los ojos.

—¿Se puede saber en qué te basas para preguntar eso? —le cuestiono en un tono tranquilo y sin evitar media sonrisa en los labios.

Coge el reposabrazos de mi silla y me acerca hasta él.

—En que estás radiante y que la sonrisa que tienes en la cara solo puede ser por una cosa…

Me hacen gracia sus insinuaciones sobre mi felicidad, así que le sigo el juego. Ahora soy yo la que me acerco a su oído como si fuera a revelarle el secreto más grande del mundo entero. Él espera impaciente para oír lo que le voy a decir, así que muy tranquilamente procedo:

—Amigo mío, he de confesarte que… —dejo pasar los segundos, así me hago de rogar un poco más—, te equivocas. No ha hecho falta que nadie me la meta para hacerme sentir así de bien. Todo se debe a que… la semana que viene… ¡van a publicar mi primer artículo en la revista! —Y termino gritando de entusiasmo.

Mi amigo abre mucho los ojos y sonríe de alegría.

—Claudia… ¡¡Eso es maravilloso!! Me alegro, me alegro tanto por ti y por todo tu esfuerzo… Ya era hora de que reconocieran tu talento los cabrones estos. —Víctor me agarra entre sus brazos y me levanta de la silla—. Sabía que este iba a ser tu sitio, pequeña.

En ese mismo momento la figura de nuestro jefe pasa por delante de mi mesa. Víctor no se da cuenta y sigue cogido a mí, llenándome de besos. Pataleo con disimulo para que me suelte en el suelo, pero hasta que David no carraspea un poco la garganta Víctor ignora su presencia.

—Buenas tardes —nos dice sin apartar la mirada de mis ojos, y luego le pasa revisión de arriba abajo a Víctor de una manera que consigue ponerme tensa y cabreada.

David se nos queda mirando con una expresión seria y, simplemente, nos saluda tan secamente que noto cómo se pueden rayar cristales en el ambiente.

—Buenas tardes —decimos los dos al unísono mientras este se marcha dirección al ascensor.

—Claudia. —David se gira antes de entrar.

—¿Sí? —contesto con un hilito de voz.

Nos miramos.

—Esta tarde, Beatriz y yo tenemos reunión con unos clientes. Procura que nadie nos moleste. Y ni se te ocurra pasarme ninguna llamada.

Me acabo de sentir como si un cubo de agua helada cayera por encima de mi cabeza.

—No se preocupe, eso está hecho.

Y se marcha sin ni siquiera dar las gracias.

—Valiente gilipollas, ¿no? —Víctor habla por los dos, porque yo también lo pienso—. ¿Y ahora qué eres, su secretaria también?

—Eso parece… —le contesto intentando no darle mayor importancia, porque no hay nada que estropee mi momento.

—¿Qué me he perdido si se puede saber? —María coge su bolso y el mío de encima de mi mesa y se los cuelga los dos en el hombro.

—El jefe, que por lo visto parece que lo hemos puesto celoso y ahora ha convertido a nuestra amiga en su secretaria personal.

María nos mira sin entender nada.

—¡¡Anda yaaa!! ¿Celoso? ¿David? —Y mientras digo esto con cara de circunstancias me van saliendo pequeños alaridos.

—Sí, bonita. Este está deseando meterse en tu cama y bajo tus bragas también. —Le doy un manotazo en el hombro a Víctor por la burrada que acaba de soltar.

—No digas gilipolleces, que no todo el mundo piensa con el pene… —le espeto, dando por zanjada la conversación

—Amiga, siéntete halagada, única o una puta diosa, o hazte la tonta si quieres…, pero, si Víctor dice eso, me lo creo. —María me agarra del brazo mientras me echa a andar a su paso—. A este con temas de cama no se le escapa ni una.

—Sí… Lo que vosotros digáis, par de pirados, pero vámonos, que tengo un hambre que me muero —cambio de tema y sí, yo también he notado algo raro en el ambiente, pero no sé exactamente qué ha podido pasar. Evidentemente no lo digo en voz alta porque no quiero que pase lo que me estoy temiendo. Ahora no.

49. DAVID

En el mismo momento en el que abrí la puerta de mi despacho y los vi cogidos noté cómo poco a poco un ardor intenso subía por mi esófago hasta mi cabeza. Cuanto más me acercaba e iba viendo cómo él la llenaba de besos por toda la cara, la mala hostia se iba apoderando de mi ser. Algo dentro de mí se movía a una velocidad descomunal.

Sentía una sensación parecida a cuando te dan un puñetazo en plena boca del estómago y quieres matar a esa persona; pues esa misma sensación recorría incontrolablemente todo mi cuerpo.

Y sí, por la rabia que me produjo verla reír en brazos de otro la hice sentir inferior. No sabía qué hacer con los celos que me invadían, por lo que preferí vengarme a mi manera, cosa que tampoco me hizo sentir mejor. Al contrario, después de eso, me sentí como una autentica mierda por el tono con el que le había hablado y por el desprecio con el que le dije que se tendría que quedar a echar horas y que no nos molestara nadie.

—Soy un jodido miserable —me repetí durante todo el trayecto del viaje en ascensor hasta llegar al restaurante.

Esa tarde comía con Teo y con un cliente importante, teníamos que tratar de convencerlo de que elegir nuestra revista para publicar las exclusivas de la sección de deporte era lo más acertado.

Me costó que nos diera un voto de confianza porque no estaba concentrado al cien por cien en la conversación, Claudia ocupaba gran parte de mi pensamiento, como estas últimas semanas. Después estaba ese asunto que teníamos que dejar solucionado esa misma tarde. Teo, Beatriz y yo debíamos salvar el prestigio de la revista, ya que una famosilla del tres al cuarto nos había denunciado por una noticia que se publicó en nuestra revista hace unas semanas y, si la junta directiva se enteraba del asunto, pedirían mi cabeza.

Esa reunión la quise alargar más de la cuenta por la única razón de que aún estaba cabreado con Claudia. Sabía que, mientras durase, ella seguiría aquí y con un poco de suerte podría buscar ese momento para disculparme de alguna manera o, simplemente, encontrar ese acercamiento que llevaba tiempo esperando.

—¿Cómo ves el tema? —le pregunto a Teo, que está sentado en mi sitio echándole el último vistazo a los documentos que nos han pasado los abogados.

—Pues, con un poco de suerte y si la chica acepta el dinero, estaremos salvados. Lo malo de todo esto es que es de esa clase de personas a las que les gusta vivir a costa de los demás y no se conformará con un poco de dinero, siempre querrá más…

—¿Pero, si firma…?

—Si firma, no tendrá nada más que hacer con nosotros.

—Perfecto entonces.

—¿Y a ti qué te pasa? —Teo se acerca hasta el gran ventanal donde yo me encuentro situado.

—¿A qué te refieres?

—A que estás preocupado, y no es solo por este tema.

—No es nada que una copa no pueda solucionar. —Me sonríe y con un apretón en el hombro se despide de mí.

Cuando compruebo que todos se han ido, incluida Beatriz, marco la extensión de Claudia sin pensármelo ni un minuto más. Da todos los tonos, pero el teléfono no se llega a descolgar. Supongo que Beatriz al verla a estas horas en su puesto le habrá dado permiso para marcharse.

Salgo de mi despacho mientras voy escuchando los audios que me ha ido mandando Rodrigo, mi íntimo amigo de hace muchos años y al que llevo meses sin ver.

Me dice algo sobre que ha pillado una casa a pie de playa para todo el verano, que si fiestas, tías y otra vez tías y más fiestas, mucho alcohol y mucha droga, y que por lo visto quiere que vaya a hacerle una visita.

No le presto del todo atención a los audios porque ya sé lo que es irme a algún sitio con él y lo que nunca falta son esas tres cosas: fiesta, sexo y drogas. Y precisamente ahora ni me apetece ni me puedo permitir el lujo de desaparecer unos días de la revista y menos en estos momentos en que volvemos a remontar lo que yo en un principio casi echo a perder.

Cuando paso por la mesa de Claudia, me doy cuenta de que aún sigue el ordenador encendido, pero en su sitio no hay nadie.

Me acerco a la pantalla para desconectarlo y me doy cuenta de que aún estaba trabajando en alguno de los artículos de la siguiente semana. A los pocos segundos, escucho de fondo el golpeteo sobre el parqué de unos tacones.

—Hola, David, ¿necesitas algo? —me pregunta de una forma cordial con esa sonrisa en los labios que siempre lleva puesta y la cual yo no merezco. Se le nota la cara cansada y los ojos enrojecidos de todas las horas seguidas que lleva frente al ordenador. Eso me hace sentir todavía más culpable.

—No. Pensaba que te habías marchado ya… y al ver el ordenador encendido lo iba a apagar —le digo incorporándome de la silla y apoyándome en la mesa.

—He aprovechado para adelantar trabajo —me dice acercándose más a mí.

No me muevo, aunque sé que a donde se dirige es a la mesa que yo estoy ocupando y no a mí exactamente, y eso me molesta, porque deseo que fuera de otra manera, pero Claudia no es así… Atrevida.

—Vale, pues ya está bien por hoy. Recoge, que te llevo a casa —manifiesto dándolo por sentado y dejándole el sitio libre mientras me dirijo de nuevo a mi despacho.

—No, no hace falta, David. —Se mueve nerviosa, y provocar algo en ella me gusta.

—Me pilla de paso, no te preocupes —miento; su piso me pilla de todo menos de paso, pero quiero ese momento a solas, el cual llevo semanas buscando—. Además, ya es tarde para que andes por ahí sola.

—Bueno, pues tardo dos minutos —me dice sin volver a negarse.

—Perfecto.

Entro en mi despacho, recojo unos documentos para revisar en casa y cuando salgo Claudia me espera apoyada en su mesa. Está distraída con su móvil, así que aprovecho ese momento para recorrer su cuerpo descaradamente con la mirada. Ese pantalón negro le marca un trasero que estrujaría con todas mis ganas. Me fijo en cada curva de su cuerpo y me detengo en una pequeña cintura que me muero de ganas de rodear con mis brazos. El *body* blanco que lleva hoy hace que se le transparente un poco el sujetador, lo que provoca que le marque unos pechos que hace imaginarme lo bien que quedarían entre mis manos. Lleva la americana en la mano y el bolso colgado. Cuando me escucha llegar, se incorpora rápidamente y me sonríe con amabilidad.

Bajamos por el ascensor en silencio. Desearía que estuviéramos en la novena planta y así tener la oportunidad y el tiempo suficiente para lanzarme sobre ella. Pero actúo de manera sutil y rozo suavemente con mi mano sus dedos, noto cómo esta se tensa y mira de reojo el gesto. No dice nada y al ver que tampoco se aparta continúo subiendo mis dedos por su mano muy lentamente hasta rozar su muñeca. Veo que se muerde el labio y su pecho sube y baja más rápido de lo normal.

Quiero besarla, pero las puertas se abren en ese momento y aparto disimuladamente la mano de la suya. Nos encontramos con Manu, el guarda de seguridad de noches, lo saludamos y bajamos por la escalera hasta el *parking* sin decir nada.

—¿Qué tal la reunión de esta tarde? —Una vez dentro del coche, Claudia rompe el silencio y eso me gusta.

—Bastante dura. —Entonces me ánimo a contarle un poco más a fondo lo que me ha parecido, le hablo con toda la confianza del mundo sobre lo que ha pasado, ella se sorprende y entablamos una especie de conversación, pero no de jefe a trabajadora, sino como dos compañeros de trabajo que se cuentan cómo les ha ido el día. Y esa sensación despreocupada que me hace sentir me gusta…

—Oye, ¿te importa si paramos un momento en mi casa para dejar estos papeles y cambiarme de ropa? —Evidentemente no tengo la necesidad de hacerlo porque no he quedado con nadie para tener que cambiarme el traje y tampoco es obligatorio soltar la documentación, eso puedo hacerlo a la vuelta, pero necesito hacer esa parada y alargar el trayecto.

—Claro, sin problema —me dice mirando su móvil, distraída—. A estas horas no me espera ya nadie.

—¿Habías quedado? —le pregunto disimulando mi interés, pero la verdad es que quiero saberlo.

—No, no, esta noche era de peli y palomitas con mi compañera… Vaya, pero que es lo que solemos hacer día sí y día también, así que no pasa nada. —Me sonríe y me dan ganas de probar esa sonrisa tan dulce con mi lengua.

Llegamos al edificio donde vivo y entro con el coche al *parking*.

—Sube un momento, no tardaremos —le pido y esta asiente y sigue mis pasos. Cogemos el ascensor y pulso el botón de la décima planta.

—Vaya…, este ascensor es más grande que mi habitación.

Sonrío al escuchar su comentario. Y me apoyo en la pared para observarla mejor. Claudia me imita y se apoya en el otro extremo de enfrente y me gustaría que hubiera menos espacio entre nosotros, pero tampoco me puedo quejar de las vistas que me ofrece.

Subimos en silencio y no, no me corto ni un pelo en mirarla a los ojos. Me sorprende muy gratamente que me mantenga la mirada. Es tan impredecible que me confunde constantemente. A veces parece frágil y siento que debo protegerla de todo, en cambio, en otras se muestra tan segura de sí misma que esa inocencia desaparece y es lo que la hace parecer más mujer.

Cuando llegamos a mi apartamento, la invito a pasar, me fijo en su cara y es como si estuviera viendo algo exageradamente extraordinario. Ese gesto me hace sonreír de nuevo.

—Cuando dijiste «piso» pensaba que era un piso y no un bloque convertido en casa.

Me río por su sorpresa.

—¿Te apetece una copa de vino mientras me cambio?

Se lo piensa durante unos segundos de más.

—Vale. —Y su respuesta me gusta.

Me dirijo a la vinoteca y descorcho un reserva. Lleno dos copas de vino y voy en su busca. Me la encuentro observando detenidamente uno de los cuadros del salón.

—¿Te gusta? —Me detengo a su lado y le paso la copa.

—Es precioso. Todos son… elegantes, abstractos pero intensos. Me gustan. Tienes muy buen gusto. —Deja de observar los cuadros para dirigirse a mí.

—Gracias, me alegro de que te gusten, pero siento decirte que no los elegí todos. Una diseñadora de interiores me aconsejó cuál comprar. —No parece decepcionada con mi respuesta y sigue observándolo todo detenidamente—. Vuelvo enseguida… Estás como en tu casa —le digo dirigiéndome a mi habitación y subiendo los escalones de dos en dos.

Me deshago del traje rápidamente y me pongo unos vaqueros un poco caídos de cintura y una camiseta de manga corta blanca. Cuando bajo las escaleras, no veo a Claudia por el salón, voy hasta la cocina y tampoco hay rastro de ella, me dirijo hacia los baños y están las puertas abiertas, por lo que tampoco está dentro. Me preocupo y lo primero que pienso es que se ha podido marchar sin avisar mientras me cambiaba de ropa. Vuelvo al salón un poco sofocado, pero su bolso está allí. Una ráfaga de aire entra por la ventana, entonces me doy cuenta de que está fuera, en el borde de la piscina, mirando todo a su alrededor, absorta en sus pensamientos.

—Pensaba que te habías ido. —Me planto a su lado y disimulo el alivio que me provoca que aún siga allí. Aprecio junto a ella esas vistas a las que antes ni siquiera había prestado la atención que se merecen.

—No, pero un poco más y te tengo que llamar por teléfono, porque casi me pierdo en tu casa. —Me río—. Son maravillosas estas vistas —dice de una manera tan dulce y a la vez fascinada que consigue que mire con otros ojos esa perspectiva de la ciudad que antes no miraba.

Claudia me observa ahora de la misma manera que ha mirado el paisaje y un escalofrío embriagador recorre todo mi cuerpo.

—Tienes una suerte enorme de poder disfrutar de todo esto —me dice mientras se acerca a la baranda de cristal que te deja ver el resto de los edificios.

—No te creas, a veces las apariencias engañan. Las personas que crees que lo tienen todo son las que después no tienen nada. —Y sí, cuando le digo eso me estoy refiriendo a mí. Se vuelve para mirarme, intrigada y confusa a la vez.

—¿Tienes hambre? —le pregunto cambiando de tema.

—No mucha, pero beber vino con el estómago vacío no es muy buena idea.

—Siéntate y disfruta del ambiente mientras yo preparo algo.

—No, mejor te ayudo.

—No te preocupes, no soy un cocinitas, pero seguro que Nani ha dejado en la nevera comida para una semana entera.

Me gustaría darle un beso y decirle que ahora vuelvo, pero no quiero asustarla y que salga corriendo, así que opto solo por llevarme su copa vacía para servirle otra y me marcho.

Abro la nevera y un olor delicioso me pega de pleno en la cara. Saco la bandeja de lomo con miles de especias que solo sabe hacer mi preciosa Nani y lo pongo a calentar unos minutos en el horno. Cojo la botella que antes descorché y vuelvo a llenar las copas, pero esta vez las lleno más que antes. Veo también la bandeja de quesos que me ha dejado y los preparo en un plato. Estoy tan concentrado que no escucho llegar a Claudia hasta que me giro para coger las copas de vino, la veo sonriente, sentada en uno de los taburetes de la barra americana, con los codos apoyados, atenta a mis movimientos.

—Joder, qué sigilosa eres. No te he escuchado llegar… —le digo mientras le paso una de las copas.

—Estabas tan concentrado que no me has escuchado llamarte.

Entonces me río y le pido disculpas. Me ayuda a sacar los platos a la terraza y nos sentamos a picotear algo en ese lugar que tan poco he disfrutado y que ahora se ve todo como si esas vistas nunca me hubiesen pertenecido a mí.

Aunque parezca raro, nunca he cenado con nadie aquí; en general, nunca he traído a una chica a mi casa. Para eso están los hoteles, ¿no?

Siempre he necesitado mi espacio y un lugar que no me recuerde a nadie ni a nada, algo que solo sea mío. Pero eso no se lo digo.

Claudia y yo entablamos una conversación de lo más normal hasta que ella me cuenta cosas de su pasado, un pasado del que le cuesta trabajo hablar, entonces no le pregunto nada más, aunque me muera de las ganas de saberlo todo sobre ella. Sé que hay más, pero desvía la conversación. Y no sé si es por la situación o por el vino, pero ella se termina abriendo a mí y eso me gusta. Aun así, noto que se guarda lo peor de esa historia para ella.

Intento que se relaje cambiándole de tema. La noto alterada e incómoda, así que le propongo un juego.

50. MARÍA

Aún no he contestado a Samuel. Estoy hecha un lío porque no sé de qué manera actuar con él, conmigo, con la situación en general.

Esta tarde tengo cita con mi psicólogo y no sé hasta dónde contarle, si ser del todo sincera o callarme y así dejar mi cabeza tranquila.

Me apetecen muchísimo esas cañas con Samuel, y no solo me apetecen unas copas, sino que quiero hacer miles de cosas con él y recuperar todo ese tiempo que hemos perdido con nuestro maldito orgullo. Pero tengo miedo, miedo al rechazo, a otra pérdida, a que desaparezca y a no saber por qué lo ha hecho, miedo a que de la noche a la mañana vuelva a salir de mi vida, a enamorarme y a no ser correspondida.

No quiero volver a sentirme como estos años atrás, cabreada y con ese vacío de estar faltándome algo constantemente.

Le dejo a Robert cosas pendientes para que las termine porque me tengo que ir un rato antes de mi hora para llegar a tiempo a la consulta del buenorro. Mi compañero parece otra persona totalmente diferente a aquella con la que me topé la primera vez y por partes siento curiosidad.

Estoy recogiendo mis cosas cuando veo que Robert se acerca sigilosamente hasta mí.

—Oye, María. —Cuando escucho mi nombre le miro esperando a que me pregunte alguna duda—. Quería comentarte una cosa…

—Pues dime ya, que llego tarde…

—Nada, era solo… darte las gracias por cómo te estás portando conmigo. —Lo miro, extrañada, porque lo último que me espero es que este chaval me dé las gracias por algo—. Y pedirte también disculpas por lo grosero que fui contigo en el taxi y en la consulta… Cuando no conozco a la gente, me la suele pelar todo, aunque no siempre, pero ese día iba del lado que no era.

Eso sí que no me lo espero…

—No te preocupes, al principio pensé que eras gilipollas perdido, pero ya me he dado cuenta de que eres una persona totalmente normal con la que se puede hablar —le digo y me sonríe.

—Pues déjame que te invite mañana a comer o a una copa, la verdad es que me siento en deuda contigo.

—No te preocupes, ya me invitarás un día a un paseo en taxi y deuda pagada. —Sonríe de nuevo—. Mañana nos vemos, que ahora llego tarde.

Y, dicho esto, salgo pitando de la oficina.

Llego casi sin aire a la consulta, Sara me abre con una sonrisa que endulza la vida de cualquiera.

—Buenas tardes, bonita, pasa directamente a la consulta, que Carlos te está esperando.

Y así es…, parece que hoy la vida me sonríe y que estoy de suerte.

La saludo, le doy las gracias y le devuelvo la sonrisa. Paso directamente a la consulta de mi doctor favorito.

—Buenos días, María. —Me da la bienvenida con su mejor sonrisa y yo intento no derretirme.

—Hola, Carlos.

Como de costumbre, me invita a sentarme en el mismo sillón de siempre y yo caigo desplomada con el bolso aún colgado.

—Veamos por dónde nos quedamos… —Este ojea sus anotaciones mientras sigue hablando—, ¿has hecho los ejercicios que te mandé para casa?

No, no los he hecho, ni siquiera recuerdo qué era lo que tenía que hacer.

Pienso rápido en alguna excusa convincente, pero creo que Carlos me conoce lo suficiente como para notármelo en mi expresión.

—Bueno, cuéntame… ¿Continúan esas pesadillas? — El psicólogo prueba con otra cosa, cambia de tema porque sabe que a estas alturas ya no tengo solución y yo con mi sonrisa se lo agradezco.

—Hace algunas noches que no me despiertan esos sueños, aunque sí me ha pasado que varias mañanas me he levantado sofocada, pero las imágenes no son uniformes, solo recuerdo algunos trozos y nada tienen que ver con la realidad. —Le sigo explicando que las veces que me he despertado a media noche enseguida me he vuelto a quedar dormida.

—Eso es una gran noticia, María. —Carlos no me mira ni tampoco deja de anotar en su cuaderno. Eso lo llamo el poder del psicólogo, que puede hacer varias cosas a la vez.

—¿Ha habido algún cambio de aquí para atrás por el que te hayas visto afectada emocionalmente?

Pienso unos minutos si contarle la llegada de Samuel o no, porque la verdad es que no sé muy bien a lo que se quiere referir con lo de «afectada emocionalmente».

—Bueno, no sé si esto tiene que ver o no con tu pregunta… —Carlos deja de apuntar para prestarme toda la atención posible—. Hace unas semanas alguien que yo creía que no vería más en la vida apareció de repente y sin esperarlo.

Me callo y los dos nos mantenemos en silencio durante segundos que me resultan una eternidad.

—¿Un antiguo amor? —Carlos me pregunta para seguir indagando y eso es lo que me temía.

—No —contesto rápidamente—. Un antiguo… amigo.

Entonces con sus preguntas me obliga a contarle toda la historia desde el principio, todo lo que me provocaba años atrás, le hablo del apoyo que esta persona era para mí. Me pierdo tanto en mi pasado que sin darme cuenta le cuento todo lo que Samuel me hizo sentir desde el minuto uno. Así que me abro en canal delante de Carlos y durante ese período de tiempo me hace revivir de nuevo todos esos sentimientos.

Como en ningún momento me corta, me envalentono y le cuento hasta lo del viaje a Ibiza, pero evidentemente sin entrar en demasiados detalles. Le hablo también de las últimas llamadas que nos hicimos y lo que me ocasionó la desaparición inesperada de mi amigo. Toda esa frustración que sentí durante años, la impotencia de no saber por qué ya no contestaba a mis llamadas ni a mis cartas, ese vacío que me hizo sentir y que con el paso de los años pensé que había superado, pero que me mentí a mí misma y me hice creer que nada me importaba poniéndole una montaña de humo encima; hasta llegar a reconocer desde hace unas semanas que lo que me ha pasado todo este tiempo es que lo echaba de menos, que mi orgullo no me ha permitido dar ese paso de buscarlo o simplemente dejar que se me acercara de nuevo. El miedo ha conseguido que lo mantuviera alejado de mí.

Entonces ahora todo es más fácil, se ve de otro color tan diferente que al momento reconozco todos esos sentimientos que han vuelto a resurgir, todas las ganas que tengo de seguir adelante y recuperar el tiempo que los dos hemos perdido, lo ilusionada que me siento y el miedo que todos estos sentimientos me están provocando en la boca de mi estómago constantemente, en mi corazón y en mi mente.

—Todo ese miedo es normal, María. —Carlos habla, por fin—. Aquí era donde quería que llegaras. Lo que buscaba con todos esos ejercicios era que te dieras cuenta de que toda esa intranquilidad te viene del pasado, pero quería que tú misma buscaras dentro de ti e indagaras en tus recuerdos. —Ahora soy yo la que escucho a Carlos con mis cinco sentidos—. Y lo has encontrado. Quería que descubrieras la puerta que en algún momento dejaste abierta y que reconocieras que lo único que hiciste fue poner una nube de humo, como tú dices… Pero que sepas que aún no has terminado de cerrar esa etapa de tu vida.

Me gusta lo que el doctor me cuenta… y lo sé, sé que aún hay algo que todavía no se ha acabado para que yo pueda continuar viviendo.

—María, has dado un gran paso con el simple hecho de reconocer de una vez por todas la realidad, pero todavía te queda un largo camino por recorrer. Te felicito, vas muy bien.

Carlos me echa gentilmente de su despacho porque ya ha pasado la hora y quedamos para dentro de dos semanas. Esta vez no me manda ejercicios, simplemente me aconseja que siga buscando en mi pasado y me deje llevar por todos esos momentos que ya creía cerrados. Me dice que no tenga miedo por intentar recordar mi infancia durante el colegio, que para continuar hay que primero aceptar.

Nada más salir de la consulta abro la aplicación de WhatsApp y me voy directa a los mensajes que aún no he contestado de Samuel.

«¿Siguen en pie esas cervezas?».

«Por supuesto», Samuel me contesta al momento.

Quedamos cerca de la consulta, así que llego antes que él. Elijo mesa y mientras me entretengo leyendo todos los mensajes del grupo que tenemos los cuatro, pero no me da tiempo a contestar porque al poco de sentarme aparece Samuel con esa sonrisa tan perfecta y ese pelo despeinado, de donde ya han desaparecido parte de sus rizos y el cual me muero de ganas por tocar.

Nos saludamos con dos besos y nos sentamos.

Las horas pasan como segundos y ni siquiera me da tiempo para asimilar la situación de tener de nuevo a Samuel cerca de mí. Son tantas las cosas que nos queremos contar que no nos damos ni cuenta de la hora que es hasta que vemos que ya se ha hecho de noche.

—Oye, ¿qué te parece si cambiamos de sitio y empezamos a picar algo? Porque, como siga bebiendo a este ritmo, creo que voy a pillar una tajada tan grande que me vas a tener que llevar a rastras a casa de mi madre.

Me río porque yo hace ya un rato que he notado el mareo en mi cabeza, pero como mi vista aún no está nublada no le he dado demasiada importancia.

Lo llevo a mi lugar favorito. A un italiano al que hacía mil que no iba, pero que siempre tengo en mente porque hacen una comida deliciosa.

La cena se hace tan agradable que apenas me entra bocado, lo primero porque hablo hasta por los codos y lo segundo porque tampoco paramos de reírnos recordando todos esos momentos de años atrás, por lo que no puedo evitar sentir una especie de nostalgia en la boca de mi estómago.

Luego soy yo la que propongo ir a bailar. Después de todas las copas que llevo en el cuerpo soy incapaz de irme a dormir. Ni siquiera pienso en que mañana es jueves y que no estoy de vacaciones, pero me da igual, porque me lo estoy pasando tan bien que asumo las consecuencias que mañana me esperan.

Samuel accede a mi locura de trasnochar y seguir bebiéndonos hasta el agua de los jarrones, pero lo mejor viene después.

51. JULIA

«Juliaaaaa, te estamos esperando». Daniela en modo impaciente.

«Tardo diez minutos». Yo poniendo una excusa para que me deje tranquila.

Tengo que terminar de prepararlo para que esta noche salga todo perfecto, así que ignoro la hora. Llamo a mi Claudia querida para que me confirme su asistencia, pero la tía, como siempre, pasa de mí y no me coge el teléfono, así que la avasallo a mensajes de WhastApp.

«Mi niña guapa».

«Que te he llamado para lo de esta noche».

«Es importante».

Intento no ser demasiado exigente para que no se arrepienta.

«Simplemente dime si puedes venir o no».

«Si me confirmas y luego no vienes, nos costará una pasta», le digo para asegurarme de que a última hora no se va a echar para atrás.

Espero mirando sin pestañear la pantalla de mi móvil. Espero y sigo esperando… ¡Ya! Las rayitas se han puesto azules.

—Lo ha leído y la cabrona no contesta. No me lo puedo creer.

Sigo esperando…

Escribiendo…

«Que ya te dije que síííí, ¡PESADA!». Claudia.

Pego palmadas en el aire y salto de alegría por toda mi habitación.

—¡Bien! ¡Bien! ¡Bieeeeennn! —Canturreo de felicidad por todo el piso haciendo el tonto—. El plan sigue en marcha. Soy una *crack*.

Y me doy besos a mí misma.

Me voy a la ducha de cabeza, pero antes le pido a Dani que me mande la ubicación del estudio de Agus.

Cuando salgo de la ducha tengo más de cincuenta *whatsapps*. Los leo por encima… Les echo un vistazo a los de mi padre. Me dice de quedar a comer la semana que viene; cuando los leo pongo los ojos en blanco porque, al igual que siempre, me pide que avise a mi hermano, que tiene ganas de verlo. Entonces resoplo porque sé que pedirle eso a Víctor es liarla, dejar de hablarme durante unos días o ni siquiera llegar a contestarme. Le hablo rápidamente.

«Vale, papá, yo se lo digo, la semana que viene nos vemos. Besos».

Lo que no me espero son los mensajes de la que, por fin, ha decidido dar señales de vida: mi madre.

«¿Cómo estás, cariño?».

«La semana que viene llegaré a Madrid».

«Me gustaría que comiéramos juntos… los tres».

«Sí, y a mí también me gustaría tener una familia normal y no la tengo», pienso en voz alta.

Por más que quiera hacerme la dura, no puedo mentirme a mí misma, y una punzada de dolor me atraviesa el pecho al releer los mensajes. Después de meses sin saber nada de ella quiere vernos… ¿Qué madre se tira ocho meses y medio sin saber nada de sus dos hijos? Por favor, necesito que alguien me lo explique. Pero lo peor de todo es que no la culpo, nunca he culpado sus actos y nunca lo haré. Mi madre nos tuvo demasiado joven con un marido que le sacaba quince años de diferencia, un marido que era un celoso y que no quería ver más allá de su trabajo, por lo que su matrimonio no se puede decir que fuera del todo maravilloso. Puedo entender que quisiera irse lejos y empezar de nuevo, pero jamás entenderé que quisiera olvidarse de sus hijos.

«Hola, mamá…». Tardo en contestar porque me pienso la respuesta.

«Sí, avísame cuando estés en Madrid».

Es mi madre…, y yo no soy como ella.

Y, por último, están los de Dani, llamándome de todo porque aún no he llegado.

No le digo nada, cojo el bolso y salgo pitando. Miro de nuevo la dirección y veo que no está muy lejos, aun así, me doy prisa.

Llego al bloque según las indicaciones que mi amiga me ha mandado y toco en el timbre de la planta sexta, letra B. No preguntan quién es, abren la puerta sin más. Supongo que será porque no esperan a nadie más aparte de mí.

Subo las escaleras, lo sé, me he dado cuenta de que es un sexto, pero desde que mi preciosa María me contó que siempre utiliza las escaleras de su trabajo para hacer culo, yo ahora estoy que veo unas y me tiro a por ellas. Me río de mis propios pensamientos imaginándome a mí misma tirándome de cabeza por unas escaleras. Además ya llevo varias semanas sin hacer deporte y necesito activar el cuerpo. Y sí, estoy hablando de sexo.

Cuando llego a la cima de la montaña, me encuentro con la puerta medio abierta, así que me invito a pasar.

—¿Se puede? —pregunto mientras voy entrando, pero nadie contesta.

Me tomo la libertad de entrar y con lo que me encuentro no es con un estudio de fotografía, sino con un pedazo de salón rodeado de puertas.

—¡Eeeh! Ya era hora, tardona… —Daniela sale por una de esas puertas.

—Perdona, tenía que hacer una cosa urgentísima antes de venir y no podía esperar —le digo mientras me voy acercando a ella para saludarla—. ¿Te vas? —pregunto al verla con su bolso colgado.

—Sí, tengo trabajo del feo. Tengo que preparar unas jornadas de *marketing* en Barcelona, así que, si quiero seguir cobrando, es lo que toca. Pero ya hemos elegido todas las fotos. Agus te está esperando para escoger entre unas y otras. —Me vuelve a dar otros dos besos rápidamente—. Nos vemos pronto, preciosa.

Cuando se marcha, entro por la puerta por donde la he visto aparecer y me encuentro a un Agus concentrado enfrente de una pedazo de pantalla con mi imagen aumentada. Una habitación que la luz natural invade completamente y el resto de la pared está llena de cuadros preciosos en blanco y negro.

—Vaya, me imaginaba una habitación a oscuras con luces de esas rojas y las fotos colgadas con pinzas de tender la ropa.

Sonríe al verme.

—Ja, ja, ja, no me seas antigua… Anda, ven y siéntate a ver esto.

Dejo el bolso en el hueco de una de las estanterías que ocupan parte de la habitación y me siento a su lado. Comienza a enseñarme su trabajo y me sorprende lo buenas que son.

—¿En serio esa soy yo? —Me acerco más a la pantalla de su ordenador para verme mejor. Agus se ríe de mí.

—No te he retocado a ti, tontorrona. Mira esta, lo que he hecho básicamente ha sido darle un poco de intensidad para resaltar el fondo, pero tu imagen ha quedado intacta.

Y así me va explicando cada una de las fotos elegidas y son preciosas.

—Vaya, son realmente buenas. No sé cuál elegir. ¿Por qué no lo haces tú, que para eso eres el profesional aquí?

—Porque yo las pondría todas. —Y después de decirme eso, Agus sonríe triunfante con su trabajo.

Pasamos parte de la tarde metidos en su estudio mostrándome otros trabajos y la verdad es que son tan profesionales que llaman toda mi atención.

—¿Quieres una cerveza? —me ofrece.

—¿Quieres emborracharme?

—No necesito hacerlo… —Este me mira con una picardía que me hace tilín.

Salimos del estudio para tomarnos tranquilamente esas cervezas y despejarnos un poco de tanta imagen.

—Siéntate donde quieras, estás en tu casa.

Les doy las gracias, pero aún no me siento. Mientras él se pierde por otra puerta, que supongo que será la cocina, yo me quedo ojeando sus estanterías llenas de libros… Cojo el de fotografía para principiantes y lo miro por encima.

—Ese fue mi primer libro. —Me pega un susto sorprendiéndome por la espalda.

—¡Joder! Eres más sigiloso que mi compañera de piso. —Agus ríe y luego me pasa una cerveza—. Gracias.

Nos sentamos en su sofá, pero antes pone un poco de música de fondo y tengo una sensación extraña. Estar con el sexo opuesto fuera de una cama me resulta un tanto raro. El único amigo con rabo que tengo es mi hermano, así que eso no cuenta como tal.

—Estás muy callada. ¿Te pasa algo? ¿Estás cómoda? —Se preocupa y esto lo hace aún más insólito.

—Sí, sí, estoy bien… —Solo es que estoy en un territorio desconocido. Pienso en los años que hace que no estoy así con una persona y… me hace recordar algunos momentos en los que preferiría no pensar ahora mismo.

—Creo que desde que te conozco no te había visto tan callada. —Me sonríe y me mira de una manera intensa. Mirada que me habla de cosas que yo también quiero.

—No, es solo que todo esto es como si ya lo hubiera vivido… y hace tanto tiempo que… —Al decir esto, Agus frunce el ceño como tratando de entender lo que quiero decirle—. Simplemente se me hace raro. —Me callo de pronto porque con él sería la última persona con la que yo hablaría de esto.

—¿Raro el qué? —Muestra interés y me escucha con atención, se acomoda en el sofá de dos plazas que estamos compartiendo y me mira directamente a los ojos.

—Pues el estar aquí en tu casa, tomando unas cervezas, los dos solos…

Se ríe con ganas.

—Pues te aseguro que esto que estamos haciendo es de lo más normal del mundo. —Posa su mano en mi rodilla—. ¿Me tienes miedo? —pregunta al notar mi tensión bajo su palma.

Entonces ahora soy yo la que se ríe.

—Eso sí que es gracioso.

Agus me pega un pequeño empujón con su hombro.

—¿Cuándo fue tu última relación larga?

Casi me atraganto al escuchar esa pregunta. Acude a mi espalda para hacerme toser y evitar que me ahogue. Yo se lo agradezco y pienso rápido otro tema de conversación que no sea hablar de Izan, mi ex.

—¿Mejor? —Asiento.

—Sí, gracias. Pues, si te digo que no recuerdo bien la fecha exacta… No sé, hará por lo menos ocho años.

—¿Llevas ocho años sin novio? —Lo miro con una ceja levantada cuando me hace la pregunta de esa forma tan sobresaltada. Como si no tener novio fuera lo más raro del mundo.

—Desde entonces solo he tenido amigos de una sola noche… Además, ¿quién necesita un novio? Yo por lo menos no. —Y después de Izan me prometí que jamás volvería a querer a nadie que no fuera yo…

—Entiendo… —Sonríe de nuevo—. ¿Me contarás algún día qué te hicieron para no querer a nadie nunca más?

—Puede, pero ahora la verdad es que no me apetece remover una historia que no viene a cuento —termino siendo totalmente sincera.

Ese tema me hace sentir un poco incómoda, me remuevo en mi sitio del sofá y Agus enseguida lo comprende.

—Vale, pues, si pasas palabra, te dejo que me preguntes lo que quieras. —Y esto ya sí parece que se está haciendo un poco más divertido—. Pero espera, voy a por otra…

Mientras tanto pienso qué puedo preguntarle… No tarda en volver y cuando lo hace se sienta un poco más cerca de mí, me pasa otra y luego la choca con la suya a modo de brindis.

—Venga, ya puedes… —Me anima.

—¿Tu última relación? —Me lanzo.

Agus le pega un trago a su botellín frío antes de contestar.

—Vale, esa es fácil. Hace dos meses que corté con mi novia de dos años de relación.

Me quedo muda, hago cuentas mentalmente y es el tiempo exacto que llevamos hablando.

—Vaya, es reciente.

—Ya. —Se encoge de hombros—. La cosa ya estaba apagada desde hacía tiempo por el tema de la distancia y, antes de cometer ninguna tontería y arrepentirme de hacer algo que me pudiesen las ganas, decidí hacer las cosas bien y dejarlo.

—Ummmm, un chico de los que ya no existen. —Y eso me gusta…, pero aún sigo sin fiarme ni de mi sombra—. ¿Y se puede saber cuáles son esas ganas que han hecho que cortes por lo sano con una relación de dos años?

—Pues esas ganas tienen un nombre. —Se hace el silencio—. Julia.

—¿Qué?

—Que tú eres mis ganas.

No le contesto porque no sé qué decirle, pero los temas de conversación empiezan a subir de tono. Nos reímos, nos acercamos cada vez un poco más, seguimos bebiendo y esos roces que hace conscientemente me ponen como una moto. Lo tengo sentado frente a mí y me fijo en la figura de su cuerpo; evidentemente ya me había fijado antes, pero… al estar más cerca y con la plena luz del día se ve todo de una manera más intensa y clara.

—Déjame besarte… —Salta de pronto.

—No —le digo casi en un susurro.

—¿Y se puede saber el motivo? Espero que no sea porque no te guste…

—Me gustas… —Y al decir eso una sonrisa traviesa sale de los labios de mi compañero. Apoya su cabeza en el brazo que tiene en el respaldo del sofá.

—Y entonces… ¿Dónde está el problema? ¿Tiene que haber boda para poder…? —Me río por esa última pregunta.

—En que trabajamos juntos, en que me caes bien, en… —Miro el reloj—. ¡Mierda! Tengo que marcharme… —Me levanto de un salto del sofá y recojo rápidamente mis cosas.

—¿Has quedado?

—Sí, bueno. No exactamente. Es difícil de explicar. —Entonces se me ocurre algo—. ¿Me acompañas?

—¿A tu cita?

—No es prácticamente una cita… ¿Vienes?

Accede sin pensárselo dos veces.

Nos dirigimos al restaurante a pie, le cuento un poco por encima de lo que va todo este rollo y me dice que estoy más loca que una regadera. Y la verdad es que tiene razón, pero todo sea por mi preciosa amiga.

52. VÍCTOR

—Víctor, Ignacio dice que vayas a su despacho. —Sara, mi compañera, me pega las tetas a mi espalda solo para darme el recado.

—Esto ya es acoso, ¿eh? —le suelto con una sonrisa que ella no ve.

—¡Imbécil!

—Sí, sí, yo sé quién tú dices… —Me burlo un poco de su enfado y me voy directo al despacho del señor don Pera para ver qué es lo que quiere ahora.

Toco en su puerta a la espera de que me dé permiso para pasar y lo escucho vocear algo, así que me tomo la libertad de entrar.

—Víctor, este fin de semana tienes que viajar a Barcelona. —Me suelta antes de que me dé tiempo a poner los dos pies dentro de su despacho.

¿Perdona? Mi cara le obliga a explicarme un poco más sus planes.

—Hay unas jornadas de *marketing* en la red y me ha dicho el jefe que quiere a alguien puesto en el tema…

No sé si tomármelo como un cumplido o un sarcasmo porque, viniendo de él, cualquier cosa es de esperar.

—Pero la campaña… ahora mismo está en la fase final y no puedo…

—No te preocupes por eso ahora mismo. Solo serán tres días. El viernes tienes que estar allí y para el lunes estarás de vuelta. Además, tendrás tus compensaciones económicas.

—¿Mañana? —Y al preguntar eso me mira con una ceja arqueada pensando que soy imbécil. Vale, no me quejo porque de nada serviría y, si lo pienso un poco mejor…, tampoco me vendrá nada mal cambiar unos días de aires…

Cuando llego a mi mesa tengo *whatsapp* de esa persona que no quiero nombrar. Me debato unos minutos entre abrirlos o pedirle a alguien que los borre para que no me dé la tentación de leerlos ni siquiera por encima. Pero, al final, termino por echarle huevos al asunto y deslizo para abajo la pantalla de las notificaciones.

«Hola, Víctor… Sé que lo último que te apetece es saber de mí…».

«Pero me gustaría verte y hablar contigo… Por lo menos, déjame que te explique la situación en la que me encuentro».

«Te echo de menos».

Y un nudo se me hace en la garganta cuando leo esto último. No dudo en contestar ni tampoco en mi respuesta.

«Has tenido tiempo de explicarte». *Enviar.*

«No soy un puto muñeco al que puedes follarte cuando te da la gana». *Enviar.*

«Sigue con tu vida, que yo tengo la mía». *Enviar.*

Y este último mensaje me duele, pero aun así lo envío porque quiero dejar de sentirme así de mal.

Preferiría mi vida de antes, en la que la única preocupación que tenía era la de ver dónde la metía, por muy miserable que suene, pero no sentía esa necesidad de estar estudiando cómo me siento a cada minuto de mierda que paso, sin dejar de cuestionarme qué diablos me pasa.

53. CLAUDIA

Estoy tan cansada que me escuecen los ojos de tantas horas que me he pegado sentada frente al ordenador. Sé que gracias a la adrenalina del momento he conseguido adelantar bastante trabajo para mañana; gracias a eso y a las ganas y el empeño que le pongo a mi nuevo puesto.

Después de un día de locos en el trabajo sin faltarle las emociones, aquí me encuentro, en el rascacielos de mi jefe. Para rematar el día. La verdad es que cómo negarme a la proposición de llevarme a casa. Tengo los tobillos hinchados de la poca circulación que corre por mis venas, mi cara da miedo de las bolsas que se han formado debajo de mis ojos y encima, por la hora que era al terminar mi trabajo, tendría que haber ido en taxi, porque el metro a esas horas me da miedo.

Creo que jamás he llegado a ver la ciudad desde este ángulo. Es increíble lo pequeños que se ven los coches y las personas desde aquí. Si miras hacia el cielo, dan ganas de levantar los brazos como si pudieras alcanzarlo. Y encima puedes estar disfrutando de todo esto metida en una piscina climatizada. Madre mía, ¿dónde tengo que firmar para quedarme aquí de por vida…?

¿Y qué me dices de David? Cada vez me tiene más descolocada, no sé lo que pretende con tanta atención por su parte. Me gustaría pensar que todavía hay gente buena en el mundo y que lo único que quiere es cuidar de sus trabajadores o, simplemente, me tiene aprecio por lo patosa que soy y le doy pena. Sí, tiene que ser eso…

No quiero pensar en lo que María y Víctor me han dicho durante la comida. Me han taladrado de tal manera la cabeza que hasta me han hecho creer que le gusto al jefe o, según las palabras textuales de mi amigo: «David quiere follarte hasta enamorarte». No puedo evitar reírme de la conversación tan absurda que he tenido con esos dos pirados. De Víctor me lo espero todo, pero María… Ella no, no puede pensar igual que nuestro amigo.

Empiezo a ponerme nerviosa con la situación y llamo a David para que mejor me lleve a casa, no quiero que pase nada de lo que pueda arrepentirme el resto de mi vida… Ahora que he conseguido llegar hasta aquí en el trabajo, no quiero mandarlo todo al garete por una confusión. Porque, seamos francos, David me mira de esa manera tan intensa que me hace vibrar por dentro y por fuera; evidentemente, todas se sienten así con su presencia… Pero su empeño de querer quedar continuamente conmigo a solas me desconcierta.

Después de lo del ascensor me hizo sentir demasiadas cosas, jamás había notado cómo mi corazón se aceleraba tanto en tan poco tiempo, pensaba que estaba al borde de un ataque cuando esa pequeña caricia rozó con sus dedos mi mano. Me puso el vello de punta en milésimas de segundo…

Esto no puede estar pasando, me prometí que no más guapos en mi vida ni más hombres… No es el momento ni me siento preparada, y menos con él.

Lo vuelvo a llamar, pero no me contesta… Me tomo el atrevimiento de pasar otra vez al interior de la casa y buscarlo. Y lo encuentro ahí, tan concentrado, tan sexy, con el pelo medio despeinado y con el paño de cocina colgado en el hombro. Me encantaría… ¡No! Ni se te ocurra pronunciarlo.

Me acerco a la barra y tomo asiento mientras me doy el lujo de observar cada uno de sus movimientos. Es elegante hasta para preparar la comida, maldita sea. Si se mueve con esta soltura en la cocina no me quiero ni imaginar lo que haría en… ¡No! No vuelvas a imaginarte esas cosas o tu lista de prohibiciones no habrá servido de nada.

Cuando se da cuenta de mi presencia, se asusta porque no me esperaba y yo… no puedo evitar sonreírle y de pronto creo que hasta me he olvidado de nuestros roles. Me ofrece de nuevo mi copa otra vez llena y yo le ayudo a sacar los platos de comida a la terraza.

Después de esa imagen, me ha dado vergüenza pedirle que me llevara a casa.

¿Qué puede pasar?

Comenzamos a hablar sin cesar, bueno, más bien soy yo la que no paro. Se me ha subido el vino y no hay quien me calle… Él me pregunta sobre mi pasado y entonces la vista se me nubla sin darme cuenta. No sé si es por el alcohol o por el tiempo que llevo sin referirlo con nadie y menos en voz alta, pero la situación me invita a hablar y me doy cuenta de que no hay punzada de dolor, ya no me importa contarlo como antes, que era un tema tabú, ahora ya lo puedo ver como lo que es: pasado.

Y ese positivismo que siento desde hace semanas debo agradecérselo a mis chicas y a mi principito, que siempre están para las buenas y las malas.

—Pues mi pasado se puede describir en dos palabras. —David frunce el ceño, pero no deja de sonreír—. Fracaso total. —Y entonces le cambia la expresión y su sonrisa desaparece—. Tranquilo, a estas alturas ya está superado, o eso quiero creer—le digo con media sonrisa y con la lengua un poco trabada por el vino.

A David se le ha desencajado la cara y sé que no se atreve a preguntar, pero entonces yo le hago un resumen de mi destrozada vida.

—Mis padres murieron cuando yo tenía tan solo doce años en un accidente de tráfico, hasta ahí tuve una infancia de lo más feliz. Pero todo cambió a raíz de su muerte… Tuve que irme a vivir al pueblo con mi abuela, mi único familiar. —Y al recordarla, una sonrisa se me dibuja en la cara, un bienestar me invade por dentro y hasta su olor llega a mi recuerdo—. A los quince años casi sufro una violación… Después de lo de mis padres, me encerré en mí misma, no quería conocer a nadie ni relacionarme con gente nueva, pero la buena de mi abuela me decía día tras día que tenía que salir y hacer amigos; entonces por ella y solo por ella intenté sociabilizarme con el mundo. Una chica de mi clase celebraba su cumpleaños en un descampado y asistí. Yo estaba cansada y decidí marcharme sola a casa y entonces… —Un nudo se me hace en la garganta—. Un coche se detuvo y dos hombres, no muy mayores, se bajaron de él… —Me detengo porque no voy a entrar en detalles, pero esa situación pasa por mi mente como una maldita película de terror. Esos recuerdos aún siguen teniendo efecto en mí y me hacen temblar.

David me escucha con atención y yo me bebo la copa de un trago y no espero a que me sirva… Lo hago yo misma. Lleno mi copa y luego hago lo mismo con la suya.

—Tuve mucha suerte, ¿sabes? Pasaba el vecino de mi abuela, un chico poco mayor que yo, con sus amigos y gracias a esos chavales todo quedó en un maldito, asqueroso y mal sabor de boca… Pero, después de eso, el mundo dejó de ser mundo, yo dejé de ser yo e hice lo que más deseaba… —Me detengo un instante—. Borrar todos esos recuerdos, todo ese dolor, la falta de mis padres, quise que ese asco dejara de recorrer mi cuerpo con aquellas imágenes en mi cabeza…, por lo que opté por el suicidio. —Al decir esto, David abre mucho los ojos, y no sé por qué demonios le estoy contando todo esto a él, pero, a lo mejor, si sabe mi pasado, se alejará de mí y me dejará seguir tranquilamente con los demonios que continúan dentro de mí… Eso, por lo menos, funcionó con Óscar.

—Clau… —Esa forma de llamarme me pone en alerta… Me gusta—. No tienes por qué seguir contándome más si no quieres.

—Me has dicho que querías conocer todo de mí, ¿no? Pues esta soy yo, David… —Le dedico una amarga y triste sonrisa—. Una persona traumatizada por un pasado que no me dio opción a elegir, una mujer a la que le han hecho daño en el amor y que está llena de cicatrices por tantos lados que es inmune a disfrutar de la vida.

Se acerca hasta mí, estudiando mi expresión para no dar ningún paso en falso.

—Y después de casi superar toda esa mierda, mi abuela, hace tan solo tres años, se marcha para siempre, por lo que la única familia que me queda son mis tres loquitos amigos. —Sonrío al acordarme de Julia, María y Víctor… Mi familia… Lo único bueno que me queda en mi vida.

54. DAVID

—Te propongo algo… —le digo, llamando así su atención.

Ella me mira con esa cara tan inocente mientras yo le seco las lágrimas que ha contenido hasta el momento y que ya ha dejado salir. El corazón se me encoge al verla tan afectada por sus recuerdos.

La rodeo con mi brazo y la acerco más a mí, protegiéndola de todos esos demonios que la tienen tan asustada. Claudia continúa contándome la historia y entonces… soy yo al que le cuesta mil horrores no llorar. La tengo que abrazar y le digo cosas que jamás antes había dicho porque nunca las había sentido; en cambio, con esta chica es todo tan diferente…

Ella me provocaba cosas que aún no había sacado a la luz porque nadie me lo había hecho sentir. Tenemos una especie de conexión por ese pasado en el que los dos nos hemos tenido que enfrentar desde pequeños al mundo, sin una figura materna, sin alguien que nos aconsejara sobre la vida fuera de casa.

—¿Estás mejor? —le pregunto sin separarme de ella ni un centímetro.

—Me siento un poco más ligera, gracias. —Se incorpora en su silla y se separa un poco de mí—. Venga, cuéntame… ¿Qué es eso que me quieres proponer?

Espero a que beba de su copa y dejo que se recomponga un poco de todo lo que me ha contado. Cuando me aseguro de que está mejor, entonces me acomodo en mi sitio y le sonrío con picardía.

—Verdad, beso o atrevimiento.

—¿Me lo estás diciendo en serio? —Y seguidamente se ríe de su pregunta o de mí, no estoy del todo seguro.

—¿Has jugado alguna vez? —le pregunto mientras le lleno de nuevo la copa y le paso un trozo de queso con mermelada.

—Claro, pero en el instituto. —Y su tono es tan juvenil que me hace gracia y a la vez me dan ganas de comérmela a besos.

—Joder, pues sí que ibais vosotros adelantados por aquellos tiempos. Yo la primera vez que jugué fue el primer año de facultad, en una de esas fiestas entre residencias.

Luego terminé haciendo un trío con las de cuarto curso; evidentemente, eso no se lo digo.

—Venga… ¿Estás preparada? —Claudia asiente con la cabeza, divertida—. Comienzo…

—Eh, eh, eh… Espera un momento, por favor. —Me corta antes de que le haga la primera pregunta del juego poniéndome la palma de su mano en mi boca—. Si no me equivoco, lo primero: para poder jugar deberíamos estar más de dos personas. Lo segundo, si solo estamos tú y yo y tú eres el que primero pregunta… si yo eligiera beso…, solo voy a poder besarte a ti, por lo que el juego tampoco sería válido porque, evidentemente, no hay más opciones para elegir.

Vuelve a beber de su copa, triunfante con su explicación.
¡Qué lista es la jodía!

—Está bien, en la última parte tienes razón, solo podrías besarme a mí… Una pena muy grande, señorita. —Pero antes de que pueda decir nada al respecto me adelanto—. Por lo tanto…, el beso quedará descalificado.

—Ooooohhhhh. —Exagera y luego ríe, entonces es cuando me vuelve a descolocar, porque no sé si lo está diciendo en serio o se está burlando de mis ganas por besarla.

—Bueno…, no pasa nada, el beso entonces continúa —digo confiando al cien por cien en que lo acepta.

—No, no, no… Besos fuera… —afirma risueña.

—Me vas a volver loco… —le digo totalmente en serio, sin segundas ni terceras… porque esta chica me gusta tanto que me va a volver completamente loco.

—Ahora vuelvo —le digo, entrando rápidamente en la casa y enseguida salgo con una botella de tequila y dos vasos de chupitos.

—Pero…, eso es un pedazo de bomba para el cuerpo —me dice echándose las manos a la cabeza, luego desliza sus dedos entre su bonito pelo y, recogiéndoselo en un moño alto y despeinado, me indica con un gesto que ya puedo empezar.

—Esa es la gracia, ¿preparada? —pregunto tomando de nuevo asiento a su lado—. ¿Verdad o atrevimiento? —digo al fin, y me mira de una manera pensativa, pero muy sexy. Tarda unos segundos en contestar y yo me muero de los nervios.

—Atrevimiento… —declara. Y entonces se me ocurren un par de cosas, pero enseguida las descarto porque son demasiado atrevidas y estoy seguro de que se negará.

—Atrévete a darte un baño conmigo en la piscina y seguir jugando dentro del agua.

Al escuchar mi petición abre mucho los ojos, pero acepta con cara de traviesa y eso me sorprende para bien. Se levanta de su silla, se descalza sus tacones, luego coge su copa de vino y comienza a bajar la escalera de la piscina con la ropa puesta.

Me mira sonriendo y triunfante…

—Lo siento, pero no has especificado de qué manera tenía que meterme en la piscina. —Y al decir esto se encoge de hombros y continúa adentrándose hasta mojarse entera.

—Fallo mío, pero no te preocupes, el juego continúa… —le digo guiñándole un ojo, me descalzo rápidamente, cojo la botella de tequila y la copa y también me meto dentro de la piscina notando cómo cada trozo de tela se me va pegando al cuerpo.

—¿Verdad o atrevimiento? —pregunta moviéndose solo por donde hace pie.

—Atrevimiento —manifiesto acercándome poco a poco hacia ella. Se apoya en el borde con sus codos, no deja de mirarme y luego ríe.

—Atrévete a… ¡subirme el sueldo! —Y luego vuelve a reír con ganas—. Disculpa, es una broma. Atrévete a… —No termina la frase porque se muerde el labio con intensidad y entonces yo nado hasta ella sin darle lugar para que se mueva ni un centímetro de donde está.

—No hagas eso, por favor… —le pido sin poder resistirme a acariciarle la cara.

—¿Por qué…? —Y su voz es como un susurro convertido en melodía.

—Porque te hace más irresistible aún…

Mis manos suben despacio hasta su pelo, soltándole así el moño que se acaba de hacer y dejándoselo que caiga por los hombros. Le obligo a soltar su labio con mis dedos y luego los acaricio. Son tan suaves y calientes que ya no puedo soportar más mis ganas de besarlos. Me mojo los míos porque la boca se me seca y un nudo se me hace en la garganta, pero sigo conteniéndome hasta que veo ese brillo en sus ojos que me pide que no me detenga y eso es lo que me impulsa a besarla…

55. MARÍA

En esta época del año las terrazas y los garitos están que se vienen abajo cualquier día de la semana, así que no nos podíamos quejar de ambiente. Después de cenar, nos fuimos a un pub por el cual yo había pasado veinte mil veces y jamás me había dado por entrar. Se le ocurrió a Samuel que podría estar bien, así que esa fue nuestra siguiente parada.

—Bueno, y cuéntame entonces… ¿Dices que estás saliendo con un tal Carlos? —Samuel me habla en el oído porque, si no, es imposible mantener una conversación decente al estar la música tan alta.

—Noooo. Solo te decía que Carlos está muy bueno. —Y luego me río a carcajadas porque parece una conversación de besugos.

—Pero entonces… ¿Quién coño es Carlos?

Me vuelvo a reír porque por lo visto no se ha enterado de la mitad de lo que antes le he contado.

—Mi psicólogooooo —le grito en la cara, risueña, para que me escuche.

—Pero… ¿tú vas al psicólogo? —me pregunta un poco más serio.

—Sí, pero solo porque está muy bueno —digo mofándome de la situación y para no tener que hablar de ese tema.

—Deja de decir eso, que me vas a poner celoso, que hasta a mí me están entrando ganas de conocer a ese tal Carlos. —Y después se ríe mientras se masajea un poco su pelo.

Empieza a sonar la canción de moda que ahora está por todos lados y cuya letra, aunque no se entiende demasiado, es tan pegadiza que te obliga a bailar:

«Vamos a tocar el cielo con las manos. Vamos a olvidar esta noche todo lo malo… Vamos a juntar la noche con el día. Vamos a pegar tu boca con la mía… Imagínate conmigo en la arena… Yo besándote bajo la luna llena…».

Comienzo a cantar al son de Jennifer López, o por lo menos eso intento, mientras subo mi copa y bailo yo sola hasta que Samuel se une a mis bailes con una sonrisa tan picarona que me quita el sentido. Cuando lo veo bailar, me tengo que parar para observar lo bien que se mueve. El ritmo aumenta y con ello mi contoneo de caderas, este me las sujeta y se mueve a mi son. Me río con cada vuelta que me da y luego casi me caigo porque las copas que llevo ya en el cuerpo me empiezan a pasar factura.

Seguimos bailando, Samuel me agarra por la cintura sin dejar de sonreír, luego me hace girar y vuelve a tirar de mí suavemente. Me mueve a su antojo y yo me dejo llevar. No paro de reír porque parezco una muñeca en manos de mi amigo. El cuerpo se me tensa cada vez que una parte de mí le roza. Intento separarme un poco cuando me pega más a él, pero no deja que me aleje, sigue bailando sin parar y a mí me encanta.

Termina la canción y comienza otra y luego otra y nosotros seguimos bailando y las gotas de sudor bajan por mi espalda porque no paramos de movernos. Samuel no deja de darme vueltas hasta que mi cabeza llega a su límite, estoy a punto de caerme del mareo. Me agarro a sus hombros para no caer de boca en el suelo y Samuel me sujeta con fuerza, se preocupa por mí y me pide perdón por hacer el ganso conmigo, y entonces me vuelvo a reír porque sus expresiones me transportan de nuevo a ese pasado que en mi cabeza siempre ha estado presente. A cuando me preguntaba cómo me encontraba y me pedía perdón, como si él fuera el causante de toda esa mierda.

Samuel me retira con suavidad un mechón de la cara y luego me lo pone detrás de la oreja con cariño. Le sonrío y dejo de mirarlo a los ojos para mirarlo a los labios. Me muerdo la lengua para recordarme que no debo lanzarme y morder su boca.

—¿Estás mejor? —me pregunta tan cerca de mi cara que noto cómo su aliento choca en mis labios.

No, no estoy mejor. Me estoy poniendo como una moto y el alcohol no tiene nada que ver en todo esto. Trato de no decirlo en voz alta, aunque me encantaría.

—Sí, sí. Ya se me está pasando el mareo —le contesto con una sonrisa, intentando controlar las vueltas de mi cabeza.

Mi amigo me abraza y es tan reconfortante que me quedo así varios minutos; sin embargo, me retiro porque por mí me quedaría pegada a él toda la noche. Cuando me separo de su cuerpo, me sonríe de una manera tan sexy que me cuesta horrores no lanzarme a su boca. Lo pienso durante un instante, cojo fuerzas y, muy a mi pesar, me mantengo en mi posición.

—¿Te apetece una última copa? —Al preguntarme eso me lo pienso dos veces antes de contestar porque mi cuerpo no va a resistir más alcohol, pero no quiero marcharme todavía a casa, y menos sola.

—Puf, creo que mi cuerpo no va a tolerar ni una gota más de alcohol —manifiesto intentando guardar las distancias entre nosotros.

—Se me ocurre entonces algo que nos puede ir de lujo para relajar el estómago. —Y dicho esto Samuel tira de mi mano y me saca del local sin decir nada más.

Caminamos por la calle en silencio, él me sigue llevando de la mano y andamos a paso ligero.

—La verdad es que un paseíto para que me dé el aire fresco es muy buena idea —afirmo mientras intento pillarle el paso.

No dice nada, me mira y sonríe.

—Ya hemos llegado.

Nos paramos ante un portal, Samuel saca las llaves de su bolsillo y abre la puerta. Me ayuda a subir los escalones y luego me guía hasta el ascensor.

—¿Dónde estamos? —pregunto algo perdida.

—En mi casa. Me mudé hace unas semanas y aquí tengo algo que te puede quitar el mareo. Me lo enseñó un compañero de trabajo. Cuando teníamos conciertos seguidos y queríamos evitar la resaca para el día siguiente, me daba esto y era mano de santo —me explica mientras subimos hasta la tercera planta.

—Yo es que no tomo drogas… —Al escuchar mi comentario Samuel pega una carcajada que retumba en todas las paredes de la estancia.

—¿Quién ha dicho nada de drogarse? —Mi amigo vuelve a reír con ganas. Me guía con su mano en mi cintura para que pase dentro.

—Ponte cómoda, que ahora vuelvo.

Es un piso muy pequeño, por lo que no hace falta que me lo enseñe, ya que está prácticamente todo a la vista.

—Esa puerta de ahí es el baño y esa otra la cocina. —Me señala con la mano—. Si necesitas cualquier cosa, estás en tu casa.

—Gracias, la verdad es que es muy acogedor —digo mirando a mi alrededor.

—No, tranquila, a mí tampoco me gusta, pronto me cambiaré. Tengo otro ya mirado, pero aún no estoy muy convencido. —Se dirige a una esquina del salón que tiene una especie de biombo tras el que termina perdiéndose. Veo que pone la camisa que llevaba puesta encima de este.

—La verdad es que podrías venir conmigo y darme tu opinión. No suelo ser tan indeciso, pero seguro que cuatro ojos ven más que dos. —Me sigue hablando mientras… ¿se desnuda?

Me siento mejor en el sofá para no caerme de boca porque, entre el *peo* que llevo y lo que me estoy imaginando detrás de esas cortinas, me empiezo a encontrar más mareada todavía.

—Pues avísame y te acompaño… —le digo intentando desabrocharme los tacones, que parece como si estuvieran a tres metros de mí. No controlo, así que me siento como si me estuviera cayendo a cámara lenta.

Mi amigo, al verme inclinarme hacia delante, viene corriendo a socorrerme, pero tarde, porque ya he pegado con la nariz en el suelo.

—Uff, qué borrachera llevo —me justifico y, cuando miro hacia Samuel, me lo encuentro solo con los pantalones puestos. Entonces trago con dificultad porque noto cómo la boca no responde y creo que mis ojos se han puesto bizcos, porque este empieza a mirarme de una forma rara.

—Sí, vaya *peo* llevas, pequeña. A ver, siéntate bien y deja de hacer malabares con los tacones. Ya lo hago yo…

Me ayuda a recostarme en su sofá y luego se arrodilla a mi lado para ayudarme a quitar los tacones. Entonces mi mano se va sola hasta su pelo. Samuel no dice nada, pero noto que cierra los ojos y coge aire. Cuando dejo de acariciarle, se relaja y a mí me apetece seguir, pero no quiero hacer nada de lo que después pueda arrepentirme. Ese gesto me demuestra que aún sigue habiendo esa especie de tensión entre nosotros y, saber que no soy la única que la siente, me alivia.

—La semana que viene… ¿podrás acompañarme?

—Claro…, cuenta conmigo —le digo poniéndome algo más cómoda en el sofá.

—Gracias, preciosa. No te muevas, que ahora mismo vuelvo. —Desaparece de mi lado, pero su perfume de Hugo Boss se queda ahí, sentado junto a mí.

Al cabo de unos minutos, Samuel vuelve al salón mientras yo me encuentro luchando contra el sueño.

—Tómate esto y ya verás qué bien te sienta. —Me pasa una taza casi hirviendo. Lo huelo y un poco más y vomito de lo mal que huele. Pongo cara de asco y lo dejo encima de la mesa negándome a tomar ese mejunje.

—Dios santo… ¿Qué quieres, matarme o qué?

Ríe con ganas.

—Venga, no seas rechistona y tómatelo enterito, que te va a sentar de maravilla, confía en mí. —Mi amigo me obliga a bebérmelo casi del tirón.

—Vale, vale, ya puedo yo sola.

El sabor no está tan malo como creía y a los pocos minutos el estómago comienza a relajarse y el sueño empieza a apoderarse de mí poco a poco, sin importarme nada más que poder cerrar, por fin, los ojos.

56. JULIA

Llegamos al restaurante antes de tiempo, compruebo la mesa de la reserva y que la cita a ciegas de mi amiga aún no haya llegado. Todo está correcto.

Me dirijo hacia la barra, directa al camarero, un tal Mario que conocí una noche de las mías y que, por casualidad, me encontré en este restaurante tan mono y no me quedó otra que tomarme un café con él. Gracias a que vi su nombre en la etiqueta de su uniforme pude salir del paso aquel día.

—Buenas. —Me saluda con dos besos. Agus me mira desde la entrada, así que decido no entretenerme mucho más dando explicaciones.

—Tengo una reserva a nombre de Claudia para dos personas.

Lo comprueba en el libro de reservas.

—Mesa doce. Es aquella de allí. —Me señala una de la esquina—. Ya está montada con velas y todo. Como me pediste.

—¡Perfecto! Reservé otra a mi nombre que tuviera visibilidad, pero que no me pudieran ver desde la mesa doce.

Me mira, extrañado.

—Nada, es para una broma que le quiero gastar a una amiga… —le digo intentando disimular mi mentira.

Me sonríe intentando seducirme. La verdad es que aquella noche tuve un gusto exquisito, pero creo que si no repetí por algo sería. Me dice algo a lo que no le presto nada de atención.

—¿Qué me dices entonces, preciosa?

—Perdona, ¿qué me has dicho?

—Que si te apetece una copa un día de estos…

—Pues… es que creo que a mi novio no le haría mucha gracia que quedara con alguien del sexo opuesto, lo siento. —Me encojo de hombros y luego me dirijo hacia Agus, lo cojo de la mano y le doy un suave beso en los labios. Se queda petrificado en el sitio por lo que acabo de hacer y tengo que tirar de él, disimulando su gesto, porque Mario nos mira desde la barra del restaurante.

Nos sentamos en una mesa que tiene unos sillones altos y me alegra, porque eso nos resguardará un poco de la visibilidad de las demás mesas.
Le pedimos al camarero dos copas de vino tinto, este ahora mira a Agus con recelo.

—¿Me puedes explicar a qué ha venido eso? —me pregunta Agus más serio que nunca cuando nos quedamos solos.

—Pues, no sé, le gustarás… —digo mientras hojeo entretenida la carta.

—No, no me refiero a las miradas de asesino que me ha echado, me estoy refiriendo a ese beso que me has dado en la entrada…

—Ahh, eso… Nada… Simplemente… —No sé de qué manera decírselo para no parecer tan absurda—. Pues… que el camarero era un antiguo conocido y quería volver a quedar y…

—Y entonces yo he hecho de novio para salvarte el pellejo —confirma terminando así mi frase.

—¡Exacto! ¿Te apetece pulpo a la gallega? Aquí hacen uno que está buenísimo —intento cambiar de tema dándole la menor importancia a ese beso, pero no funciona.

—Me apetece que no vuelvas a hacer eso. —Al decírmelo en ese tono, levanto la vista del papel y lo veo con su mirada clavada en mí.

—Vaya…, perdona, no sabía que besara tan mal —le digo en plan broma.

—No es eso y lo sabes.

—Vale, perdona, no lo volveré a hacer. Ya te lo he dicho, era para que todo fuera más convincente y así salir del paso… —En este momento llega de nuevo Mario con dos copas vacías y con una botella sin descorchar. Me callo y espero a que se vaya—. Perdona si te ha molestado, ha sido un acto reflejo —me disculpo.

—Pues espero que si yo en otro momento tengo algún acto reflejo de ese tipo no te enfades. —Me mira con los ojos entornados.

Niego con la cabeza y le tiro la servilleta a la cara cuando veo una sonrisa en sus labios.

Miro hacia la puerta y aún no ha llegado nadie, consulto el reloj y todavía quedan veinte minutos para la llegada de mi amiga. En ese tiempo le explico con todo detalle a Agus mi jugada.

—¿Y no crees que tu amiga se enfadará por esa encerrona?

—Es un riesgo que tengo que correr. Hace mil que Claudia no está con nadie y tiene las puertas tan cerradas que temo que se acostumbre a esa vida triste y se le pasen trenes importantes.

—¿Y no has pensado que, a lo mejor, después de esa mala experiencia vivida, no se siente preparada para conocer a alguien o, simplemente, no le apetece?

Pese a que Agus no me esté dando la razón con mi brillante idea y no lo vea desde mi punto de vista, me gusta que hable con tanta propiedad y me exponga su opinión.

—A ver, la cuestión es que yo quiero darle ese empujoncito para que vuelva a abrir sus puertas al amor…

—Y tú… ¿Cuándo te vas a dar esa oportunidad?

Aunque he comprendido perfectamente la pregunta, hago como que no quiero entenderla.

—¡Chist! Ahí entra mi amiga. Agacha, que nos ve —le digo tapándome con la carta la cara, pero sin dejar de vigilar sus movimientos.

¡Qué bien! Se ha puesto el vestido negro que le he dejado preparado encima de su cama. Ummm, no puedo ver los tacones, pero supongo que serán las sandalias de tiras plateadas que he dejado al lado del vestido. Está tan guapa que todos la miran, pero a ella eso se le pasa desapercibido porque le da lo mismo. No le gusta llamar la atención, nunca le ha gustado, pero es tan bonita…

Sonrío al verla sentarse en la mesa número doce.

«Estoy aquí. ¿Y tú…?».

Me llega un *whatsapp* de Clau al segundo de tomar asiento.

«Tardo diez minutos…». Yo mintiendo en toda regla.

«Tardoooonnaaaa». Mi preciosa Claudia se queja, pero veo en su cara que no está del todo molesta. Aún…

«Te quiero, mi niña». Me despido de ella.

«Espero que esto que me has preparado hoy no sea una declaración de amor y ahora de repente te vaya el royo bollo…». Claudia.

Me río al leer su último mensaje, pero ya no le contesto.

57. VÍCTOR

Llego al hotel y me tiro en plancha sobre la cama, miro el programa en mi móvil y tengo la primera conferencia a las siete de la tarde, luego se hace una convivencia de empresas y por último la cena.

—Vaya puto rollo, me podrían haber enviado con alguien… —me quejo porque estoy cabreado.

No me apetecía venir aquí y menos solo para seguir comiéndome la maldita cabeza. Lo que me apetecía era darme una vuelta por Chueca y ver si me encontraba por casualidad a Martina. Ya tenía a las chicas convencidas de salir por ese ambiente después del trabajo, con lo que me había costado, y ahora para nada.

—Sabes que tú en ese barrio solo eres un bollito recién horneado, ¿no? —Julia se rio de mí cuando se lo propuse.

—Pues por eso quiero que vengáis, para guardarme la espalda… —lo dije en broma porque sabía lo que era salir por esa zona y tampoco era tan desfasado como mucha gente creía.

—¿Pero no es más fácil enviarle un *whatsapp*, quedar con ella y hablar de lo que tengáis que hablar? —María, la más sensata de las tres.

—No, porque su ego de macho cae. —Mi hermana ayudó, pero, para qué mentir…, tenía razón, aunque no del todo. Si me arrastraba, nunca conseguiría nada y su interés en mí seguro que se perdía al verme desesperado.

—Yo me apunto. —Cuando escuché a Claudia no pude evitar darle un pico en toda la boca como agradecimiento—. Como vuelvas a hacer eso, vas a ir a Chueca con tu prima. —Le sonreí y le acaricié la rodilla a modo de agradecimiento.

—Pues arreglado, si va Claudia, ya no tenemos que ir las demás, ¿no? —Julia se resistía, pero a cabezota no me ganaba nadie.

—Venga, si no está tan mal… Lo vais a pasar bien, cerradas de mente… —Las traté de convencer y al fin lo conseguí.

Pero para nada sirvió, porque estoy aquí, solo, en Barcelona y en unas putas conferencias que tienen pinta de ser lo más aburrido del mundo.

Me meto en la ducha, tengo tiempo, así que no me lo pienso y me hago una paja, más que nada porque llevo un mes a palo seco y necesito descargar. Visualizo la última vez que lo hicimos en mi cocina… encima de la barra. La puta despedida fue con ropa, pero fue tan intenso que solo de acordarme de cómo la embestía estoy a punto… Sus piernas me envolvían por la cintura y yo la sujetaba con fuerza de los cachetes mientras arremetía una y otra vez contra ella. Martina me mordía el cuello y entonces… lo expulso todo, me corro como hacía tiempo que no me corría.

No es lo mismo, pero relaja y también me doy cuenta de que la sigo echando de menos.

Cuando llego al Palacio de Congresos, lo último que me espero es que el salón esté lleno de aperitivos y bebidas. La gente va vestida con traje y yo me alegro de haberme traído la americana y los mocasines. Parece una jodida boda en vez de una conferencia de *marketing*…

Al final no parece tan mala idea haber venido, no tiene pinta de ser como ese tipo de eventos aburridos en los que no dejan de hablar. Aquí entablas conversaciones con gente de todos los lugares de España. Empiezas a hablar de trabajo, pero con dos copas las conversaciones se van por las ramas.

Cuando termina la conferencia, propongo al gaditano y al murciano con los que he estado prácticamente toda la tarde hablando seguir un rato más por ahí.

—¿Víctor? —Me giro al escuchar mi nombre.

—¿Daniela? —Me río al verla porque no puede ser verdad—. ¿En serio? Esto es una broma, ¿no? —le digo más contento que unas castañuelas por la inesperada sorpresa.

—¿Qué haces aquí? —me pregunta con una sonrisa inmensa en los labios.

—Trabajo… Mi jefe me ha mandado para que aprenda cosas y lo siga haciendo más rico. —Se ríe con mi comentario—. ¿Y tú? No me digas que trabajas también en el Departamento de *Marketing* de alguna empresa, porque voy a empezar a preocuparme por el destino y a tomármelo más en serio.

—No, no… Yo más bien soy organizadora de eventos. Mi empresa se encarga de organizar este tipo de reuniones y ha coincido que precisamente esta me ha tocado supervisarla a mí.

—Pues bendita coincidencia. —Esos ojos azules me están matando con solo mirarme. Sigue siendo tan poquita cosa como en el instituto, pero con las curvas de toda una de mujer. Más bien con un cuerpazo de mujer.

—Oye, ¿por qué no te vienes a tomar algo conmigo y con otros dos que acabo de conocer?

—Tengo que esperar a que finalice todo. —Una pequeña parte de mí se desilusiona al escuchar su respuesta—. Bueno, pero déjame si quieres tu teléfono y, si veo que no acabo muy tarde, te llamo y me uno a la fiesta.

Y eso me hace sentir como si un ángel hubiera caído del cielo en ese mismo instante.

58. DAVID

Y entonces, sin poder remediarlo, peco como el buen pecador que siempre he sido. Iré al infierno por haberlo hecho, pero iré sintiéndome completo.

Ese beso me lleva a un éxtasis que me impide parar, por lo que continúo saboreando su boca con mi lengua. No puede saber tan bien, esto es pecado y yo me siento dueño de ello. Me da igual ser el mismo demonio que la va a guiar por el camino del infierno, pero ya no aguantaba más, eran mis ganas las que ya no podía controlar.

Me he prohibido tantas veces esta delicia que al final no he podido resistirme a estos labios… Lo siento. Lo siento por haberlo hecho, pero es más fuerte mi deseo que mi conciencia.

Sé que no soy bueno para ella, que todo lo que ve en mí es una simple fachada, que mi mente es perversa y está deseosa de hacerle de todo, y ella, precisamente ella, no merece algo así.

Claudia necesita a un hombre que la sepa tratar como a una reina y yo, en cambio, solo la llevaré por el único camino que he conocido; el de ir a lo mío.

Pero… es tan arrebatadora que necesito su luz. Necesito que sea ella la que me guíe por el buen camino.

He intentado cambiar, dejar atrás todo ese mundo que me absorbía… No quiero arrastrarla conmigo, quiero que sea ella la que me saque de todo ese círculo vicioso.

La sigo besando, no puedo desistir de toda ella. Quiero hacerle el amor, pero, después de lo que me ha contado, tengo que parar o la lastimaré y es lo último que quiero. Claudia precisa amor y yo no sé si voy a saber dárselo.

—¿Estás bien? —le pregunto en un susurro al ver que sus labios paran de besarme.

Me separo un poco de su rostro para estudiar su expresión, y de pronto el miedo se apodera de mí al ver su cara asustada. Quiero abrazarla y decirle que todo está bien, quiero protegerla de su pasado y susurrarle que se tranquilice, que yo estoy aquí para todo lo que necesite. Que me tiene a su merced.

—Sí, me siento un poco mareada, pero estoy bien —me contesta intentando disimular su aturdimiento. Cierra los ojos y se muerde el labio de abajo, y ese gesto hace que mi deseo no deje de crecer—. Me gustaría que me llevaras a casa. —Me pide al cabo de unos segundos.

Sale de la piscina en silencio y su ropa se le queda pegada a su bonita figura, haciendo así que se le marquen todas y cada una de sus curvas. No puedo evitar quedarme atónito con lo que veo, pero, aun así, me obligo a reaccionar, no quiero que se sienta abrumada por culpa de mi comportamiento.

Enseguida voy a por ropa seca para los dos. Cuando ve lo que le he traído se ríe y esa risa me sabe a paz. Me gusta y quiero más.

Está temblando por el frío y me gustaría volver a abrazarla con toda nuestra ropa mojada y sentirla de nuevo… Me contengo y se escabulle para cambiarse. Aprovecho su ausencia para ponerme también algo seco y, al volver y verla con mi ropa deportiva puesta, me quedo mirándola de arriba abajo por lo sexy que le queda. Me aguanto la risa al ver su cara, pero no puedo evitar sonreírle por lo guapa y pequeña que parece.

En el coche nos mantenemos en silencio, quiero decirle tantas cosas que no sé por dónde empezar. Me gustaría explicarle lo que ha ocurrido en la piscina. Lo último que quiero que piense es que ella es una más y que esto ha sido por culpa del alcohol. La miro de vez en cuando, pero ella observa atenta la carretera por la ventanilla y yo… no sé cómo puedo decirle que lo que ha pasado ha sido algo tan mágico como su mirada.

Cuando llegamos a su casa, detengo el coche y la música sigue sonando de fondo. Hace el amago de bajar, pero la detengo.

—Claudia, espera… —Y, al escuchar impacientemente su nombre, se gira despacio y me mira—. Con respecto a lo de antes…

—No te preocupes, David. Es lo que tiene el tequila. —Me corta y no, no era lo que quería decirle… Quiero explicarle lo que ha pasado, así que la cojo de la mano y entonces siento cómo su piel, al igual que la mía, se estremece.

—No, no ha sido el tequila… Yo… llevaba tiempo con ganas de… —No me deja acabar y entiendo que tenga miedo, porque yo también lo tengo, pero entre los dos podremos con nuestras inseguridades. Quiero hacérselo ver.

—No, David… No sigas por ahí. Te confundes si piensas que yo soy como el resto de la gente. No soy normal, porque no he tenido una vida normal. Yo camino sobre plomo porque a la más mínima mi mundo se puede derrumbar y con ello arrastro a todos los que me quieren. —Me tenso al escuchar sus palabras sinceras. Acaba de decirme que no quiere nada conmigo porque teme que le haga daño y yo… sería incapaz de dañar algo tan puro como ella—. Yo no soy como las demás, con las que puedes pasar un buen rato y ya está, porque eso supondría destrozarme un poco más. Nunca lo he hecho y jamás lo haré. Lo siento. —Y, dicho esto, baja del coche y corre hasta su portal sin dejar que le pueda decir nada más. Pero qué equivocada está si piensa que yo solo quiero llevarla a mi cama… Sí, ya sé que mi reputación no ayuda, pero necesito que, por lo menos, me escuche.

—¡Clau! ¡Espera! ¡Claudia! —grito su nombre desesperadamente mientras me bajo del coche a toda prisa, la sigo hasta que consigo detenerla, antes de que se encierre—. Te equivocas si piensas que lo que quiero es pasar un rato contigo. —Nuestras miradas son fuego en pleno Polo Norte.

—Adiós, David —me dice sin más y yo me quedo allí plantado como un imbécil mirando cómo se aleja de mí.

Y, si yo fuera ella, también lo haría, también me alejaría de esta fachada que cada día represento. Cuando no soy más que un vividor que nunca ha pensado en nada ni en nadie.

59. CLAUDIA

Ese beso me pilla por sorpresa.

Mentiría si dijera que no lo deseaba… Quería que lo hiciera, necesitaba rozar esos labios porque el cuerpo me quema cada vez que estoy frente a él, cada vez que esos ojos me miran como si quisieran desnudarme el alma.

Porque, al fin y al cabo, siempre consigue que mi cuerpo se paralice y sea vulnerable en todos los sentidos posibles. Es capaz de abrirme en canal y sacar ese deseo que cada vez me cuesta más sujetar.

Me siento tan expuesta que me dejo llevar, me dejo embaucar por esa lengua, por su sabor, su olor, su tacto… Mis cinco sentidos están concentrados en ese beso, en esos labios, en ese cuerpo.

Sus labios exigen, envuelven los míos con la intensidad justa para no hacerme desmayar de placer. Su lengua indaga dentro de mi boca buscando la mía… Y yo… me dejo, tengo que hacerlo… Me pierdo dentro de él y también lo hago dentro de mí. Cada uno de mis poros, de mi vello, de mi piel, de mí yo… le pertenece durante el corto período de tiempo que dura ese delicioso e intenso beso.

—¿Estás bien? —Ese susurro en forma de pregunta está de más… Se retira un poco de mí para inspeccionar mi cara y, si no llega a ser porque me mantengo a flote en el agua, me caería redonda al suelo.

—Sí, la verdad es que estoy un poco mareada, pero estoy bien. —Como para no estarlo.

Intento disimular mi aturdimiento, cierro los ojos y me muerdo los labios para terminar de saborear ese dulce beso que me ha sabido a poco y ha conseguido hacer de esta situación increíble algo real.

—Me gustaría que me llevaras a casa —digo al fin.

Una sensación extraña se apodera de mí. Me siento insegura y de pronto un azote de realidad me pega de pleno en la cara.

Siento miedo y angustia, porque era exactamente esto lo que no quería que pasara. Las palabras de Víctor me vienen a la cabeza y en estos momentos me cabrea que tuviera razón. No quiero ser una más en su lista. Ni quiero ser una desquiciada enamorada como Beatriz, suplicando que me dé una miguita de pan mientras veo cómo seduce a otra. Porque sí, yo también me di cuenta ese viernes en el que salí con mis compañeros. Beatriz parecía una mendiga pidiendo limosna. Y, si de algo estoy segura, es de que eso no lo quiero. Y aún estoy a tiempo de pararlo.

Me niego a enamorarme de alguien así. Tampoco quiero que mi puesto corra peligro, ahora no, ahora que casi he alcanzado la cima en mi trabajo no quiero estropearlo con algo que estoy segura de que no llegará a nada. Y tampoco me puedo permitir convertirme en cenizas si algo sale mal, porque otra decepción en mi vida… No sé cómo saldría adelante y menos qué sería de mí.

Salgo de la piscina en silencio dejando atrás la mirada penetrante de David. Cuando estoy fuera, hago el intento de escurrirme la ropa, pero todo es en balde porque estoy calada hasta los huesos.

—Espera, que te traigo algo seco.

Se acerca a mí y me coge del brazo de un modo suave y cariñoso, pero yo me retiro un poco de él, aunque lo que me apetezca sea todo lo contrario. David se me queda mirando, debatiendo si volver a acercarse o dejarlo estar, y yo le aparto la mirada porque estoy tan vulnerable y excitada que no quiero arrepentirme toda la vida de mis actos.

Al fin desaparece en el interior de la casa y yo… me lamento, me toco los labios, que aún siguen estando hinchados por ese beso que me ha sabido a muchas cosas.

—Toma, ponte esto. —No tarda en aparecer de nuevo a mi lado. Me tiende una toalla y una muda de ropa.

—¿Y esto? —No puedo evitar reírme a carcajadas—. Me va a quedar enorme.

—Lo siento, pero es ese chándal o un traje… Lo que prefieras —me dice volviendo a acercarse a mí sigilosamente, pero, con la excusa de cambiarme, me escabullo.

Cuando salgo con su ropa puesta, se aguanta una carcajada que le cuesta trabajo contener.

—Ni se te ocurra burlarte de mí —le espeto amenazándolo con el dedo. David me mira de abajo arriba y me sonríe de una manera que me hace sentir la persona más bella del mundo.

—Aun pareciendo rapera estás preciosa.

Nuestras miradas vuelven a encontrarse, pero no digo nada y él tampoco aporta nada más a la conversación.

En el coche se hace un silencio envuelto por una música suave de fondo, cosa que agradezco, porque no me apetece hablar de nada y menos de lo ocurrido. David no aparta la mirada de la carretera, pero noto cómo de vez en cuando la desvía hacia mí, que llevo la vista perdida al frente temiendo que me saque el tema de lo que ha pasado hace unos minutos.

Aún me cuesta trabajo encontrarle una explicación a todo lo que ha pasado.

Cuando llegamos a casa, para el coche y la música sigue sonando de fondo… Hago el amago de bajar de él.

—Claudia, espera… —Y al escuchar mi nombre me giro despacio para mirarlo—. Con respecto a lo de antes…

—No te preocupes, David. Es lo que tiene el tequila —le digo quitándole toda la importancia del mundo. Me sonríe de lado y me coge la mano y entonces yo me quedo congelada en mi sito sin poder mover ni una pestaña.

—No, no ha sido el tequila… Yo… llevaba tiempo con ganas de… —Y no lo dejo acabar, sé que cuando se lo cuente a María y a Julia me van a matar por estropear este momento de cuento, y que Víctor me va a repetir mil veces que tenía razón. Pero el problema está en que en el mundo real los cuentos felices no existen.

—No, David… No sigas por ahí. Te confundes si piensas que yo soy como el resto de la gente. No soy normal porque no he tenido una vida normal. Yo camino sobre plomo porque a la más mínima mi mundo se puede derrumbar y con ello arrastro a todos los que me quieren.

Su expresión es tan intensa que me dan ganas de cerrar la boca para siempre, olvidarme de mi pasado y dejarme llevar por una vez en mi vida. Pero no puedo, porque eso implicaría arriesgarme demasiado.

—Yo no soy como las demás, con las que puedes echar un buen rato y ya está, porque eso supondría destrozarme un poco más. Nunca lo he hecho y jamás lo haré. Lo siento.

Y, dicho esto, bajo del coche y corro hasta mi portal sin dejar que se explique. Porque así es, jamás me he dejado llevar por mis emociones ni por un calentón. No he pasado una única noche con alguien a quien no conozco, por miedo a que me rompan en mil pedazos, y esta vez tampoco va a ser una excepción.

—¡Clau! ¡Espera! ¡Claudia! —El sonido de mi nombre se aproxima cada vez más a mí, impidiéndome abrir la puerta por los nervios—. Te equivocas si piensas que lo que quiero es pasar el rato contigo. —Nuestras miradas son fuego en pleno Polo Norte.

—Adiós, David —le digo sin más…

Subo corriendo las escaleras, dejo el ascensor a un lado y corro hasta mi piso. Entro como si alguien me estuviera persiguiendo y me detengo cerrando la puerta tras de mí, sintiéndome, al fin, a salvo. El corazón lo tengo tan acelerado que parece como si se me fuera a salir del pecho. Me siento como si estuviera a punto de dejar que pase algo bonito, pero, antes de que me vuelvan a marcar con una cicatriz nueva, prefiero… no arriesgar.

—¡Holaaaaa, cariño! —Julia me grita desde el interior de la casa y su voz me reconforta, pero ahora no me apetece hablar con nadie, así que me meto en mi habitación y entro en la cama sin ni siquiera quitarme su ropa. Me abrazo a la almohada con todas mis fuerzas y me hundo en mi propio mar de lágrimas, acompañada de su maldito olor que está incrustado en su chándal.

Lloro por lo que ese beso me ha provocado aquí dentro, en el pecho. Por esa coraza que no me deja ser yo, por lo que en un día me obligaron a convertirme, en alguien frío y distante, porque me da miedo que me hagan sentir, miedo a que me partan en dos y que, entonces, algún día deje de existir.

Con Óscar tampoco me dejé llevar, no pude. Él me prometió la luna y las estrellas, yo confié en sus palabras y él me falló y entonces me prometí que nunca más. Cuando me abrí a él y le conté mis miedos, me dijo que me entendía perfectamente, que iríamos despacio, pero nada fue así… No me esperó, no tuvo paciencia, él lo quería ya y, como yo no se lo pude dar, se marchó de la manera más miserable posible.

—Clau… —Tocan en mi puerta, es Julia, pero no contesto—. Amiga… ¿Estás dormida?

Me mantengo en silencio.

—¿Puedo pasar…? —Ella insiste, pero yo sigo sin decir

nada. Julia como siempre hace oídos sordos y se cuela en el interior de mi dormitorio. No me giro para mirarla y, cuando me ve como tantas otras veces me ha visto, corre hacia mí y me abraza.

—Mi niña, ¿qué te han hecho…?

Me abraza con fuerza y yo se lo agradezco… porque lo necesito. Necesito a mi amiga conmigo, necesito el único hogar que tengo.

60. MARÍA

Abro los ojos y, ¡Diossss!, un inmenso dolor de cabeza me obliga a cerrarlos de nuevo. Me llevo las dos manos a la cabeza como si eso consiguiera aliviarme un poco. Después de unos minutos me noto un poco más tranquila y me atrevo a abrirlos de nuevo. Veo que donde estoy tumbada no es mi cama, ni siquiera mi sofá, y entonces me doy cuenta de que no estoy en mi piso. Me incorporo un poco y me percato de que donde me he quedado dormida ha sido encima de las piernas de Samuel. Uff, y se me ha caído hasta la baba encima de sus pantalones… Qué romántico todo.

Lo miro durante unos segundos mientras duerme y me muero de ganas de despertarlo a besos.

—¡Mierda! ¡Mierda! ¡Mierda! —Miro la hora en el móvil—. ¡Llego tarde! ¡Joderrr!

Me incorporo rápidamente, me pongo los tacones sin abrochar, corro por el salón en busca de mi bolso y hostia tremenda que me doy contra el suelo porque me he pisado la tira de uno de los tacones. Samuel se despierta con el estruendo que me he marcado y se frota los ojos, me mira y me ve tirada en el suelo.

Frunce el ceño.

—¿Qué haces en el suelo? —me pregunta con una cara de circunstancias que no puede con ella, pero más mono que todas las cosas.

—Buscando hormigas… ¿A ti qué te parece? —le digo mientras me incorporo poco a poco hasta sentarme para abrocharme los malditos tacones.

—¿Te has hecho daño? —Se levanta a ayudarme.

—No, tranquilo, estoy bien. Pero menuda hostia que me he dado.

—¿Te duele? La tienes roja… —Roza con sus dedos mi rodilla, que está cambiando de color, y un tremendo escalofrío recorre toda mi espalda.

—Eso no es nada. Me tengo que ir, que hoy voy a llegar supertarde al trabajo.

Me levanto rápidamente del suelo, pero un pinchazo insoportable me sube por el pie recorriendo la pierna entera y al apoyar el tobillo me duele hasta el punto de no poder mantener el equilibrio.

—¡Auuuh! —me quejo.

—Déjame que te ayude. Espera. —Mi amigo me auxilia hasta sentarme de nuevo en el sofá, me pone el pie en alto y lo apoya en la mesa mientras lo inspecciona como un auténtico médico—. Voy a por hielo, no te muevas, porque en cuestión de unos minutos ese tobillo dejará de ser tobillo.

Le insisto que no hace falta, que tengo que ir a mi piso para arreglarme y luego correr derechita al trabajo.

—Llama ahora mismo y di que has tenido un accidente, así no te pienso dejar marchar —me grita desde la cocina.

Suspiro… y maldigo por la caída tan estúpida que he tenido. Odio faltar al trabajo.

—No te preocupes, porque faltes un día al trabajo tampoco se va acabar el mundo. —Mi amigo, al verme la cara de preocupación, intenta consolarme.

Se sienta a mi lado y me pone la bolsa de hielo en la parte dolorida.

—Muchas gracias por todo —le digo mientras miro cómo me sujeta la bolsa de hielo—. ¿Tú no tienes que ir a trabajar? —le pregunto al verlo con esa tranquilidad.

—Yo trabajo esta semana desde casa.

—Ahhh, qué guay. Ya me gustaría a mí. —Y Samuel me sonríe de una forma tan tierna que me hace cosquillas ahí abajo.

Llamo al señor don Pera y le cuento todo lo que me ha pasado, claro está que tengo que adornarlo de una manera que parezca más real y que no haya sido por culpa de las prisas y la resaca. Me extraña con la amabilidad que me trata y se despide de mí diciéndome que me mejore y que no me preocupe por nada, que se las arreglarán.

«¿Y a este qué mosca le habrá picado?».

Suspiro cuando cuelgo mi móvil. Pero por lo menos me encuentro algo más tranquila.

—¿Quieres que te lleve al médico?

—No, no. Esto seguro que se me pasará en un rato. Lo que necesitaría sería ir a mi piso y pegarme una ducha, porque huelo a perro mojado. —Hago el amago de levantarme, pero Samuel me lo impide.

—De eso nada. Tú te quedas aquí. Hasta que no se te baje más la hinchazón no te mueves de este sofá. —Voy a decir algo, pero me corta—. No hay peros que valgan, si quieres una ducha, tendrá que ser aquí.

Lo miro con una ceja levantada y me cruzo los brazos.

—Como comprenderás, no suelo llevar una muda de ropa limpia en el bolso.

—Por eso no te preocupes, yo te presto. Tampoco sería la primera vez que te pones mi ropa.

—Esa vez no cuenta… Además, que solo me dejaste una sudadera por el frío, no una muda completa.

Y me vienen a la mente las vacaciones en Ibiza. La primera noche que llegamos a la isla nos quedamos todos para ver el amanecer en aquella maravillosa playa de agua cristalina. Hacía un frío que me castañeaban hasta los dientes, la toalla echada por los hombros apenas me tapaba de esa brisa fría que corría al lado del mar, y entonces mi amigo se quitó su sudadera para echármela por los hombros y para entrar en calor me abrazó hasta ver ese magnífico amanecer… Ese gesto me hizo disfrutar infinitamente, pero jamás se lo llegué a decir.

Samuel me coge en sus brazos y yo mientras tanto pataleo para que me suelte, porque no sé lo que va a hacer conmigo, pero hasta que no llegamos al baño no me deja con cuidado en el suelo. Luego coge una toalla limpia del único armario que hay y me dice que espere ahí sin moverme. A los pocos minutos aparece de nuevo con ropa limpia, pero de hombre. Miro, prenda por prenda…

—¿En serio pretendes que me vista de ti? —le pregunto mirando cada una de las prendas que me ha dado, pero necesito una ducha urgentemente, así que por el momento me vale.

—¿Puedes sola o prefieres que te ayude?

—¿Me lo estás preguntando en serio?

Este asiente.

—Joder, no seas tan mal pensada, que no me voy a aprovechar de una pobre inválida. —Se acerca un poco más a mí y eso me pone muy nerviosa—. Si me necesitas, llámame. ¿Vale?

—¿Para que me frotes la espalda? —le digo provocándolo, pero solo un poquito.

—Por ejemplo…

—Creo que de momento podré… —le digo rozando su nariz con la mía, no sé por qué lo he hecho, pero estaba tan cerca que me ha salido del alma.

Ese gesto me lo solía hacer para despedirse de mí… y el pasado vuelve a llamar de nuevo a nuestra puerta.

Samuel me sonríe de una manera diferente, le brillan los ojos y su mirada es un poco más intensa de lo normal. No digo nada, me mantengo en silencio a la espera de algo que llevo tiempo esperando, pero que no llega, y eso me frustra cuando se aleja de mí y cierra la puerta a su espalda. Entonces me quedo ahí, plantada, en mitad de ese pequeño baño, preguntándome por qué no lo habrá hecho…

61. JULIA

Una vez que me aseguro de que la cita a ciegas marcha a las mil maravillas y está todo en orden, que Iván ha llegado y que es más guapo que en fotos dato importante, puedo respirar tranquila.

Claudia, aunque se haya visto en un principio incomodada y alterada, ahora parece que está disfrutando del momento. Estoy segura de que esto me costará una discusión con mi pequeña, pero merece la pena correr ese riesgo.

Ahora ella sonríe y yo soy feliz. Se ve que mi acompañante me lo nota en la cara, porque rompe el silencio.

—En verdad es bonito lo que estás haciendo por tu amiga.

—Lo sé, aunque el mundo esté en contra de mis actos.

—¿Una última copa? —me propone este, sacando su tarjeta de crédito.

—De eso nada, caballero de la Edad Media, a esta cena invita esta servidora. Y una última no…, que sean unas cuantas, por favor. Tenemos que celebrar que mi plan ha salido a la perfección. —Le guiño y llamo al camarero para pagar.

Nos levantamos de la mesa con cuidado y rápidamente trazo un plan para salir del restaurante sin ser vistos.

—Vayamos al primer pub que nos encontremos por el camino —le propongo a Agus y este me ofrece su brazo con una sonrisa para que me coja a él.

—Soy un caballero, tú misma lo has dicho. —Y espurreo de la risa por su gesto exagerado de galán de telenovela, pero aun así me cojo de su brazo.

En la entrada del local nos encontramos con un grupo de chavales que me cortan el paso en plan de broma, pero que terminan poniéndome de los nervios al ver que no me dejan pasar. Resoplo y luego suelto una bocanada de aire y, aunque parezca imposible, controlo los impulsos de llamarlos «imbéciles neandertales, pedazo de cazurros sin mentalidad».

—Vaya, los porteros de los locales cada vez son más cortitos, ¿no? —digo para mí con ironía, pero terminan dejándonos pasar porque creo que no me han escuchado.

—Qué mala memoria tienes, Julia… —Escucho a mi espalda; cuando me giro, uno de los del grupo se dirige hacia mí, miro a Agus y está atento a la situación, sin perder detalle—. Que rápido se te olvidan los buenos ratos que hemos pasado.

Ni siquiera le contesto…, pongo los ojos en blanco y cojo a Agus de la mano antes de que se líe, porque sí, sé a qué ha venido eso. Lo arrastro conmigo hasta la barra y nos sentamos en unos taburetes.

—¿Qué te apetece? —le pregunto cerca de su oído para que me escuche. Me tengo que apoyar en sus rodillas para sujetarme porque las personas que nos rodean parecen animales en vez de criaturas humanas y no dejan de empujar. Este mira en dirección a mis manos y luego me contesta secamente… No sabía que mi contacto le gustara tan poco. Cosa que termina confundiéndome.

Le grito al chaval que está detrás de la barra que me ponga dos Beefeater con limón. Cuando el camarero se gira hacia mí, me suena tanto la cara que rezo para que no me reconozca. De este sí que me acuerdo, aunque no del nombre, para variar. Fue el último chico que ha entrado en mi cama, sí, ese que después quería un cine.

Rezo en balde porque en el momento en que me mira una sonrisa se dibuja en su cara… Le devuelvo el saludo solo por simple cortesía, pero él, en vez de ponerme las copas, se apoya en la barra e intenta sacarme conversación. Miro de reojo a Agus y lo veo con el entrecejo fruncido. ¡Mierda! Empiezo a ponerme nerviosa. Nunca me ha importado lo que piense la gente de mí, pero esta vez es raro y lo que se le esté pasando a Agus por la cabeza me preocupa.

—Aún estoy esperando una llamada, preciosa.

—Bueno, si te digo que soy un desastre y he perdido el móvil… —Salgo del paso lo mejor que puedo e intento cortarle educadamente hasta que consigo que me ponga las malditas copas.

—Luego nos vemos, guapa. —Y termina despidiéndose de mí con un guiño. No sé por qué no volví a quedar con él con lo bueno que está… Ah, sí, porque nunca repito y porque escapo de todo lo que tenga que ver con la palabra «relación».

—Parece que tienes amigos especiales por todos lados. —Es lo primero que Agus suelta después de mucho rato en silencio. Pillo la indirecta.

—Bueno…, a eso no creo que se le pueda llamar amigo… y menos especial —le corto.

—¿*Follamigo*, entonces? —Y el tono de Agus comienza a ser un poco áspero para mi gusto.

—¿Se puede saber qué demonios te pasa? —Más que una pregunta es un reproche por esa actitud suya y me dejo los rodeos para los toreros. Jamás nadie me ha cuestionado mi vida como para que venga ahora el que ni siquiera es mi novio a pedir explicaciones de un pasado que a nadie le debe importar.

—Nada, solo que… desde que hemos puesto un pie fuera de mi piso no han dejado de…

—¿De…? —le digo cruzada de brazos. Porque que yo sepa solo me han saludado. Vale, sí, también se han insinuado, pero ese no es mi problema.

—No, nada… Lo siento, es… Nada. No es nada.

—No, dímelo y no te quedes con las ganas, porque hasta ahora me estás recordando al típico numerito de un novio celoso.

—¿Perdón…? No es de mi incumbencia a quien metas o dejes de meter en tu cama. Tampoco estamos juntos y la verdad es que lo veo cada vez más difícil.

Un cubo de hielo acaba de caerme por encima de la cabeza.

Esta situación me sobrepasa, dejo la copa medio llena en la barra de mala manera y cojo mi bolso de la silla.

—Espera, no te vayas… —Me detiene agarrándome de la mano.

—Creo que no ha sido muy buena idea lo de «la última copa». Adiós, Agus…

Me deja marchar y yo llevo un cabreo de mil demonios sin saber exactamente a qué ha venido todo eso.

¿Qué ve difícil? ¿Que alguna vez estemos juntos? ¡Será gilipollas!

No doy crédito a lo que mis oídos acaban de escuchar.

62. VÍCTOR

Daniela no me llama en toda la noche. Hasta mis dos nuevos amigos se marchan a dormir… y yo me quedo para una copa más, esperando la llamada que nunca llega.

Hubiese estado bien habernos puesto al día. Voy pensando en Daniela de camino al hotel. En su mirada, en ese color que ya casi tenía olvidado por todos los años que han pasado sin volver a verlos.

—Qué guapa está… ¿Tendrá novio? Seguro que sí. Un bellezón así no puede estar sola en este mundo.

El sonido de mi móvil me saca de mis pensamientos.

«Perdona, ahora mismo acabo de terminar… Seguro que ya estarás en el quinto sueño, pero, si quieres, mañana podríamos tomar algo después de la conferencia de la tarde. Si aún te sigue apeteciendo».

No tardo en contestarle.

«Tranquila, yo no soy de dormir mucho…» «¿Estás muy cansada?».

«Ja, ja, ja, no siento los pies, pero una copa antes de dormir será como medicina santa…».

«Dime dónde». No me lo pienso antes de contestar y me da igual parecer desesperado, pero estas oportunidades no se deben desaprovechar.

«En mi habitación… Necesito quitarme estos malditos tacones».

Su mensaje hace que se me ilumine la cara; no por haberme invitado a su habitación, sino por su compañía, por querer verme a la una de la madrugada.

Me pasa su ubicación y quedamos en el hotel donde está hospedada. Me pillo un taxi y tardo unos quince minutos en llegar a mi nuevo destino.

Llego a la habitación doscientos catorce, antes de tocar saco mi móvil y me miro en el reflejo de la pantalla.

—Bueno…, puedo tener un pase —me digo a mí mismo poniendo varias caras.

Toco y espero…, pero nadie abre. Vuelvo a tocar un poco más fuerte y entonces una voz se escucha en el interior.

Cuando la puerta se abre, una chica descalza, desmaquillada, con un moño de color dorado y desordenado aparece detrás. Y esa imagen desaliñada es la figura más sexy y a la vez dulce que han visto mis ojos en mucho tiempo.

—Pasa… —Me invita con una sonrisa que me hace sentir de nuevo esas cosquillas a las que no quiero prestar demasiada atención por lo que pueda pasar.

Me conduce hasta la terraza, donde el aire fresco de la noche nos azota la cara, pero aun así es de agradecer.

—¿Qué bebes? —me pregunta con el teléfono inalámbrico de la habitación en la mano.

—Un Martini, por favor.

—Que sean dos.

El servicio de habitaciones no tarda en llamar a la puerta. Nos miramos en silencio y el tiempo se detiene con la mirada perdida en sus pupilas. Vuelven a llamar a la puerta.

—A este hotel le está faltando un pequeño detalle… —digo mientras me dirijo a la puerta.

—Un mando a distancia que abra la puerta, ¿no? —Y me río porque es como si me hubiese leído el pensamiento. Cojo las bebidas y le doy una propina al trabajador.

Daniela ha puesto los pies encima de mi silla.

—No los quites. —Me mira extrañada sin saber aún a lo que me estoy refiriendo—. Los pies, no los quites. —Le paso su copa y le pido que sujete la mía. Me agacho, le cojo las piernas, me siento en la silla y luego las coloco encima de mi regazo—. ¡Listo! —le digo. Me mira perpleja, y luego se ríe a carcajadas y yo me quedo absorto con ese sonido—. Bueno, ahora cuéntame qué ha sido de ti todos estos años.

Dani se recuesta en su silla, poniéndose un poco más cómoda, y me mira con una sonrisa.

—Pues mi vida ha sido y es de lo más normal… No hay para escribir un libro ni nada parecido… Lo siento. —Me cuenta que después de irse para Barcelona cambió como cuatro veces de ciudad por el trabajo de su madre, hasta que se marchó a la universidad y, por fin, se independizó.

—¿Tienes novio? —le pregunto directamente sin andarme con rodeos porque no quiero volver a meter la pata con ese tema.

—Lo tuve… —Y al decir eso se queda pensando unos minutos—. Pero todo acabó cuando decidí ir a trabajar a Madrid, eso no entraba en sus planes y por lo visto yo tampoco desde hacía tiempo.

—¿Qué imbécil decide algo así? —Daniela se encoge de hombros y su mirada se apaga un poco.

—Por lo visto… —Se masajea la frente—. Yo era su segundo plato. El muy cabrón tenía una doble vida… —suspira.

—No me digas que… ¿mujer e hijos? —Ella suspira de nuevo y yo me quedo atónito por la coincidencia de nuestra situación.

—¡Joder! ¿Dónde te has metido todos estos años? —Y lo digo tan bajito que creo que solo lo he escuchado yo. Le acaricio los tobillos y noto cómo su piel se estremece.

—¿Y tú…? —me dice mojándose el labio de abajo después de haberle pegado un trago a su copa, y ese gesto inconsciente me resulta tan sexy que si estuviera más cerca se lo hubiese acariciado para comprobar lo húmedo que lo ha dejado.

—Después del accidente, todo cambió. Dejé ese mundo por el que me movía. Gracias a mi hermana sobreviví a mí mismo.

—Pues cuando me presentes a tu hermana le daré las gracias… —Y ese comentario me hace sonreír como un tonto.

—¿Por qué…?

—Por convertirte en el hombre que tengo enfrente. —Y su mirada me recorre todo.

—No sabes nada de mí… —le digo.

—Ni tú de mí… —me contesta y noto que ella también ha tenido su propio pasado.

—Pues brindemos por lo que somos ahora y hemos dejado atrás… —Nuestras copas chocan.

Nos quedamos un rato más en la terraza disfrutando de la noche que cae sobre nosotros, de ese reencuentro…, hasta el silencio en su compañía me resulta agradable.

—Me voy a marchar antes de que… —«te bese»—, sea más tarde, seguro que tú mañana estás más liada que yo…

Ella no me contesta y me da la sensación de que no quiere que me vaya.

—Te acompaño… —dice de pronto.

Antes de abrir la puerta, se hace un pequeño silencio y me encantaría darle un beso de despedida, pero no quiero estropear la noche ni confundir las cosas.

Por lo visto ella no piensa igual que yo y se pone de puntillas, me rodea el cuello con sus brazos y me da un cálido beso en los labios. Un beso que no espero y que me sabe a magia, sí, es pura magia lo que esos labios me hacen sentir con solo haberme rozado. Quiero más, así que la cojo por la cintura con fuerza y la pego más a mi cuerpo… Le devuelvo el beso con más intensidad y me tengo que obligar a parar porque estoy a punto de llevármela y tumbarla en la cama y hacerle todo lo que mi imaginación me dé.

Pero ella se detiene a tiempo, se suelta de mí y yo… sigo queriendo más.

—Buenas noches, Víctor… —Pega su frente a la mía, me mira con ojos brillantes y consigue que mi corazón esté a punto de salirse de mi pecho…

—Buenas noches, Daniela… ¿Nos vemos mañana? —Me contesta con una sonrisa y yo… me muerdo el labio para controlar las ganas de volver a besarla.

Cuando cierra su puerta, me quedo unos minutos rememorando ese beso… y quiero más.

Es lo único que mi mente y mi cuerpo me piden en estos momentos.

63. MARÍA

La mañana fue rara, pero me gustó… No, es más, me encantó.

Estuve tan a gusto conmigo misma, con Samuel y con la situación, en general, que parecía como si estuviera en una maldita burbuja.

Hasta que pasó lo que no tenía que haber pasado… y todo vuelve como al principio de hace muchos años.

Después de esa bendita ducha que me sentó de maravilla, mi amigo no me dejó ni una sola vez que apoyara el pie. Al verme salir del baño vino a buscarme, me cogió en brazos y me llevó de nuevo al salón.

La mesa estaba puesta con el desayuno, que se alargó más de la cuenta porque no dejábamos de hablar de recuerdos que, para mi sorpresa, no me dolieron porque Samuel en esa etapa de mi vida no dolía, en esa época era vida, pura vida.

—Bueno, y ahora cuéntame por qué necesitas ir al psicólogo. —Me pasa mi taza de café y luego coge la suya entre las manos.

Suspiro porque es un tema del que no me gusta hablar en una conversación normal y corriente. Solo lo he hecho con mi madre y con mis tres amigos, que son como mis tres hermanos. Con ellos en una ocasión me tuve que desahogar porque supieron de mis pesadillas por casualidad y yo misma decidí contárselo, pero con nadie más.

—Por pesadillas. —Le suelto sin más y este frunce el ceño.

—¿Qué clase de pesadillas…?

—De la clase de las que no te dejan dormir porque es la realidad del pasado la que me vuelve azotar como si otra vez estuviera pasando. Es como si cada noche recordara cada maldito día del colegio.

—Teníamos que haber hablado con alguien, pequeña, y no haber dejado que se salieran con la suya. —Agacha la mirada hacia su taza y vuelve a fruncir el ceño—. Fue culpa mía por no haber sido capaz de…

—No te culpes. Si algo he aprendido en todos estos años de terapia es que, precisamente, ni la gente que me quería ni yo tuvimos la culpa de la crueldad de esas personas.

Me acaricia la rodilla de una manera cariñosa.

—Pero yo… tendría que haber hecho algo más, sabía lo que te estaba pasando y no hice nada por salvarte. —Nos quedamos los dos unos minutos en silencio y luego me atrevo a decirle todo lo que significó para mí.

—Créeme, tú me salvaste. —Me mira tan fijamente que parece como si quisiera leerme a través de mis pupilas —. Gracias a ti cada mañana cogía fuerzas para poder levantarme de la cama, tú me hiciste ver que siempre había algo por lo que luchar y gracias a eso fui capaz de seguir adelante… Se me pasaron tantas locuras por la cabeza que, si no hubiese sido porque cuando estaba contigo podía sentirme a salvo, te juro que no hubiera sobrevivido a todo eso.

Samuel me abraza y me besa el pelo, luego coge mi cara entre sus manos.

—Nunca tendría que haberme alejado de ti, María. Tendría que haberme quedado a tu lado.

—No. —Le cojo las manos y se las aprieto con fuerza—. Tenías una vida, unos sueños que cumplir, un futuro que labrarte. Y yo… tenía que salir de ahí y cambiar de aires para poder ser la persona que no me dejaron ser. Era lo que siempre soñaba, poder salir del barrio y perder de vista a toda esa gente que me hizo tanto daño.

—Pero…, si yo hubiese estado a tu lado…

—También hubiese necesitado ayuda profesional, tú no podías hacer más. Los dos nos alejamos de nosotros mismos, así que yo tengo la misma culpa que tú de no haberte buscado más.

Samuel me besa sin esperarlo y, sentir de nuevo esos labios después de tanto tiempo, me lleva a la mejor época de mi pasado, a aquella en la que reconocí que estaba enamorada de mi mejor amigo, a aquella en la que trataba de buscar una salida para que no pasara nada entre nosotros, hasta que pasó.

Siento ese sabor que ya casi tenía olvidado después de tanto tiempo y me gusta, me excita, apaga todo lo demás para solo recordar los buenos momentos que él y yo compartimos: nuestras risas, nuestras charlas y juegos que solo entendíamos él y yo.

Le devuelvo ese beso que se hace más intenso, más profundo, más interminable… Pero para de pronto y sin decir nada se levanta del sofá, dejándome allí con el corazón bombeándome tan fuerte que está a punto de salirse de mi pecho.

¿Qué ha pasado? ¿Por qué ha parado? ¿Por qué se ha marchado? ¿Por qué me ha dejado sola después de lo que acaba de ocurrir?

No dejo de hacerme preguntas y tengo ganas de llorar; aunque no quiera hacerlo, no puedo evitar esas lágrimas.

Pasan los minutos y Samuel sigue desaparecido por su piso y yo estoy sola en el salón, sintiéndome tan ridícula que lo único que quiero es salir de allí.

No me lo pienso más, cojo el móvil y le escribo a Julia rápidamente para que me haga el favor de ir a mi piso a por una muda de ropa y que venga a recogerme. Le paso la ubicación del piso y espero impaciente su respuesta.

«¿Qué ha pasado para que tú no estés trabajando?». Julia.

«Es largo de contar…».

«Prometo contártelo todo, pero, por favor, haz lo que te he pedido».

«Necesito salir de aquí».

En el piso de mis amigas les dejé una copia de llaves en cuanto me compré mi piso y otra copia se la di a Víctor por lo que pudiera pasar…, y al final ha pasado.

«Voy ahora mismo, quédate dónde estás». Mi salvadora.

Al poco, Samuel vuelve a hacer acto de presencia.

—Perdón, por haberme ido así… pero es que…

—No hace falta que me expliques nada… Ha sido un error, como en el pasado, ¿no? —Bajo con cuidado la pierna del taburete donde la tenía colocada e intento ponerme de pie sin apoyar demasiado para disimular el dolor.

—No digas eso… Lo que pasó en nuestro viaje no fue un error. —Sonrío con ironía al escucharlo.

—Después de eso ya no volvimos a ser nosotros e inmediatamente nos alejamos… ¿Cómo se le llama a eso entonces…? —le digo, o le recrimino, ya ni lo sé.

—Porque cada uno tiró por su camino, María… —Él se justifica.

—Sí, pero después de eso no volvimos a… —Suena el timbre y mira extrañado hacia la puerta de entrada. Evidentemente, no espera a nadie, pero yo sí.

—Es para mí, vienen a buscarme.

—No hacía falta, yo te podría haber llevado a casa, si es lo que querías.

Vuelve a sonar el timbre.

—No te preocupes, aunque no lo digas, sé que piensas que todo esto ha sido una equivocación, así que lo mejor que puedo hacer es marcharme… —Samuel no dice nada, le noto confuso y eso me duele más que apoyar el tobillo.

Mi Julia aparece por la puerta con cara de preocupación.

—¡María! —grita mi nombre y viene corriendo hacia mí. Me inspecciona de arriba abajo para asegurarse de que todo está bien.

—Tranquila, solo ha sido una torcedura de tobillo, por eso no he podido ir a trabajar. —Sé que se ha fijado en la ropa que llevo puesta y que pensará que nos hemos acostado, pero ahora mismo eso es lo que menos me preocupa, quiero salir pitando de allí.

—Ya…

—¿Me has traído lo que te he pedido?

—Sí, aquí tienes la muda. —Me da un macuto y me lo cuelgo a la espalda.

—Ayúdame a ir al baño, por favor —le pido apoyándome en su hombro.

—Lo que tendríamos que hacer es ir al médico, pero ya — me dice mientras me agarra por la cintura para ayudarme a llegar hasta el baño.

Una vez dentro y las dos solas, me hace un interrogatorio de primer grado.

—Por favor, luego te lo explico todo, ahora ayúdame a vestirme y sácame de aquí —le suplico y contengo de nuevo las lágrimas.

Me ayuda a salir del baño, llevo la ropa que me ha dejado Samuel en la mano bien doblada.

—Gracias por todo. —Le dedico una pequeña sonrisa y se la devuelvo bien doblada.

—No hay de qué… —me dice sin ni siquiera poder mirarme a la cara.

¿No hay de qué? ¿Ya está? ¿Eso es todo?
Tengo ganas de preguntarle tantas cosas…
¿Por qué me ha besado? ¿Qué demonios le preocupa? ¿Es que ahora me huele el aliento y dejo a los chicos con un trauma?
Sé que no es el momento porque tengo el pie como una bota de bombero, Julia está a nuestro lado y yo lo que quiero es salir de allí corriendo si pudiera…

64. VÍCTOR

El día no pinta tan mal como creía y la conferencia de primera hora tampoco. Empezamos con algo más serio: analítica digital. A media mañana hay un descanso de tres cuartos de hora donde reparten diferentes tipos de cafés y tés con bandejas llenas de pasteles. En ese tiempo aprovecho para buscar a Daniela por toda la sala, durante la charla la he visto un par de veces supervisando, por lo que he de reconocer que he estado más pendiente de esos ojos azules que de lo que me estaban contando. Nos hemos cruzado un par de miradas y luego nos hemos sonreído y a mí lo que realmente me apetece desde el primer momento en que la he visto ha sido ir a buscarla para repetir el beso de anoche.

La veo en una de las esquinas de la sala, con su carpeta en las manos y dirigiendo a algunos camareros. Está increíble con ese traje de pantalón y americana blanca, camiseta lencera roja y taconazos altos.

Siempre he pensado que no hay nada más sexy que una mujer subida en unos zapatos descomunales. Ella no me ve porque me acerco desde atrás.

—Estás muy guapa —le digo casi en un susurro y muy cerca de su oído… Ella sonríe al verme.

—Gracias, tú tampoco estás nada mal. —Su mirada cristalina me recorre de abajo arriba. Y ese descaro me gusta.

—¿Qué tal has dormido? —le pregunto y no sé por qué lo hago. Bueno, sí, quiero que me saque el tema del beso.

—Pues… después de las buenas noches que me diste, la verdad es que bastante bien… —Me sonríe de lado y su respuesta me gusta, me mojo los labios haciendo que su mirada se desvíe hacia mi boca.

—¿Comes conmigo? —le propongo rápidamente antes de volver a perderla de vista.

—Como con un cliente, pero… cuando acabe esta tarde, seré libre para siempre… Bueno, más bien, hasta mañana por la mañana. —Me guiña.

—Pues te espero a que termines y nos tomamos algo… —le afirmo sin opción a que me diga que no.

—Pero esta vez… en tu habitación. —Joder con Daniela, lo último que me esperaba de esta carita de ángel es que le gustara jugar.

La cojo de la cintura disimuladamente y la acerco un poco hasta mí.

—Donde quieras… —le susurro en el oído y noto cómo al igual que yo se estremece.

La conferencia sigue su ritmo y a mí se me hace eterna porque quiero salir y volver a estar con ella. El evento transcurre con la comunicación, innovación, mejora de resultados y objetivos alcanzados y, por último, el SEO.

Como con el gaditano y el murciano cerca del Palacio de Congresos. Me caen bastante bien y no solo por la gracia que tienen, sino por cómo conectamos. La tarde pasa excesivamente lenta, aunque se hace un poco más amena con las copas de vino que nos ofrecen en los descansos.

—Estoy lista… —Una voz dulce aparece detrás de mí.

Daniela se ha cambiado de ropa y se ha puesto bastante más sexy, raro es el que no se gira para mirarla con ese vestido color cereza y entubado hasta medio muslo.

—Lo que estás es preciosa. —No puedo evitar recorrer su delgado cuerpo con la mirada.

La cojo de la mano y salimos a la calle. No la llevo a mi habitación, aunque sea lo que más me apetezca. Es ella la que me lleva a una taberna de degustación de vinos y quesos.

—¿Te gusta el queso? —me pregunta, y yo asiento mientras sonrío como un tonto.

—¿Quieres emborracharme? —le digo a la cuarta copa.

—¿Lo estás?

—¿Lo pretendes?

—Puede…

—¿Por?

—Para poder atarte a la cama y no dejarte escapar… —Jodeeerrrrr, me excitan mucho sus palabras y toda ella.

Daniela ha dejado de ser esa chica buena para convertirse en la provocativa y arrebatadora rubia de ojos hipnotizadores.

—No va a hacer falta, yo me dejaré.

Y ella ríe con ganas.

Después de esas copas la llevo a mi hotel, pero no a mi habitación, sino al bar de la azotea, donde ayer descubrí unas vistas espectaculares.

—Como me beba una copa más, creo que me vas a tener que llevar a cuestas a mi habitación. —Al decirle eso, Daniela se ríe y creo que se lo provoca mi acento de borracho.

—Con estos tacones lo veo difícil, pero tranquilo… Estás en buenas manos. —Me guiña un ojo y luego se agarra a mi brazo y ese gesto tan cercano me resulta agradable.

—¿Cuándo vuelves para Madrid? —le pregunto por saber cuándo la volveré a ver de nuevo.

—Mañana… —Y su respuesta me hace plantearme muchas cosas, pero me las callo. Hasta que vuelvo a ver su mirada centrarse en la mía de una manera… intensa, decidida y afrodisíaca.

—Entonces… ¿podríamos vernos…? —Mi compañera sonríe tan dulce que me incita a besarla de nuevo, pero me contengo.

—Me encantaría…, pero tengo un viaje previsto a Italia y tengo que prepararlo todo.

—¿Vacaciones?

—No y sí. Más bien tiene que ver con mi segundo trabajo y, si todo sale bien, algún día te contaré de qué trata.

—Umm…, qué misteriosa. Me gusta Italia… —Y de pronto el recuerdo de Martina invade parte de mi mente.

—¿Has estado? —Daniela me saca de mi pensamiento.

—No, pero me encantaría visitarlo.

Se hace el silencio por un instante en nuestra mesa, cada uno embriagado por sus propios pensamientos.

—¿Te gustaría venir? —Su ofrecimiento me pilla por sorpresa, porque esa proposición es tan inesperada y a la vez tan sincera que mueve algo difícil de definir dentro de mí.

—Me encantaría acompañarte, pero me temo que este año he agotado hasta el último día de mis vacaciones.

—Yo estuve, pero estoy deseando volver para no tener esos últimos recuerdos de la ciudad… —Y esos recuerdos a los que hace referencia apagan el brillo de su mirada.

—Estoy seguro de que vas a tener mucho éxito en ese trabajo misterioso que no me quieres contar… —Le sonrío de medio lado y brindo por su éxito, dejando atrás su pasado y el mío.

Pago la cuenta y la invito a la última en mi habitación, la terraza no tiene tan buenas vistas como la azotea, pero tampoco están mal. Aunque Dani no sale de la habitación, se queda tumbada en mi cama.

—Estoy borracha, Víctor. —Me tumbo a su lado mirando también al techo, que no deja de dar vueltas.

—¡No me digas! No lo había notado. —Me giro hacia ella y me apoyo en mi brazo… Ella ríe y sus dientes son tan perfectos como los rasgos de su cara.

—Al final me he emborrachado yo en vez de emborracharte a ti… Vaya mierda. —Ahora soy yo el que río con su comentario.

—¿Y se puede saber por qué ese empeño en emborracharme? —Se queda un minuto en silencio.

—Porque los borrachos y los niños son los únicos que dicen la verdad. —Frunzo el ceño porque su expresión también ha cambiado.

—¿Qué verdad quieres que te cuente?

—¿Estás con alguien? —Y esa pregunta va acompañada de una mirada ansiosa por saber. Antes de contestar pienso en Martina y me hago esa pregunta a mí mismo, pero en pasado.

¿Habré estado alguna vez con alguien? Ni siquiera yo lo sé.

—No lo sé… —Mi respuesta hace que automáticamente Daniela se siente en mi cama torpemente y se ponga de nuevo los zapatos.

—No te vayas —le pido cogiendo su mano.

No creía que mi respuesta le iba a afectar de esa manera, pero… ¿para qué mentirle? La verdad es que ni siquiera sé si Martina y yo estamos juntos o si alguna vez lo hemos estado.

—No quiero nada que tenga que ver con pareja, novia, amiga con derecho a roce o con algo parecido, ya he estado durante bastante tiempo en un segundo plano y eso ya no lo quiero… Y tú me gustas, Víctor… —Sus palabras me parecen tan sinceras que me asustan. ¿Es así como se sintió Martina cuando me declaré a ella? A lo mejor, pero con la diferencia de que yo no he mentido en ningún momento ni he jugado con Daniela.

—Y tú me gustas a mí, mucho —le digo sin saber por dónde me ha venido mi respuesta, pero es la verdad. Esta chica me gusta muchísimo y lo único que no quiero es volver a perderle la pista porque en estos días me ha hecho sentir tan yo… que sería un inconsciente si la dejara marchar.

—No me gustaría empezar algo… malamente. Cuando aclares lo que quieras que tengas, llámame. —Daniela se pone de pie, pero, antes de que abra la puerta, yo me interpongo entre ambas.

—No me gustan las mentiras ni tampoco los segundos puestos. Yo también lo he sido y sin saberlo… —Me mira perpleja…—. Aún me estoy recuperando y por eso… no te puedo prometer nada, solo te puedo decir que me encanta estar contigo y es increíble lo que me haces sentir cuando te miro.

Me mira, la miro… y el tiempo se paraliza en esa habitación de hotel.

—Quédate esta noche… —le pido.

Ella se lo piensa y esa espera me pone nervioso.

—No voy a hacer nada que tú no quieras hacer —le prometo, porque es la verdad y porque no quiero que se marche.

Mientras estoy con ella me siento tranquilo y a gusto conmigo mismo, porque noto que no estoy haciendo nada malo a nadie.

Asiente sin quitar su mirada de mi boca, quiero besarla…, pero necesito hacer las cosas bien desde un principio con ella. Así que la cojo de la mano y la guío de nuevo hasta la cama. Me siento a su lado y empiezo a contarle cosas que antes jamás le había contado a nadie, ella no se asusta ni tampoco me mira con pena como lo haría cualquier otra persona, simplemente, me escucha con atención.

—Eso es pasado, Víctor… Mira dentro de ti y ve bien en quién te has convertido. Ya no eres ese Snake al que todo el mundo temía, ni ese guapo rompecorazones de una sola noche… Eres un hombre de pies a cabeza…

—No me conoces bien…

—Pues déjame que te conozca… —Y al decirme eso le acaricio la mejilla y juego con un mechón de su pelo ondulado entre mis dedos.

65. CLAUDIA

—Mi niña, ¿qué te han hecho…? —Julia me abraza con fuerza y yo se lo agradezco… porque lo necesito. Necesito a mi amiga conmigo; necesito el único hogar que tengo y que me hace sentir tan bien…

No puedo contestarle a ella en estos momentos porque no dejo de llorar, pero sí a mí misma.

«No me han hecho nada, son mis demonios del pasado que aún me acompañan. Con cada sentimiento que me permito exponer, ellos vuelven a aparecer para recordarme que no debo salir de mi oscuridad, para repetirme que me mantenga al margen de lo que es vivir y para mortificarme con que esta vida es así de miserable».

Se marcharon mis padres, se marchó mi abuela y este endemoniado mundo me robó lo único que me quedaba: mi persona, mi confianza, mi seguridad y mis ganas de vivir.

¿Quién me dice que David no es más que otra piedra en mi camino que tendré que superar…? Pero, antes de volver a caer, me mantendré en pie.

¿Quién me asegura que el amor y la felicidad van cogidos de la mano? Porque para mí la única realidad que existe es que el amor es debilidad y la felicidad puedes encontrarla en cualquier otra parte sin que tenga que depender de nadie. Para ser feliz estoy yo, y mi trabajo me está costando como para dárselo ahora a alguien, como para regalárselo a otra persona que me hace dudar de sus intenciones… Y esa persona tiene un nombre que todos conocemos.

Tengo tantas preguntas que no puedo contestar… Solo sé que la única realidad que hay en esta historia somos nosotros.

Mi hogar: Julia.

Mi paz: María.

Mi sonrisa: Víctor.

66. JULIA

«Perdona mi actitud». «Me he pasado tres pueblos».

Cuando llego a mi casa tengo no sé cuántos *whatsapps* de ese tipo que hasta hace un momento me caía bien.

Me siento triste y cabreada. Muy cabreada. Me sirvo una copa, me quedo mirando la botella que tengo en la mano y le doy un largo trago. La garganta me quema y las lágrimas se me saltan. Parpadeo un par de veces y vuelvo a dar otro sorbo de la botella. Ya quema menos, pero sigue estando más amargo que la retama.

Por una vez en la vida soy sensata y dejo la botella en su sitio, pero de la copa no me olvido y me la llevo conmigo hasta el salón.

Me siento en el sofá y me quedo mirando la pantalla de la televisión apagada.

Mi vida es como una asquerosa montaña rusa… A veces estoy feliz, otras veces bebo para llenar esa parte de mí y muchas otras ni siquiera me atrevo e indagar dentro para no encontrarme con sorpresas.

Estoy perdida y me sorprendo de mí misma por reconocer ese sentimiento. Sé lo que quiero, pero muchas veces noto como que eso es insuficiente. A veces me siento mal por utilizar a los hombres a mi antojo, pero eso jamás lo podré cambiar. No quiero ser como mi madre; una desquiciada que aún depende de un hombre que la ha engañado, le ha perdido el respeto y que para sobrevivir se ha perdido en el alcohol y en lo material.

Y yo… me veo caminando por ese sendero que no conduce a ningún sitio.

Confié en los hombres una vez, le di esa oportunidad a lo que llaman «amor» y… ¿para qué? Para que el malnacido ese a la primera de cambio se aprovechara de mi dinero, de mi inocencia y, cuando se lo di todo, sacó ese animal que llevaba dentro para manipularme y hacer conmigo lo que le dio la gana.

Sí, con tan solo veinte años he sido una persona maltratada psicológica y físicamente. Pero claro está que eso nadie lo sabe y jamás lo sabrán, porque pertenece a un pasado que ya está más que enterrado.

¿Por qué? Porque me avergüenzo de cómo me dejé humillar, engañar y maltratar por un animal. Animal que me ha convertido en lo que hoy soy, en una persona egoísta que desde entonces solo es capaz de pagar con la misma moneda…

Agus me gusta, pero no hay nada que pueda hacer para que vuelva esa parte de mí que hace ocho años enterré.

«Déjame verte y explicarte mi comportamiento de imbécil…». Agus.

No le contesto porque no hace falta que me dé ninguna explicación. Solo necesito contestarme a esa pregunta que tampoco sé responderme a mí misma.

¿Alguna vez seré capaz de quererme bien?

67. VÍCTOR

—Pues déjame que te conozca... —Y al decirme eso le acaricio la mejilla y juego con un mechón de su pelo ondulado entre mis dedos.

—Antes tengo que aclararme yo y aclarar un poco la situación en la que me encuentro... —Le soy totalmente sincero y ella agacha la mirada.

—Lo entiendo perfectamente... —Y esa sonrisa con la que acompaña la frase hace que me den ganas de mandarlo todo al garete y hacer lo que más me apetece en ese momento: besarla con todas mis ganas y hacerle el amor hasta aprenderme de memoria cada lunar de su maravilloso cuerpo. Pero no lo hago, me mantengo en mi lado de la cama y la acaricio hasta que se queda dormida.

Esa noche no duermo, solo la miro y pienso, pero no puedo hacerlo con claridad teniéndola a ella delante.

Tantos años pasados, tantos recuerdos olvidados, tantas cosas que dejamos atrás en el tiempo y al fin me siento agradecido por aquello en lo que me he convertido… Pero el tema de Martina me trae por el camino de la amargura porque siento que esa puerta aún no la he cerrado y lo peor de todo es que no sé cómo cerrarla.

Aún me sigue provocando cosas dentro, cosas que no sé bien definir, pero están ahí y no puedo dar otro paso sin antes haberme aclarado.

Miro a Dani, tan dulce y tan bonita, tan rubia y tan inocente. No puedo evitar comparar a esas dos personas que son tan diferentes como la noche y el día, como la vida y la muerte, y las dos tienen esa personalidad que me guía, pero de manera tan opuesta.

Estoy hecho un jodido lío y solo existen tres personas que me pueden ayudar a aclararme: mis tres princesas. Ellas sabrán qué hacer con toda esta maraña de sentimientos.

Y entonces es cuando me siento agradecido por tener a esas tres chicas en mis días porque ellas son mi familia y la razón de mi sensatez. Las quiero como nunca he querido.

«Os necesito siempre en mis días».

Y, sin más, le doy a «enviar». No espero respuesta, solo saber que las tengo conmigo me genera esa clase de paz y bienestar.

Abrazado a mi pasado me hago una última pregunta a mí mismo, pregunta que soy incapaz de responder: «¿Estoy enamorado de Martina o más bien me estoy acogiendo a lo más cercano que nadie antes me ha hecho sentir?».

68. MARIA

En cuanto salí por la puerta de su piso me prometí que esto no se quedaría así. Que estaba muy equivocado si pensaba dejarme otra vez con tantas preguntas sin contestar.

Esta vez no dejaría que se alejara de mí sin darme ninguna explicación de por qué ese beso. Beso que yo también deseaba desde la primera vez que lo vi en el salón de casa. Pero no había sido yo la que lo había besado y luego había salido corriendo. Debía explicarme muchas cosas, pero la realidad fue otra muy diferente a la que tenía en mi cabeza.

Me encerré en mí misma. No quise indagar en sentimientos encontrados por miedo. Estaba aterrada por si sus respuestas no me gustaban; asustada por escuchar algo para lo que no estaba preparada o que, más bien, no quería oír.

Me sentí una cobarde porque el miedo a revivir ese pasado pudo más que mis ganas, pero… ¿sabía lo que quería exactamente?

Por supuesto que lo tenía claro y ese sentimiento me fortalecía, me hacía sentir bien saber lo que necesitaba, porque, después de ese encuentro y de remover tanto pasado, me ayudó a darme cuenta, en tan solo unos días, de que todo lo que este tiempo estaba escondiendo bajo llave era ese sentimiento, el que Samuel me hacía sentir cuando está cerca de mí.

Y lo que me pasaba era que seguía enamorada hasta el último pelo de mi amigo.

Cuando estaba con él era tan yo, la antigua María, pero no la insegura, sino la María que soñaba despierta, y eso me reconfortaba tanto que me hacía ver la vida de otra manera. Me hacía saber lo que quería; y lo que quería era estar con él.

Pero… ¿Y él? ¿Sabía lo que quería?

En ese momento no lo supe porque… lo alejé de nuevo de mí, de mis días, de mi mundo, de todo lo que tuviera que ver con nosotros, por el miedo aterrador que me hacía sentir el rechazo.

Continuará…

Sandra Ruiz. Nacida en 1990 en Almedinilla, un bonito pueblo de Córdoba.

Diplomada en Relaciones Laborales y Licenciada en Ciencias del Trabajo se ha abierto camino en el mundo de la novela romántica.

Es una joven luchadora por sus sueños de seguir creando y publicando sus propias historias.

También es autora de las novelas Creciendo con Alex y Recuerdo para no olvidar.

Su pasión: bailar, leer y ser leída.

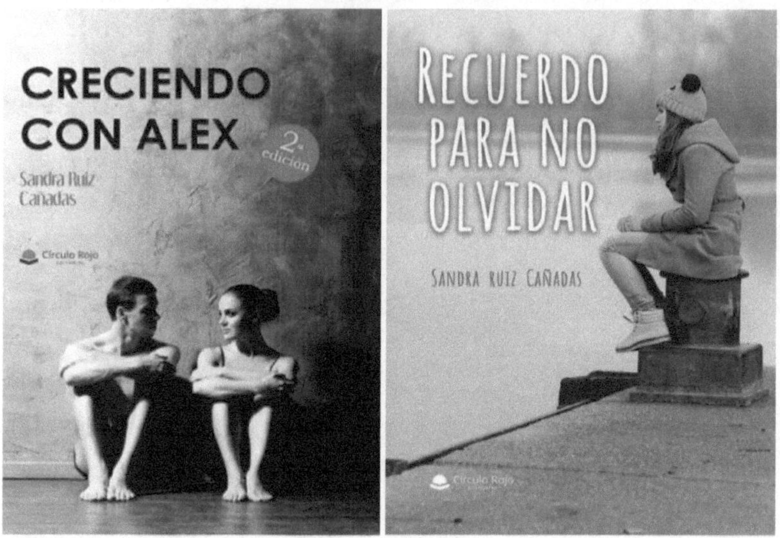